T0284219

LA ESENCIA DE NUESTRAS ALMAS

Tasha Suri es una autora premiada, bibliotecaria ocasional y dueña de un gato. Sus novelas de fantasía épica influenciadas por el Sur de Asia incluyen la bilogía The Books of Ambha *(Empire of Sand y Realm of Ash)* y *El trono de jazmín*. Cuando no está escribiendo, a Tasha le gusta llorar por series, comprar demasiadas libretas y satisfacer su pasión por leer sobre historia del Sur de Asia. Vive con su familia en una casa ligeramente encantada en Londres. *La esencia de nuestras almas* es su debut YA.

Nube de tags

Retelling – Ficción histórica – Romance

Código BIC: YFH | Código BISAC: JUV007000

Ilustración de cubierta: Margarita H. García

Diseño de cubierta: Nai Martínez

LA ESENCIA DE NUESTRAS ALMAS

Un retelling de Cumbres borrascosas

TASHA SURI

Argentina – Chile – Colombia – España
Estados Unidos – México – Perú – Uruguay

Título original: *What Souls Are Made Of: A Wuthering Heights Remix*
Editor original: Feiwel & Friends, un sello de Macmillan Publishing Group
Traducción: Marta Carrascosa Cano

1.ª edición en **books4pocket** Enero 2024

Nota: los nombres y rasgos personales atribuidos a determinados individuos
han sido cambiados. En algunos casos los rasgos de los individuos citados son
una combinación de características de diveras personas.

Copyright © 2022 by Natasha Suri
Publicado en virtud de un acuerdo con Feiwel & Friends, un sello de Macmillan
Publishing Group, LLC a través de Sandra Bruna Agencia Literaria SL.
All Rights Reserved
© 2024 de la traducción *by* Marta Carrascosa Cano
© 2024 *by* Urano World Spain, S.A.U.
Plaza de los Reyes Magos, 8, piso 1º C y D – 28007 Madrid
www.edicionesurano.com
www.books4pocket.com

ISBN: 978-84-19130-12-9
E-ISBN: 978-84-19936-62-2
Depósito legal: M-31.052-2023

Fotocomposición: Ediciones Urano, S.A.U.

Impreso por Novoprint, S.A. – Energía 53 – Sant Andreu de la Barca (Barcelona)

Impreso en España – *Printed in Spain*

Para el bibliotecario que me dejó leer los clásicos de la sección de adultos cuando tenía ocho años. Todo esto es por tu culpa.

1

Heathcliff

Yorkshire, norte de Inglaterra
1786

Primero llega un chico que no viene de ninguna parte. Y así es como todo va a peor.

Antes de su llegada, en los páramos hay una casa y una familia en el interior: madre y padre, hijo e hija. Todos ellos recién llegados al pueblo, o eso dice la gente. La familia lleva en el pueblo desde que el niño es pequeño y la niña aún más pequeña. La familia no tiene generaciones antiguas que hayan habitado estas tierras, como el resto. Pero se han adaptado tan bien que la gente suele olvidarlo.

¿Los Earnshaw? Son un grupo extraño, y nuevo en esta zona, pero son de los nuestros.

La gente dice que son *agradables.* La gente no sabe lo que es ser agradable.

Pero el chico de ninguna parte no encaja. Parece que no encaja: moreno, delgado, con un idioma que nadie conoce.

Trae la nada consigo a la casa. Recuerdos de ninguna parte. La piel de ninguna parte, y el idioma de ninguna parte. Recuerdos de que *ninguna parte* en realidad está en *algún lugar*. Resulta que ese lugar desconocido alberga personas.

También fantasmas.

Resulta que puedes correr hasta el fin del mundo y, aun así, eso de lo que huyes, te encontrará.

Ahora la familia está formada por una madre y un padre, hijo e hija, y un niño. Cuanto más tiempo pasa allí, más se desarma la bonita familia. La madre muere. Después muere el padre. Y solo quedan un hijo, una hija y un niño. El hijo se enfada por ello. El hijo es despiadado. Golpea al niño, trata de sacar esa «ninguna parte» de él a golpes.

Y la hija…

Bueno. Pensé que amaba al chico. Eso es culpa de mi estupidez.

Camino. Los tablones del suelo crujen. El ruido de las botas sobre las baldosas. La cocina nunca está en silencio, nunca está vacía. La chimenea crepita con ruido alegre. Los cuchillos de cocina están fuera, recién afilados. Mis dedos se mueven.

Tal vez no sepas en qué cuento estamos. Pero yo sí.

Hay un chico de ninguna parte. Es mejor que vuelva a ninguna parte. De vuelta al lugar al que pertenece.

Levanto un cuchillo y salgo por la puerta. Bajo hasta la verja. El cielo se vuelve gris por la tormenta. Alguien grita mi nombre.

No miro atrás.

Menos mal que me olvidé de robar un arma cuando hui. Un arma es una tentación para matar.

No. Con el cuchillo es suficiente.

Esta carretera es estrecha. Solo es un camino de tierra, que atraviesa las aliagas. No hay árboles para cubrirse. Aun así, me agacho. Espero que las aliagas se traguen mi forma.

La luz se desvanece. Caminé una noche, empapado por la lluvia. Dormí unos segundos bajo la protección de los árboles, con el abrigo sobre la cabeza. Caminé un día. Me duelen los pies. Me gusta estar en el suelo, por fin sin moverme. Pero no puedo hacerlo durante mucho tiempo, o me agarrotaré. Creo que he recorrido unos cincuenta kilómetros. No llevo la cuenta. No he mirado los indicadores, aunque he pasado algunos. No he leído los postes de la carretera. Salí de casa antes de saber a dónde quería ir. *Lejos* era suficiente.

Pasan un caballo y un carro. Hay un granjero montando, vestido con un blusón. El sombrero ancho le cubre los ojos. Está silbando. No me ve.

Lo dejo ir.

Se me da bien la paciencia. La tierra que tengo debajo está húmeda, igual de húmeda que está siempre la turba. Puedo sentir el frío filtrándose a través de mis pantalones. Pero no me muevo. Sé cómo cazar. Se me da bien.

Normalmente cazo animales. Pero en el caso de las personas no es tan diferente.

El cielo se tiñe de púrpura cuando un hombre sube por el camino de tierra. Sus zapatos con tachuelas golpean con fuerza. Parece cansado. Debe ser un jornalero de una de las granjas más cercanas, que se dirige a su casa.

Me pongo tenso. Espero.

No tengo por qué hacer lo que voy a hacer.

Si dejo ir al hombre y sigo caminando, no sufriré por ello. No moriré aquí. Mi abrigo está en mal estado, pero es lo bastante decente. Está desgastado, pero es bueno, de una lana resistente, de las que se mantienen firmes incluso cuando el viento sopla con fuerza. Mis botas son aceptables. Necesitas botas de calidad cuando trabajas duro, al aire libre. Y yo ya no puedo estar en el interior. Al menos no muy a menudo.

Pero no tengo comida.

Conozco el hambre. Somos viejos enemigos. Ese viejo perro ha estado pisándome los talones durante años. Tiene los dientes afilados, los ojos fríos. Cuando se fija en ti, no puedes quitártelo de encima. Así que ahora mismo tengo el estómago lleno de rencor, y la ira se mantendrá durante unos días, pero no será suficiente. Al final, un hombre tiene que comer. Y si un hombre no tiene comida, necesita dinero para conseguirla.

Así que espero. Cuando el desconocido pasa cerca de mí, me incorporo. Me pongo detrás de él, rápido. Tiene una hoz. Se la arrebato. Le rodeo el cuello con el brazo y le enseño el cuchillo. Se queda quieto. Así de fácil, tengo a mi presa.

—No quiero problemas, chico —dice. Respira rápido.

—No me llames «chico» —le digo—. No me llames nada. Cállate y dame todo el dinero que tengas.

Le lleva un momento darse cuenta de que no le estoy inmovilizando las manos y que no lo destriparé si se mueve.

Entonces rebusca en sus bolsillos. Me da un pañuelo con un nudo. Lo abro. Dentro hay solo unos centavos. Cobre sin brillo.

Es muy poco. Pero lo acepto.

—El resto —digo.

—No tengo más —responde.

—Sé que tienes más.

Lo digo en voz baja y firme. Lo digo como si estuviera seguro. Y efectivamente, se estremece, traga y dice:

—Mi zapato. En mi zapato izquierdo. Apiádate de mí y déjame al menos eso.

No tengo piedad, pero llegar a su zapato hará que reciba una patada en la cabeza. Así que gruño y lo dejo ir.

El agradecimiento que recibo por mi amabilidad: se gira para golpearme en la cabeza. Busca mi cuchillo. Sale volando. Me agacho y le doy un puñetazo en el vientre. Emite un gemido y se tambalea hacia atrás. Le doy una fuerte patada en la pierna. Le doy otra patada hasta que tropieza y se cae. Le pongo la hoz en la garganta.

Sus ojos se muestran atemorizados.

—Quítate los dos —le digo—. Los dos zapatos. Ahora.

No se mueve. Presiono la hoz con más fuerza.

Derrama sangre, puedo olerla. Su respiración cambia.

—Vamos —digo, y levanto la hoz.

Se levanta. Se quita los zapatos. Le hago un gesto para que retroceda. Lo hace.

Me acerco. Atrapo el dinero del zapato izquierdo. Puede que haya más en sus medias, pero no le pido que se las quite. Me meto en el bolsillo las monedas de cobre, después también recojo los zapatos.

—Me los quedo —digo, y doy un paso atrás.

Descalzo, le llevará tiempo conseguir ayuda. El suelo está frío. La tierra se hunde aquí, y se hace piedra allá. Estaré muy lejos antes de que encuentre ayuda.

—Son mis únicos zapatos.

—Una pena —digo—. Si no hubieras intentado luchar, todavía los tendrías.

—Demonio —escupe.

—Lo soy —confirmo—. Un demonio venido del mismísimo infierno, y si cuando amanezca le hablas a alguien de mí, díselo. Ve a la iglesia y pídele a Dios que te proteja de mí, o apareceré en tus pesadillas.

Observo su rostro. Está sangrando por el cuello, el corte no es profundo, pero sangra mucho. Debe de doler. Me mira fijamente, temblando.

Quizás ahora me ve de verdad. Tal vez sabe que debería darme las gracias por dejarlo vivir. Me alegro de no tener un arma. Me alegro de no tener la tentación porque estoy furioso, lleno de ira. No con este hombre. Pero lo mataría de todos modos. Lo haría.

Espero a que se vaya. Un suspiro. Dos.

Se queda callado.

Asiento con la cabeza.

—Bien —digo.

Un cuchillo es mejor que una hoz. Así que me inclino y lo recojo del lugar donde ha caído. Llevo las manos demasiado cargadas. Armas, zapatos. No voy a dejar que nada se quede aquí. Me guardo el cuchillo y me doy la vuelta.

Empiezo a caminar de nuevo. No voy rápido. Tampoco me giro. Pero escucho con atención para ver si me sigue. No lo hace.

La luna está saliendo. Salgo del camino de tierra. Aquí la hierba es alta. Lo bastante como para dormir. Pero no voy a dormir. No puedo. Y no lo intento.

¿Qué piensas de esto? ¿De lo que le hice? Nunca sé cuándo serás una persona con moral. Tal vez estés enfadada. Tal vez quieras regañarme por ser cruel.

No fui cruel, Cathy. Pero tú sí lo fuiste.

Todo fue por ti. Siempre es por ti.

Cathy. La única razón por la que hice daño a ese hombre es por ti. Porque dijiste lo que dijiste, e hiciste lo que hiciste. Porque me fui y no tenía nada que llevarme. Así que Cathy, si alguien tiene la culpa, eres tú. Siempre he sido un villano, pero tú me ataste por un tiempo.

Ahora me has liberado.

2
Catherine

Enferma y febril, soñé. La hierba se movía a mi alrededor. El brezo cantaba como las campanas de la iglesia. La luna era grande, tan enorme que temía que cayera del cielo y me aplastara.

Había corrido y corrido, llamándolo a gritos. Había intentado explicárselo, decirle: «Heathcliff, ¡no era mi intención! No lo entiendes. Oh, idiota, estúpido, ¡vuelve!». Pero no pude encontrarlo, y había ido demasiado lejos como para volver a casa bajo la lluvia torrencial. Las faldas me pesaban tanto que tropecé y me caí. Sentí el corazón duro como una piedra, demasiado frío para latir aunque mi cuerpo ardiera.

Había un fantasma persiguiéndome. Tenía los pies girados hacia atrás y no tocaban el suelo, porque los fantasmas no pueden caminar por la tierra. Estaba tumbada de lado donde había caído y así solo podía ver sus pies, deslizándose sobre la nada. Los tenía de un color marrón parecido al del crepúsculo, con las suelas pintadas de rojo como la sangre o los atardeceres.

No era la primera vez que veía un fantasma, así que no estaba tan sorprendida como podría haberlo estado. Por supuesto, los caballeros de este mundo dirían que los fantasmas no existen, y normalmente yo mentiría y diría que les creo.

Pero cuando uno se desliza hacia ti con los pies hacia atrás, no puedes mentirte ni siquiera a ti misma.

Me dijo algo. Quizás más tarde lo olvide.

Cathy, dijo. *Mi Cathy. Mi bebé.*

No podía llorar porque ya tenía la fiebre demasiado alta.

Ma, dije. ¿Por qué? No lo sé. La fiebre hablaba por mí. *Ma, por favor.*

Ella se inclinó.

Vi una tela, derramándose como la leche o la luz de la luna. Y a través de ella, vi mi propio rostro mirándome.

Apreté los ojos con fuerza, aterrorizada.

Quizás el sueño terminó.

Alguien me encontró y me levantó. Y después de eso... oh, lo he olvidado. No lo sé. No lo sé.

Cathy. Catherine.

Señorita Cathy.

Despierta. Despierta.

Por favor, Catherine.

Despierta.

¿Todas las personas sueñan con viejos recuerdos cuando están muy enfermas? Nunca he estado tan enferma, así que no lo sé. Cuando me llevaron hacia el calor de la casa, las velas parpadeaban y los perros ladraban, y el criado respiraba con dificultad mientras alguien gritaba que había que llamar al médico de inmediato, pensé que iba a morir. Había pasado la noche bajo la tormenta y no me había refugiado en ningún sitio, solo había dejado que la lluvia me empapara. Tenía calor y frío a la vez, los dientes me castañeaban. Mis faldas estaban tan empapadas que pensé que me ahogarían.

Mientras la fiebre me dominaba, soñaba con los mismos recuerdos una y otra vez: Heathcliff de pie en medio de un círculo hecho de plumas bajo una luna creciente. Heathcliff presionando la tierra detrás de mis orejas. «Para nazar —decía—, porque los fantasmas deben estar tan celosos de ti como yo». El viento, lamentándose sobre los páramos como una canción. El agua, arrolladora y gris, me elevaba y bajaba y me subía y me bajaba, hasta que la vista y el tacto hacían que me pusiera enferma. Ese es mi recuerdo más antiguo, mi primer recuerdo. El agua gris levantándome, y luego plegándose sobre mí como una mortaja.

El agua también es el recuerdo más antiguo de Heathcliff. ¿No resulta extraño? A veces pienso que debe de ser su primer recuerdo y que yo se lo robé y me convencí de que era el mío. Pero lo *siento* como mío. Nunca he estado a más de quince kilómetros de casa, pero de todos modos conozco el agua.

Al final dejo de soñar. El océano me traga y me lanza hacia el exterior.

Nunca he dormido bien. Los sueños grandes y coloridos siempre me atrapan cuando empiezo a quedarme profundamente dormida y me lanzan de nuevo hacia la superficie. Cuando era muy joven solía contarle mis sueños a cualquiera que me escuchara. Ángeles con seis brazos, y el sol como un gran disco sobre ellos. Voces que hablaban en un idioma que no conocía.

Pensé que tal vez era el lenguaje de los cielos, aunque nuestro criado Joseph se burlaba y decía que seguramente era el lenguaje del infierno porque yo era una niña malvada, sin moral para hablar.

Al principio, mi hermano estaba fascinado. *¿Qué dicen las voces? ¿Cómo lo dicen?* Más tarde me tapaba la boca y me decía que dejara de hablar de cosas que no entendía.

El océano me arroja, y el sueño también me deja ir. Me hace despertar. Me quedo quieta con los ojos cerrados durante un rato y pienso en el calor que tengo ahora, y en el hambre. Creo que ya no estoy enferma. Después de todo, viviré.

Me obligo a abrir los ojos.

Por supuesto, me alegro de estar viva, pero también estoy decepcionada.

Si hubiera muerto tratando de encontrar a Heathcliff, quizás él habría estado muy arrepentido cuando se enterase.

Bueno, esos «si» y «quizás» no importan ya que estoy viva y bien.

Pero ahora que estoy despierta, me doy cuenta de que no estoy en mi casa. Desde luego, esta no es mi cama. Mi cama es un armario de roble apretado contra una ventana. Es pequeña, está encajonada y es segura. Esta cama es grande, con dosel. Las cortinas son de un amarillo mantecoso, y con dibujos de aves extranjeras, grullas de cuello largo y pavos reales de plumas brillantes. En el papel pintado hay pequeñas pagodas blancas, y señoras de pie con sombrillas sobre ellas. Llevan ropas desconocidas y tienen caras que no son de aquí.

Dormí en esta habitación durante más de un mes cuando era una niña de doce años. Entonces también estaba enferma, pero por una mordedura de perro en la pantorrilla, y la familia rica propietaria del perro me acogió. Los Linton. Todos ellos rubios, agradables y ricos. Uno de sus sirvientes me llevó a esta habitación y me acomodó la ropa de cama mientras los dos hijos de los Linton, Edgar e Isabella, me observaban ansiosos. Me quedé mirando las cortinas y el papel pintado, y la Sra. Linton entró en la habitación y me rodeó como si fuera un pequeño petirrojo, rápida y atenta.

Chinoiserie, me dijo la señora Linton, muy orgullosa, cuando vio que miraba las paredes. Dijo que el estilo era de Oriente, y que por eso las señoras que sostenían sus sombrillas no se parecían a nosotros. Pensó que yo nunca había visto nada parecido.

No le dije a la Sra. Linton que teníamos cosas similares en nuestra propia casa. Lo que me resultaba extraño era que ella no las guardara bajo llave como nosotros.

Ahora miro fijamente a esas señoras. Mi visión se inunda. Hace que las mujeres se tambaleen, como si fueran ellas las que estuvieran en medio de un mar embravecido. Qué aventura parecen estar viviendo.

Aparece una figura en la puerta, y al instante me alegro de ver una cara conocida.

—Señorita Cathy —dice Nelly, deteniéndose en la puerta. Parece aliviada—. Por fin se ha despertado.

—¡Ah, Nelly! —digo, arrastrándome hasta que me siento—. ¿Qué hago aquí?

—No debe hacer tanto ruido, Srta. Cathy —dice Nelly con severidad. Nelly apenas tiene la edad de mi hermano, pero siempre tiene una expresión tensa y preocupada en su rostro que la hace parecer una abuela. Hoy, su rostro está especialmente demacrado, y creo que, de alguna manera, ya la he irritado, a pesar de que solo llevo despierta unos segundos. Pero ella se sienta a mi lado y dice:

—Su hermano me pidió que viniera a cuidarla y que ayudase a cuidar de usted hasta que estuviera lo bastante bien como para volver a casa.

—¿Por qué estoy aquí? —pregunto—. ¿Por qué no estoy en casa?

—Se pensó —dice Nelly con cuidado— que estaría mejor cuidada aquí.

No pregunto quién pensó que sería mejor, y por supuesto no pregunto por qué. Sé exactamente por qué. La gente sabe cómo es mi hermano. Con lo enferma que he estado, no me habrían dejado bajo su cuidado. Y la gente que no conoce bien a mi hermano todavía me compadece por ser la única mujer en una casa de hombres.

En realidad, no soy la única mujer, por supuesto. Tengo a Nelly. Ahora tengo dieciséis años y soy casi una mujer adulta, pero Nelly me conoce desde que éramos niñas, y me ha dirigido y me ha cuidado desde el principio. Cuando de pequeña me ponía enferma, a menudo era Nelly —y no mi madre— quien me traía las gachas o me arropaba bajo las mantas para evitar el frío. Ella se ocupaba de mí.

Pero Nelly es una criada, así que nadie cree que sea una compañía adecuada para mí, ya que estoy destinada a ser una dama. No sé quién me trajo aquí, enferma y sin conciencia, pero puedo imaginar lo que dijo la Sra. Linton cuando me vio. «La chica necesita una madre que la cuide», habría dicho, retorciéndose las manos. «¿Y quién mejor que yo?».

Pero la Sra. Linton no está aquí.

—¿Han encontrado a Heathcliff? —pregunto—. ¿Ha vuelto?

—Lo persiguió —dice Nelly—. Corrió bajo la lluvia y la tormenta. El médico temía que muriera por culpa de su estupidez. ¿En qué estaba pensando?

—¿Mi hermano ha enviado a alguien a buscarlo? —pregunto, con insistencia.

Nelly niega con la cabeza.

—¿Ha intentado alguien buscarlo?

Nelly suspira y sacude la cabeza una vez más.

Mi hermano —Hindley— no ha enviado a nadie a buscar a Heathcliff. Y Heathcliff no ha vuelto a casa.

Se me revuelve el estómago. Ahora no sé qué hacer, excepto sentarme en silencio y tranquila, mientras Nelly exhala y toma mi mano. Su apretón es muy firme.

—Señorita Cathy —dice en voz baja—. No debe lamentarse ni quejarse. Aquí no debe hablar de Heathcliff en absoluto. Los Linton han sufrido una pérdida terrible, y usted debe poner sus sentimientos por delante.

Nelly hace esto a menudo, hablarme como si no entendiera cómo funcionan los sentimientos de los demás. Como si no hubiera consolado a Edgar muchas veces cuando se ha sentido miserable por alguna razón u otra. A menudo me ha dicho que tengo el corazón duro, pero creo que es bastante mezquino de su parte insinuar tal cosa otra vez cuando estoy en mi lecho de enferma.

—Dígame a qué se refiere —le digo con impaciencia.

Me aprieta más la mano.

—El Sr. y la Sra. Linton también sufrieron la fiebre —dice, con la misma voz baja. Ahora entiendo que está tratando de ser sombría y respetuosa, y desea que yo haga lo mismo—. Han muerto. Su Edgar ahora es el Sr. Linton. Él y su hermana están de luto.

El aliento abandona mis pulmones, de golpe.

—¿Los dos? —digo.

Nelly asiente.

—Sé lo que se siente al perder a dos padres, y estar solo. Seré amable con él —le digo.

—Es un comentario muy amable —dice ella—. Debería decírselo usted misma. Y ser amable con su hermana también.

—Lo haré —concluyo—. Por supuesto que lo haré. Cree que soy muy fría, Nelly, pero no lo soy.

Y de repente, se me llenan los ojos de lágrimas. Estoy llorando.

Hay una pausa y entonces Nelly me abraza. Parece incómoda abrazándome, porque no es así como somos la una con la otra, pero aun así lo hace.

—Calle, ya. Tranquila.

Pero no debo permanecer en silencio. Debería estar de luto. Voy a casarme con Edgar algún día. Lo tenemos acordado, aunque no estemos formalmente comprometidos. Tenemos un acuerdo, así que eso significa que debería entender cómo se siente, ¿no? Su dolor debería ser mi dolor, y lo amo lo suficiente como para lamentar que haya perdido a sus padres. Y él e Isabella son tan *sensibles*. El menor inconveniente les afecta. Lloran por las heridas más pequeñas. Una pena como esta los ahogará. Tendré que unirme a ellos en esas aguas, o empezarán a pensar que tengo un corazón tan duro como Nelly cree. Como mi padre también creyó una vez.

Nelly sigue abrazándome.

—No llore —murmura—. Todo irá bien, Srta. Cathy. Espere y verá.

¿Acaso cree que de verdad estoy de luto? Sí estoy de luto, un poco. Pero es a Heathcliff a quien más lloro. Mis lágrimas son las mismas que lloré cuando me di cuenta de que se había ido. Que se fue sin siquiera despedirse de mí. Lo escuchó… estaba allí cuando…

No importa. No voy a pensar en eso. Ahora no.

¿Dónde está Heathcliff? ¿Y por qué no ha venido a casa conmigo? ¿Cómo pudo escuchar mis palabras, y tomárselas tan en serio?

Sin duda, él conoce mi corazón mejor que nadie. Debe hacerlo.

Nelly puede decir lo que quiera. Pero las cosas no irán bien hasta que Heathcliff esté a salvo.

3

Heathcliff

Soy blando.

No me gusta serlo. Antes, no creía que lo fuera. Desprecio a la gente así. Edgar Linton es blando. Tan pálido y con los ojos grandes. Nunca le ha dolido nada más que el puñetazo que le di en la cara una vez porque te estaba molestando, Cathy. Burlándose de ti. Entonces lloró. Lágrimas gruesas y miserables. Conmocionado. Como si el mundo nunca le hubiera hecho daño y no supiera qué hacer ahora que lo había hecho.

No lloro cuando me pegan. He aprendido a hacerlo mejor. Igual que tú.

Por lo general, soy fuerte. Arrójame a los páramos por la noche, y lo haré bien. Dame un hacha, dime que prepare una hoguera, que recoja turba, puedo hacerlo. Puedo trabajar la tierra. Si quieres que reciba un puñetazo, lo recibiré. El dolor no me asusta.

Pero la ciudad es un infierno. Nunca he visto nada igual. Mendigos en las esquinas. Gente gritando, chillando.

También hay risas, y conversaciones tranquilas, pero hasta eso es demasiado cuando hay tanta gente. Me pitan los oídos. Tengo los nervios a flor de piel, y voy dando tumbos, tratando de encontrar un lugar donde pararme y respirar.

Conocía Liverpool. O pensaba que lo conocía. Sé que los barcos atracan aquí, llevando todo tipo de cosas. Azúcar, ron, tabaco. Lo que Nelly hornea para los pasteles, lo que Hindley bebe y fuma. Todo es de aquí. Yo también soy de aquí. No creas que me trajo el agua, aunque sigo soñando con ella. Gris, cambiante. Basta para ponerme enfermo, como si quedase atrapado en ella para siempre.

No puedo ver el agua. No hay mar ni río, todavía no. La espesura de la ciudad me atrapa. Pero la ciudad es gris y cambiante como las olas de la marea. Hay tanta gente y tanto ruido, luces que brotan de las puertas y las ventanas. Pero las calles son una porquería. El sufrimiento está por todas partes. Hay ratas, perros sarnosos. Gente que es todo piel sobre huesos. Pero también hay dinero. Por eso la mayoría viene aquí: para hacer dinero, para saber lo que es ser rico. Y algunos lo consiguen. Lo veo a mi alrededor. Señoras con faldas de colores. Carruajes. Grandes carteles sobre las tiendas, pintados de forma brillante, vendiendo sombreros y cintas, dulces con azúcar. Cosas que la gente no adquiere por necesidad sino por placer, ahora tienen dinero para alimentar sus deseos.

Veo una taberna. La gente desborda por las puertas y las velas están encendidas en el interior. Tengo sed. Cerca de las Cumbres hay un manantial. Agua limpia y fresca que se puede beber si se hierve bien. Aquí no hay agua así. Solo hay cosas enfermas, apestosas y podridas. Pero no voy a la taberna a por una cerveza pequeña, de esas que quitan la sed con más seguridad que el agua. Entro, y todo son ruidos y cuerpos apretados contra mí. Quiero volver a salir de inmediato, pero no lo hago. Voy a comprar una cerveza. Una buena cerveza. No oculto que tengo un poco de dinero.

No me lleva mucho tiempo. Un hombre se acerca a mí. Es amable. Me pregunta cuándo he llegado a la ciudad. Le digo que hoy. De hecho, hace unas horas.

—Entré en la primera taberna que vi —le digo. Me hago el nervioso. Me han dicho que parezco huraño, enfadado, cuando no estoy pensando. Pero cuando lo intento, parezco diferente.

—Tu primera experiencia en Liverpool —agrega, silbando entre dientes—. ¡Debe de ser un gran descubrimiento!

—Sí —asiento—. Una verdadera sorpresa. No hay nada parecido a esto en el lugar de donde vengo.

Me observa con detenimiento. Tal vez esté pensando que no parezco alguien que viene de la misma tierra que él. O tal vez cree que soy un paleto, como el resto de los que vienen aquí en busca de trabajo y en su lugar encuentran bebida.

—Eres un chico joven —dice reconfortante—. Todo será nuevo para ti. Recuerdo que cuando tenía tu edad… —Se detiene y chasquea la lengua contra los dientes—. Pero muy pronto te acostumbrarás a la vida aquí.

—¿Tú crees? —Mantengo una mirada inocente. Que piense que confío en él. Que piense que somos amigos.

Él sonríe y dice:

—Vamos a tomar una copa mejor. ¿Has bebido vino alguna vez?

No. Tampoco he tomado nunca una cerveza fuerte. Pero el vino de verdad es un producto muy bueno. Cuesta una gran suma de dinero. Me lamo la espuma de la cerveza amarga de los dientes, con los labios cerrados. Pienso en qué hacer. Luego sacudo la cabeza hacia él.

—Entonces vamos a darte una buena bienvenida —repone con calidez, y me da una fuerte palmada en la espalda. No me lo quito de encima.

Me trae vino. Lo pruebo, porque él está mirando. Empiezo a sentirme ligero, pero la forma en que tropiezo tras él, es puro espectáculo.

Vuelco un poco de vino mientras tropiezo. Cuanto menos tenga, menos tendré que beber cuando él mire.

Me lleva hasta sus amigos. Están jugando a las cartas. La baraja está sucia, el rojo de los corazones y los diamantes es tan brillante que parece sangre. Están jugando a un juego. Lanterloo. ¿Lo conozco? Me preguntan. Les digo que no. Todos sonríen, amistosamente. Aquí todos somos amigos. Dicen que me enseñarán a jugar.

Me siento.

Jugamos un rato. No puedo volcar todo el vino, así que lo sostengo fingiendo que bebo. Y luego bebo un poco de verdad. Uno de ellos dice:

—¿Por qué no apostamos? Solo por diversión.

Estoy de acuerdo.

Hacemos apuestas. Gano la primera ronda. Todos me aplauden. Una mujer que reparte bebidas mira y pone los ojos en blanco. Se da la vuelta.

Les sonrío. Que crean que he ganado de forma justa. Que me están emborrachando bien. Que voy a apostar más y más moneda. Que se llevarán todo lo que tengo cuando esté contento y borracho y confiado. Conozco esta farsa.

Durante todo el tiempo, los estoy observando. Tratando de engañarlos; será arriesgado. Lo sé. Pero puedo leerlos. El gesto de una boca. La forma en que sostienen sus cartas. Ahí hay respuestas, cosas que me dicen quién tiene una buena mano y quién no. Quién está mintiendo y quién no.

Aquí todos somos amigos. Seguimos jugando.

Dos rondas después, estoy listo para atacar. Apuesto como antes. Pierdo una vez. Me consuelan. Dicen que le pasa a todo el mundo. Me preguntan si quiero otra copa. Ganaré una más, y luego perderé quedando algo peor en un momento. Pero entonces, entonces los sorprenderé. Le daré la vuelta a su juego y les quitaré todo el dinero de las manos. Les mostraré que no soy un blanco fácil. Están tratando de estafarme, pero seré yo quien los estafe.

Pero primero trato de ser amable. Digo que esta vez yo traeré las bebidas. Ellos protestan. Pero insisto. Me dicen que soy bueno, un buen joven. Me levanto, agarrando la mayor parte de mis monedas de la mesa.

—Así podré conseguiros un buen vino, como el que me habéis dado a mí —digo, con seriedad. Ellos ríen. No piensan mucho en mí. Me voy. Me muevo entre la multitud.

Una mano me agarra de la manga.

—No luches contra mí ahora —dice una voz. Pero no es una amenaza. Tampoco es la falsa amistad de esos hombres—. No quieres hacerlos enfadar. Y lo vas a hacer. En el momento en que ganes, tendrás un cuchillo en el vientre, y aquí nadie te defenderá.

No me asustan los cuchillos. Pero no soy tonto. Miro al chico que me ha atrapado. Tiene mi edad, más o menos. Es difícil de decir. Cara huesuda, alto, nariz pecosa. Es moreno igual que yo, pero diferente. Africano. Me tira de nuevo de la manga.

—Vamos —apura—. Si quieres cerveza, la conseguiremos en otro sitio.

—No quiero cerveza —digo—. Quiero ganar más dinero.

—Entonces consíguelo de gente con la que puedas luchar —repone—. No de ellos. Vamos.

Tengo casi todo mi dinero en el bolsillo, pero no todo. Pensar en dejar lo que hay en la mesa hace que me duelan los dientes. Pero pensar en un cuchillo en la barriga hace que me mueva.

Lo sigo afuera. Caminamos juntos a toda velocidad. Calles irregulares, ahora mojadas por la lluvia que no he oído. Las luces se reflejan y hacen que todo parezca extraño. Creo que, si me está engañando, puedo vencerlo. Todavía tengo el cuchillo. Vendí la hoz hace tiempo, cuando todavía estaba de camino a Liverpool, pero el cuchillo me sirve. ¿Dijo que esos hombres me destriparían? Bueno, yo también puedo destriparlo. Me ha dado ideas.

Pero no se vuelve contra mí. Me lleva a un lugar donde puedo ver el agua. No mar abierto, sino un muelle cerrado, que mantiene el nivel del agua bajo los barcos. Me doy cuenta de que estoy viendo el Mersey. Todo río, nada de mar, aunque tenemos los barcos de mar frente a nosotros. Aun así, el olor a sal está aquí, y algo más. Olor a ciudad. Exhala, todo a la vez.

—James —dice ofreciéndome una mano—, pero puedes llamarme Jamie. Todo el mundo me llama así.

La tomo. Nos estrechamos.

—Heathcliff —digo.

—¿Dónde aprendiste a estafar? —pregunta Jamie—. Casi los engañas.

Hindley me enseñó. No era su intención. Yo no le caía bien, pero le gustaba el juego. Le gustaban las cartas y los dados y la bebida, y a veces podía observar una o dos partidas. Cuando estaba realmente borracho podía ser amable o letal. Lo observaba: si su mano iba a por las cartas, si balbuceaba mi nombre, me sentaba. Cortar la baraja por él. Aprender.

Todos sus amigos lo engañaban. Hombres del pueblo. Señores de su época escolar. No vio cómo lo miraban cuando lo desangraban, hambrientos y asqueados a la vez. Pero yo sí. Y aprendí.

Sacudo la cabeza.

—Me habrían acuchillado.

—¿Me preguntas a mí? Sí, lo habrían hecho. Isaiah y sus hombres son buenos estafadores, pero tú te pasas el tiempo engañando a jornaleros, y puedes ser despiadado. Los trabajadores son fuertes, y no les gusta que los engañen. A veces se ponen violentos. —Flexiona una mano para mostrármelo—. Por eso los hombres de Isaiah saben cómo luchar. *Puede* que tú seas mejor estafador, pero será mejor que aprendas a ser más inteligente antes de arriesgar tu cuello otra vez de esa manera.

Siento calor en el estómago. No me gusta ser un idiota. Ni siquiera quiero darle las gracias, pero me obligo a hacerlo.

Se encoge de hombros, raspando una bota contra la piedra.

—Tenemos que cuidarnos mutuamente.

Nosotros. Como si fuéramos lo mismo. Me quedo callado.

Él empieza a caminar de nuevo. Lo sigo. Caminamos uno al lado del otro, a la vez.

—No eres un campesino —concluye al final—. No es su marca habitual. Lo sabía. En cuanto te vi, lo supe.

—Vi —repito sin rodeos. Pienso en mi piel y en la suya—. ¿Qué es lo que viste?

—Tienes las manos llenas de cicatrices —dice, con facilidad y tranquilo. Como si fuéramos amigos que solo están charlando—. ¿Tal vez estás huyendo de un mal maestro? ¿Un amo? He oído que la ley ha cambiado, pero aquí nunca se sabe.

—No tengo ningún maestro —le digo.

—Si lo tienes, no dice nada de ti —repone Jamie—. O... lo tenías. Ahora estás aquí. Ya no tienes uno.

Se queda en silencio, pensando. Luego dice:

—¿Eres un lascar?

—Lascar —digo, como si fuera su eco.

—Un marinero del este —explica—. Pero si no sabes lo que es... supongo que no, ¿verdad?

No necesitaba que me lo explicaran. Conozco la palabra. Me lo han llamado antes. «Míralo, un pequeño lascar normal y negro, ¿no?». Los aldeanos de Gimmerton, la gente sentada detrás de mí en la iglesia... oí lo que susurraban sobre mí. Entrando en mis oídos como un veneno. Pero ahora mismo, de pie junto al Mersey, la palabra *lascar* se asienta en mí de forma extraña, como un peso en mis huesos. No sé qué decir, pero no hace falta. Jamie sigue hablando.

—Tal vez estoy equivocándome. ¿Tal vez eres el bastardo de un hombre rico al que han echado de su casa? ¿No?

No niego con la cabeza, no miro de reojo, pero él lee el silencio de todos modos.

—Entonces no eres más que otro asalariado, después de todo. No hay trabajo en tu antiguo pueblo, así que ahora estás aquí tratando de hacer fortuna.

Exhala.

—Ah, bueno. Eso es aburrido.

Se detiene, volviéndose sobre sus talones para mirarme.

—Necesitas una cama, conozco a una señora que alquila una —dice—. Bueno, media cama. No tienes suficiente para una entera.

Perdí dinero a manos de Isaiah por la intromisión de este extraño. Pero digo:

—Eso no lo sabes.

Su boca se tuerce. Casi sonríe.

—No te pelees conmigo —advierte, y levanta la mano. Me muestra una mano llena de monedas. Y yo me sobresalto, me toco el bolsillo y me doy cuenta de que está más ligero.

—Es tuyo, es tuyo —dice con rapidez, y me lo entrega. No puedo alcanzar mi cuchillo al mismo tiempo. Inteligente de su parte—. Pero aquí tienes una lección. Puedes hacer números y farsas. Eso está bien. Pero eres demasiado blando. Necesitas mejorar tus habilidades.

Me mira, esperando. Tal vez quiere que le pida que me enseñe.

No digo nada.

—Venga —dice al final—. Te enseñaré lo que puedes alquilar.

Tengo orgullo. Pero estoy cansado, me duele la cabeza. No digo que no. Sigo caminando. Ni siquiera me doy la vuelta y me alejo cuando me dice, todo despreocupado:

—¿De dónde eres? Si se puede preguntar. —Sonrisa rápida—. Mi padre es un marinero. Kru, de la Costa de la Pimienta. Es parte de África —añade cuando lo miro fijamente. Lo dice como si lo hubiera dicho muchas veces. Como si la gente no lo supiera—. Mi mamá es irlandesa. ¿Y tú?

—No lo sé —digo en voz baja. No es verdad. Aunque tampoco es una mentira.

—Claro —asiente él. No parece compasivo. Bien. Si me hubiera compadecido, me habría peleado con él—. Bueno, tal vez un día lo descubras.

Me tumbo en mi media cama. Un desconocido yace a mi lado, en silencio. Alguien en otra cama ronca con fuerza. No puedo dormir.

Tengo los bolsillos más ligeros, una especie de luz aterradora, porque he pagado un mes completo. Esto es lo mejor que pude conseguir. Media cama, en una casa que acepta hombres que no son blancos. Que no son «ingleses auténticos», es lo que dijo el propietario. Así que aquí es donde me quedaré.

Dudé. No quería pagar tanto. Pero el propietario me dijo:

—Puedes quedarte aquí, muchacho, o puedes quedarte en un sótano. —Señaló hacia abajo. Como si no supiera dónde están los sótanos—. Solo te costará un penique por noche, si el dinero es lo que te preocupa, pero te llegará el agua sucia hasta la rodilla cada vez que llueva. Algunos sitios ponen las camas en alto en ladrillos, pero no todos, y eso no ayuda al olor…

—Me quedaré la media cama —dije, cortando sus palabras.

—Buena elección —concluyó. Pagué.

La única luz es la de las lamparillas de caña que arden en los soportes. Las sábanas están mohosas. El aire tiene un olor espeso, a moho dulce, humo de carbón. Me quedo despierto y pienso. No puedo dejar de pensar.

Cathy… ¿De dónde soy?

No debería preguntártelo. No lo sabes.

La mayor parte del tiempo nunca me importó no saberlo. Quería estar donde tú estuvieras. El hogar era las Cumbres. El hogar eras *tú*. Pero a veces me lo preguntaba. Y ahora que ya no hay un tú para mí, me lo pregunto casi siempre.

Cuando era niño, vivía en esta ciudad. Ahora no me acuerdo mucho. Pero tenía hambre. El tipo de hambre que te devora. Empiezas a ver tus propias costillas. Quieres dormir todo el tiempo.

Fue tu padre quien me encontró, Cathy. Se detuvo en la calle. Me miró, con los ojos grandes como platos. Pensó que sabía de dónde venía. Lo hizo actuar de forma extraña. Lo hizo llevarme a casa bajo su abrigo, diciéndome que me daría una nueva familia. También me alimentó. La primera vez que lo hizo, enfermé. Después de eso, fue muy cuidadoso. Solo pequeños bocados. Pastel de carne, todavía caliente, solo un trozo de corteza, un trozo de la salsa del interior. Un poco de pan. Tal vez no recuerdo mi vida, pero recuerdo lo bueno que estaba el pan.

Me dijo que en mi nuevo hogar habría gachas. Me dijo cómo serían. Con leche, tan espesa que se podía meter una cuchara en ella. Dijo que como regalo, tendría un poco de mantequilla. O miel negra. Dulce, pegajosa. Oír eso me dio más hambre. Hizo que volviera a comer rápido, sin miedo a enfermar.

Recuerdo que me miraba comer, como si sus ojos estuvieran hambrientos.

Me preguntó mi nombre. No respondí. Ahora no sé lo que habría contestado. Hace tiempo que se fue.

«Heathcliff», dijo. «Te llamaré Heathcliff. —Pasó una mano por mi cabello—. Ese era el nombre de mi primogénito».

No pregunté si su primogénito estaba muerto. Al escucharlo lo supe de inmediato.

Me llevó a casa. Envuelto en su abrigo, me dejó salir. Recuerdo cómo me miraste. Tú y Hindley. Incluso Nelly, apartándose como una buena sirvienta. Desconfiados.

Tu madre se enfadó con él. Llevó a tu padre a otra habitación. Me lavaron, Nelly me frotó a regañadientes, la suciedad se arremolinaba en el agua. Y tú y Hindley fuisteis regañados por pellizcarme y reíros de mí. Os enviaron a la cama.

Pero a mí, Nelly me dejó en las escaleras. Es más cruel de lo que le gusta que la gente sepa. Pero en ese momento no pensó que yo fuese gente. Dijo que yo era una molestia. Me insultó. Pensó que era de la gente que venía de fuera. Me dijo que debía irme y encontrar a los de mi raza, porque no estábamos hechos para los hogares, solo para robar y huir.

No me fui. Esperé. Me dejó solo, y luego caminé en silencio, siguiendo la voz de tu padre. Escuché, eso sí.

—Tenía hambre. —Tu padre—. En la India —dijo, y se detuvo.

Pensé, *¿qué tiene que ver la India conmigo?*

Tu madre suspiró.

—Así que los nativos se morían de hambre —repuso ella—. Es triste, sí. Pero tú te tomas las cosas demasiado a pecho.

—Un hombre debe expiar sus errores —dijo tu padre—. Tal vez Dios me lo envió, un indio para reemplazar a los que la Compañía dejó morir…

—Ni siquiera sabes si es indio —dijo ella, cortante—. Pobre criatura, podría ser cualquier cosa. Podría ser un esclavo abandonado.

—Nadie trata nada valioso de la manera en la que él fue tratado.

—Entonces es un esclavo que se ha fugado. Deberías llevarlo de vuelta y ver si pertenece a alguien.

Oí un ruido. El crujido de una silla.

—No sabes lo que pasó, querida —dijo—. Lo que hicimos.

Volvió a suspirar.

—¿Y cómo vas a ocultar la verdad sobre este niño?

—Si sobornas a la gente adecuada, puedes hacer cualquier cosa —dijo tu padre—. Antes era bastante fácil. Unos cuantos registros parroquiales alterados, un secretario amable o dos…

—Por entonces tenías más dinero. Teníamos dinero suficiente para hacer las cosas bien. Y aun así cada día me preocupo por nuestros bebés. Me preocupa que alguien los mire y lo sepa. Pero son tan hermosos y están tan bien formados. Estoy muy agradecida por ellos. Pero él… es tan oscuro. —Bajó la voz—. No podemos tratarlo como si fuera nuestro. Y no podemos tenerlo aquí. ¿Y si alguien lo mira y… lo averigua?

Tan oscuro. Me impactó mucho aquello. *Tan oscuro*. Me había mantenido al margen, pero entonces me asomé. *Si soy tan oscuro*, pensé, *las sombras me ocultarán*. Las sombras y yo somos iguales.

—Hice la promesa de amarlos —dijo ella. Una mujer pálida y descolorida. *Sus hijos no se parecen a ella*, pensé. No tienen la nariz fina, ni la boca de ella. Si mirase sus rostros en un charco junto al mío (si el agua nos lavara a todos hasta convertirnos en grisáceos temblorosos, volviendo nuestra piel idéntica) nos pareceríamos más unos a otros que a ella—. Por mi promesa, debería echar a ese chiquillo de mi casa.

Tu padre la miró. Sentado en una silla, levantó la cabeza. Su rostro era gélido.

—Esta es mi casa —dijo—. Ya has dicho lo que tenías que decir. Ya basta.

—No prometo amarlo.

—*Basta*.

Volví a las escaleras. Me senté allí hasta el amanecer.

Nunca te lo he dicho, Cathy. Incluso después de que muriera, y nos sentáramos y lloráramos su pérdida. Nunca te lo dije. Pero me puso el nombre de su primogénito muerto, así que tal vez deberías haberlo adivinado. Me acogió por los muertos. Por los fantasmas. Porque éramos iguales, Cathy. Tú, yo. Hindley.

No sé de dónde vengo. Pero sé de dónde vienes tú. Conozco todos tus secretos.

Incluso los que tú no sabes.

4
Catherine

Edgar e Isabella están tristes. Siempre lo están, por supuesto, porque están de luto, pero hoy lo están aún más porque me voy. No quieren que me vaya. Isabella se aferra a mí, apretando su cara contra mi hombro. Aunque soy mayor que ella, es más alta y sigue creciendo, y tiene que agacharse para hacerlo. Sus rizos me hacen cosquillas en la nariz.

—No te pegues tanto, Isabella —digo. Pero la abrazo en respuesta, y luego le retiro los rizos para que pueda respirar con más libertad—. Solo estaré en las Cumbres. Puedo visitarte en un abrir y cerrar de ojos. No me echarás de menos en absoluto.

—¿Puedo visitarte cuando quiera, Cathy? —pregunta Isabella con un suspiro—. Podemos comer pasteles y tomar el té juntas y… oh, puedes mostrarme tu habitación, y la cueva de hadas de la que me hablaste. Me gustaría.

Puedo ver a Edgar por encima de su hombro. Nuestras miradas se cruzan.

—Catherine vendrá aquí con nosotros —le dice a Isabella—. Tomaremos el té y los pasteles aquí. Ahora eres la dueña de la casa, Isabella —continúa, aunque ella sigue aferrándose—. Será bueno para que practiques.

Isabella se tranquiliza con eso y finalmente se decide a soltarme. Edgar se pone a mi lado. Está muy pálido con los colores del luto, casi más enfermizo que yo. Debemos de haber sido un espectáculo bastante extraño para los visitantes que vinieron a darnos el pésame: Isabella alta y llorosa y Edgar pálido como un fantasma, y yo.

Tal vez los visitantes pensaron que era extraño verme sentada junto a ellos, como si fuera de la familia, o como si ya estuviera casada con Edgar. Supongo que era impropio que yo estuviera allí. Seguro que Edgar lo pensó. Intentó convencerme de que me quedara en la cama cuando vinieran las visitas, pero yo insistí en que les haría compañía a él y a Isabella.

—No dejaré que sufráis solos —dije—. Debería estar allí para llorar con los dos. No discutas conmigo, Edgar.

Aunque Edgar odiaba hacerme enfadar, parecía que discutiría. Pero cuando Isabella se aferró a mi mano y le rogó que me dejara quedarme —«Oh, por favor, por favor»—, cedió.

Los visitantes me miraban de forma extraña. Pero si pensaron algo raro, no lo dijeron. Además, es obvio que he estado enferma. He adelgazado mucho. Cuando Nelly me viste, tiene que apretar más mis medias, o no hay apoyo en ellas. Y soy muy buena con el duelo. Me senté junto a Edgar e Isabella y lloré cuando ellos lloraron, con un aspecto muy triste y frágil todo el tiempo. La verdad es que fue muy fácil. Todo lo que tuve que hacer fue pensar en Heathcliff y mis ojos se llenaron de lágrimas.

—Catherine —dice Edgar ahora, con voz tentativa, como si quisiera preguntarme algo. Pero cuando lo miro, sus ojos están tan tristes como siempre. Sacude la cabeza.

»Supongo que estará deseando volver a casa —termina.

No puedo decirle la verdad, que es que sí. Me alegrará mucho estar en casa, pero también me da mucho miedo. Así que le agarro la manga, aprieto y la suelto. Le sonrío.

—Vamos, Edgar —digo—. No quiero hacer esperar a todo el mundo.

A Edgar le preocupaba que volviera a casa, pero insistí. Me alegro de haberlo hecho. He echado de menos el viento sobre mí. Es frío y muy cortante, y me pica la cara. A caballo, puedo ver cómo la hierba se mueve con el viento, moviéndose como el agua, y las salpicaduras de color que marcan la aliaga y el brezo. Sobre mi cabeza, el cielo está despejado y los pájaros revolotean. Por primera vez desde que me desperté rodeada de *chinoiserie* amarillos, vuelvo a sentirme libre.

No tardo en vislumbrar las Cumbres. En lo alto, es muy oscura en contraste con el cielo azul que hay detrás. Pero mi corazón se abre a la vista, y aunque mi corazón está lleno de una horrible miseria que es mejor dejar sellada, no puedo evitar sonreír.

Me gusta mucho la Granja. Es un lugar precioso. Me gusta pasear por ella, rodeada por las cortinas largas y el papel pintado y los candelabros, como si me bañara en el sol. Estar rodeada de tanta riqueza te hace sentir bien. Los Linton tienen a montones, y suficiente para todos, así que no me siento culpable por disfrutar. Pero las Cumbres son mi hogar, e incluso cuando me case con Edgar, las Cumbres mantendrán todas las partes de mí que no puedo llevar conmigo. En realidad, la mayoría de las partes que hay en mí. No puedo ser un demonio parlanchín, no apto para la compañía humana, siempre corriendo descalza por los páramos, y ser la Sra. Linton. Lo sé.

Las Cumbres es gris y austera; mi casa no es tan grande como la Granja ni tan pequeña como cualquier casa de campo de un trabajador. Es la casa de un caballero perfectamente respetable en tamaño y forma, pero de alguna manera siempre ha sido extraña. Tal vez sean las gárgolas talladas sobre la puerta, curtidas por la intemperie de modo que sus rostros están descoloridos, nada más que ojos planos y dientes puntiagudos, lo que hace que la casa parezca tan extraña. O tal vez es la forma en que la casa se inclina, como los árboles, como si el viento la hubiera doblado.

Cuando éramos pequeños a veces le decía a Heathcliff que las Cumbres era una creación de las hadas, no muy diferente de la cueva bajo los riscos que tantas veces habíamos explorado juntos; construida una noche por unas manos sobrenaturales y luminosas y dejada atrás para que los mortales tropezaran con ella. A veces le contaba esas historias a la luz de la luna, o en el suelo frío de mi habitación con una vela encendida entre nosotros. La cera de abejas se derretía y hacía fluir dulces espirales de humo como si fueran dedos entre nosotros, y la llama volvía los ojos de Heathcliff tan dorados como una guinea pulida. Se lo dije tantas veces y tan profundamente que me lo creí de verdad, y a Heathcliff le gustaba demasiado como para decirme que estaba siendo una niña estúpida, contando cuentos ridículos.

Heathcliff siempre le ha dado importancia a todo lo que digo. Nadie más lo hace.

Aunque ahora sé que no debo creer que las Cumbres es especial, el hogar sigue teniendo el aspecto de unas ruinas encantadas. Ahora que vengo de la Granja, que es nueva y reluciente, no puedo dejar de notar lo destartalada que está la casa.

No quedan muchos sirvientes en las Cumbres, pero el amargado de Joseph —que me pegaba a menudo cuando era niña, y me decía lo mala que era—, está esperando con algunos otros, con la cara más pálida que nunca. Pero no dice nada grosero —en realidad no dice nada en absoluto—, así que estoy segura de que mi hermano le ha dicho que se comporte. Supongo que Hindley está intentando dar una buena imagen.

Mi sobrino pequeño debe haber visto cómo nos acercábamos desde la ventana porque oigo un grito de alegría y luego lo veo salir corriendo por la puerta.

Debería saludar a los sirvientes como lo hace una dama de verdad, pero cuando me bajo del caballo, me inclino y apoyo la cara en la cabeza de mi sobrino. Supongo que una dama debería darle un beso en la frente o en la mejilla… no, sé que una dama como Dios manda haría precisamente eso, porque he visto cómo se comporta Isabella.

En lugar de eso, lo beso, le pellizco la mejilla y le digo:

—Bueno, ¿me has echado de menos, Hareton?

—No —miente con descaro.

Oigo un ruido en la puerta, y cuando Edgar se baja y ayuda a Nelly a bajar también, levanto la cabeza y veo a mi hermano.

Hareton puede ser toda una energía salvaje, pero hoy Hindley es todo lo contrario. Sale de la casa con calma, tan regio como un rey. Como si todos lo estuviéramos esperando. Los sirvientes, Hareton, yo. Incluso Edgar, que está esperando con mucha educación, aunque solo por sus elegantes prendas se puede decir que es demasiado bueno para nosotros.

No somos gente rica. No como los Linton. Es verdad que yo llevo vestidos bonitos que me hacen parecer rica. Sedas y encajes, sombreros con plumas altas, collares y otras cosas finas. Pero un vestido es una inversión en el futuro de todos nosotros, o eso dice Hindley. Después de todo, debo casarme bien. Pero toda la gran fortuna que mi padre ganó en sus viajes al extranjero fue utilizada, sobre todo por padre. Las pocas cosas buenas que nos quedan de él, sedas y algodones y otras extrañas telas de gasa, joyas engastadas en oro, y pequeñas cajas de laca, están cuidadosamente guardadas fuera del alcance de cualquiera. Hindley no puede soportar verlas tanto como yo no podría soportar verlas vendidas, así que permanecen bajo llave. Ni siquiera estoy segura de que Nelly las haya visto.

Hindley se viste con esmero. A menudo, cuando estamos solos en casa se sienta sin nada más que la camisa y los pantalones y medita sobre sus copas. Pero hoy tiene el pelo bien lavado y peinado. También su ropa está limpia. Siento que el alivio me atraviesa cuando camina hacia mí y me doy cuenta de que su mirada está clara y serena, como si por una vez no estuviera enfadado, y no hubiera tocado ni una gota de bebida.

Por supuesto, el alivio no dura mucho. Edgar ya ha forzado una sonrisa en el rostro a pesar de su dolor y está diciendo algo cortés —el qué, no lo sé, pero supongo que no importa— cuando mi hermano le da unas bruscas palmadas en la oreja a Hareton. Él grita y se agarra la cabeza. Nelly también hace un ruido, pero cuando la miro, ha apretado los labios con fuerza, mirando hacia otro lado. Estoy seguro de que consolará a Hareton más tarde, dándole algo dulce en la cocina para calmar sus sentimientos heridos.

—Te dije que no corrieras, muchacho —dice Hindley de forma brusca—. ¿Qué pensará ahora el Sr. Linton de nuestra familia?

Siento cómo Edgar me mira, aunque no lo vea. Pero ambos nos mantenemos en silencio mientras Hindley me sujeta por los hombros y me mira con ojo crítico.

—Bueno, después de todo no vas a morirte —dice mi hermano, sonando satisfecho—. Aunque has adelgazado, Cathy.

—El médico dijo que solo podía comer gachas —le comento.

Hindley resopla. Ya no cree mucho en los médicos, no desde que el médico local dejó morir a su esposa al dar a luz a Hareton.

—Te conseguiremos comida de verdad —asegura. Luego me da una palmadita en el hombro y me suelta.

Nelly nos lleva a mí y a un Hareton ahora sombrío a casa, mientras mi hermano se acerca a Edgar a grandes zancadas. Lo último que oigo es a mi hermano diciendo:

—Linton, mis condolencias. Perder a su familia es algo terrible…

Y entonces la puerta se cierra detrás de nosotros mediante las manos firmes de Nelly, y me apremia con la misma firmeza para que vaya a descansar.

A pesar de las estrictas órdenes de Nelly de que me fuese a la cama, me paseo por la casa. Sé que Hindley estará un rato hablando con Edgar. Además, quiero saludar a mi propia casa. Recorro con mis dedos las paredes. Golpeo mis pies contra el suelo. Hareton trota tras de mí, una sombra testaruda.

Hogar es el lugar donde uno va a enterrar las emociones. Siempre he pensado que es así. En casa puedo ser rara y estúpida, estar enfadada y ser malvada, y contar historias que hacen que Joseph murmure y pise con fuerza al aire libre y que Hindley amenace con darme una palmada como si fuera una niña. Cada vez que salgo de las Cumbres, debo dejar todas esas partes de mí. Las dejo en los huecos entre las piedras de los muros, donde se cuela el viento. Las dejo en las raíces del árbol que está frente a la ventana de mi habitación, el que golpea las ramas contra el cristal. Y las dejo en los libros que tengo junto a mi cama.

Me hace feliz pensar que una versión salvaje de mí misma todavía vive dentro de mi casa, incluso cuando no estoy en ella. Cuando estoy en otro lugar y me porto bien, ella se pone a traquetear dentro de las Cumbres. Espero que un día rompa todas las botellas de vino de Hindley.

Al final, Nelly me encuentra y me persigue hasta mi habitación. Me desnudo y me meto en la cama. No estoy ni remotamente cansada, pero hago lo que me dicen, cierro los ojos y me acurruco bajo las mantas.

Puedo oír el momento en que Hareton se acerca sigilosamente. Mi cama es de las antiguas, de las que se cierran en un armario, así que la única luz que tengo viene de la ventana, o de mi propia vela. La gente puede entrar y salir de mi dormitorio y aun así puedo estar escondida. Hareton araña la madera con las uñas, quiere que lo deje entrar. No me muevo.

—¿No deberías estar con Nelly? —pregunto—. Se enfadará.

—Historia —susurra.

—Quiero dormir —digo con fastidio.

Hareton vuelve a arañar la madera, con más fuerza.

Suspiro y miro hacia la ventana. Puedo ver la forma del árbol del exterior, las ramas desnudas, un tono marrón opaco a través del cristal.

—Bien. Pero tendrás que sentarte ahí fuera, y pasarás frío y estarás incómodo, y si te quejas no te dejaré entrar aquí.

Acepta y se sienta en el suelo con un entusiasta roce de pies.

Quiero a Hareton, pero sé que tengo muy poca paciencia con los niños. A veces pienso en cómo será cuando esté casada con Edgar. Supongo que tendré que tener bebés. ¿No es eso a lo que están destinadas las esposas? Pero pensar en ello hace que se me revuelva el estómago.

—Érase una vez —le cuento a Hareton—, aquí no existía ninguna casa. Y entonces vinieron las hadas, arrancaron la hierba, la mezclaron con los sueños de los niños, y empezaron a hacer piedras mágicas...

Al final, oigo que Hareton empieza a roncar despacio. Dejo de hablar. Tendré que despertarlo pronto y llevárselo a Nelly, o tendré la obligación de compartir mi cama con él. De todos modos, no puedo dejarlo en el suelo frío. Pero decido que puede esperar un poco más.

Abro el pestillo de la ventana. Una rama delgada, estrecha como un huso, tiembla con el viento y se inclina por la ventana abierta. Parece que me saluda. Si cierro bien los ojos por la noche, a veces sueño que las ramas temblorosas son manos que golpean el cristal con sus afilados dedos, tratando de entrar.

Soy buena contando cuentos. A los demás, o a mí misma, si no hay nadie cerca que se siente y me escuche. Algunos de ellos son ciertos, y otros no, pero ya no estoy segura de cuáles son mentira.

Lo que sí sé es esto: sé que las Cumbres no está hecha por hadas. Sé que mi padre compró las Cumbres con dinero de la India. Hizo fortuna allí, y luego volvió a casa, y nos trajo a madre, a Hindley y a mí aquí para vivir una vida tranquila fuera del pueblo de Gimmerton, lejos de su antigua vida. Nunca se preocupó por los círculos de ricos y los amigos, aunque supongo que alguna vez los tuvo. Para cuando supe algo de su pasado, la mayoría de las riquezas habían desaparecido.

A mi padre siempre le preocupaba encajar. Me advirtió desde muy pequeña: «No le cuentes a nadie lo de las sedas escondidas en casa, o alguien nos llamará familia de tontos, y se burlarán de nosotros por nuestras conexiones con la India y nunca nos aceptarán. No uses palabras sin sentido con Hindley, o la gente pensará que eres boba y nos despreciarán a todos. No corras tanto, Cathy, o la gente dirá que eres salvaje y maleducada. ¡Cathy, estate quieta!».

Creo que a padre lo perseguía la India. A veces tenía una expresión lejana en los ojos y le invadía una tristeza que yo no podía entender.

Así que fue muy extraño cuando padre trajo a Heathcliff a casa.

Pienso en el día en que llegó Heathcliff, ahora, y en cómo era él: lo pequeño, delgado y diferente a mí que era. Porque era un niño, y pobre, y hambriento, y porque tenía la piel como el corazón cálido de un árbol, y las cejas gruesas y fuertes, y el pelo como la noche. Nadie debía saber que padre era un nabab, un hombre que había hecho su fortuna en la India, pero a nadie se le escapaba que Heathcliff era un forastero. Incluso se negaba a hablar en inglés a no ser que lo obligaran, aunque estaba segura de que sabía tan bien como yo. Nos soltaba palabras extrañas del mismo modo que un animal herido utiliza los dientes y las garras para alejar tus manos de él. Todo lo que atormentaba a padre volvía a estar vivo en Heathcliff. Y tal vez por eso Hindley lo odiaba, e incluso madre también.

Pero yo no le temía, y no tenía un pasado que me persiguiera. Cuando miré a Heathcliff, solo pensé... oh, si soy sincera no pensé nada al principio. Estaba enfadada porque mi padre había llegado a casa muy tarde. Había roto la fusta que le pedí como regalo, y me enfadé muchísimo. Pero más tarde, vi la ira en la cara de Heathcliff, y el orgullo en su mandíbula, y la forma en que me miraba, y me gustó. Simplemente me gustó. No había nada que me asustara de él. Me gustaba tanto que era como si hubiera estado esperando toda mi vida para conocerlo.

Y si se ha ido para siempre, si nunca vuelve a mí… Me pasaré toda la vida esperando a que vuelva.

Aprieto los ojos con fuerza para detener las lágrimas. No voy a llorar. En cambio, me contaré un cuento. Uno que sea verdad.

Rodeo una rama con los dedos, la rama más delgada que me alcanza primero, y pienso: *Si hay algo de magia en esta casa entonces traerá a Heathcliff a casa conmigo. Lo traerá a casa.*

Y *hay* magia. Para empezar, ¿cómo, si no, podría haber llegado a mi vida?

5

Heathcliff

Ir a una pelea es más fácil de lo que esperaba. Le pregunto al hombre que alquila la misma cama que yo en la pensión. Está lleno de cicatrices y fuma pipa. Se llama John, y una vez fue soldado. Americano, leal, me dice, uno de los hombres esclavizados a los que se les prometió la libertad si luchaban. Consiguió su libertad, pero ahora está aquí, pagando por media cama. Consigue trabajo en los muelles donde se pueda. Aunque no hay mucha aceptación para los hombres negros, me dice. Ni en los muelles, ni en ningún sitio.

—Ni para hombres como tú tampoco —me advierte.

Por su mirada —la forma en que sostiene la pipa, con el ceño fruncido— no es la vida que quería. Pero es práctico, firme. Me dice que ya ha participado en peleas antes, así que sabe a dónde ir. John me dice sin rodeos que no es una pelea legal, así que las peleas se mueven. Pero los que quieran enterarse pueden averiguar dónde será la próxima. Las noticias recorren las tabernas y los bares de ginebra, cafeterías y muelles. John dice que es hábil para obtener información de ese tipo.

—Conozco a gente. Mucha gente, y me dan mucha información con la que podría hacer un montón de cosas. El problema —me dice, aunque no le pregunto—, es que tengo un exceso de moral. Y eso me ha dejado donde estoy.

—Aceptaré cualquier información que quieras compartir —repongo.

Me mira fijamente y me dice:

—Sigamos con lo de la pelea, hijo. Pero yo si fuese tú tampoco lo haría. —Pone énfasis en el «tú». Pero yo espero, sin decir nada, y él me dice a dónde ir.

Estoy en un almacén cerca de los muelles. Por aquí hay pescado almacenado. Ojos apestosos, medio podridos y con reumatismo. Ahí es donde conozco a los hombres que dirigen todo. Que hacen que haya deportes de sangre, con perros y gallos, y dirigen peleas entre personas. Son ocho, sentados en cajas. Los brazos sobre las rodillas. El humo de la pipa se enrolla alrededor de sus cabezas. Tienen el aspecto que yo espero. Amigables, pero amenazantes. No te enfrentas a hombres como ellos.

Uno mira hacia arriba, con los ojos entrecerrados, y otro se levanta. Lleva un cuchillo. Los demás se ponen tensos cuando él se mueve, y algunos buscan sus armas. Pero uno se queda quieto. Con las manos juntas. Observando. Lleva una chaqueta azul de marinero y un pañuelo alrededor del cuello. Pero no es un marinero. Ese es al que hay que temer. Ese es el fijador: el que está al mando.

—No te conozco —dice el hombre del cuchillo. Tiene la nariz rota. La mejilla derecha tiene marcas de viruela—. ¿Qué estás haciendo aquí?

Me pongo de pie.

—Quiero ser un luchador.

Alguien resopla y murmura:

—Tú y todos los malditos niños de esta ciudad.

—Tengo dieciséis años —digo, aunque eso les hace sonreír. Se burlan de mí—. Soy lo bastante mayor.

El fijador dice:

—Estás flaco. —Lo dice de forma crítica.

—Pero soy fuerte —advierto—. Puedo demostrarlo.

Silencio. Se miran entre ellos. Uno se ríe, por lo bajo. El que tiene el cuchillo lo deja en el suelo y dice:

—Entonces vamos a verlo. Si duras un minuto, tal vez veamos cómo lo haces en un combate de verdad.

Todo en él inspira confianza. Sabe que puede acabar conmigo. Lo miro mientras se quita el abrigo y se arremanga, yo también lo sé. Pero un minuto no es tanto. Levanto los puños.

Aguanto un rato. Pero la cosa se pone fea. Un puño me roza la mejilla. Otro va por debajo de mi barbilla. Eso me romperá la mandíbula, lo sé. Pero yo me lanzo a la izquierda. Le clavo el codo en el lateral del cuello. Él maldice, y luego se ríe mientras me agarra del pelo, sujetándome por la cabeza. Me retuerzo.

Alguien se ríe de nuevo.

—Como una anguila —dicen—. Mirad cómo se mueve.

Me libero, pero me empuja hacia el suelo, poniéndome las manos en la espalda. Me inmoviliza durante un segundo, con un rodillazo en la espalda.

Se oye la palmada de alguien.

—Suéltalo —ordena una voz.

Me suelta. Nos ponemos de pie.

El fijador de la chaqueta de marinero sigue sentado, mirando. Él me dice:

—Han sido dos minutos. Pero estás demasiado delgado, muchacho. Tal vez seas más fuerte cuando seas mayor. Tal vez no.

Pienso que estos hombres me van a rechazar. Pero entonces sonríe. Complacido.

—Siempre necesitamos a alguien que pueda recibir un golpe —me dice—. Alguien que pueda perder cuando le digamos que pierda.

Contesto:

—En eso soy bueno, si me pagan por ello.

La siguiente pelea es esa noche. El almacén se llena de gente. La gente aúlla haciendo apuestas. El fijador fuma de una pipa de tabaco. Yo me quito la camisa. Me vendo las manos. Me dicen las reglas mientras me preparo.

—No golpees por debajo de la cintura —dice el hombre marcado por la viruela, parece aburrido—. Si vas hacia las rodillas o más bajo, pierdes el asalto. Pierdes todo el combate cuando no te levantas para un nuevo asalto. ¿Lo entiendes?

Asiento con la cabeza. No digo nada.

Mira al público y añade:

—Pero si el público está contento, no hay reglas. Y si caes antes del segundo asalto o después, no te pagarán.

Miro a la multitud. La mayoría son normales: pobres, agotados, con ropas raídas. Veo sobre todo hombres. Algunas mujeres. Hay unos pocos ricos, con el pelo recogido y la ropa reluciente. Tienen sed de sangre en los ojos. Sé lo que va a querer la multitud.

—Bien —acepto, escuetamente.

El otro luchador es más grande que yo. Está enfadado.

—¿Me das un niño pequeño para que le pegue? —le grita al hombre—. ¿Sabes lo estúpido que me hace parecer esto?

Al hombre marcado por la viruela no le importa, solo se encoge de hombros y le dice que entonces lo haga rápido.

—Pero que sea entretenido —advierte. Eso es lo que le importa a él, a todos ellos—. La gente quiere pasar un buen rato.

Nadie espera que gane. Miro al luchador, grande y con cicatrices y tal vez diez años más que yo, con la nariz torcida hacia un lado, y tampoco lo espero. De todos modos, el fijador no quiere que gane. Estoy aquí para perder. Solo necesito aguantar dos asaltos.

Aun así, trato de mantenerme en pie.

Me muevo rápido. Al menos soy rápido. Esquivando sus puños. El primer asalto dura lo suficiente como para que el público grite y el otro luchador se esté frustrando, derramando sudor, con los dientes al descubierto. Pero al final me da un golpe en la cara donde ya estoy magullado. Caigo al suelo. Mis rodillas golpean el suelo con fuerza. Él escupe. El asalto está perdido.

Llega el segundo asalto y me golpea. Golpes rápidos, apuntándome a la cabeza. Me alejo de él.

Me da una patada en la pierna, tratando de sacarme de mis casillas. Me da en la rodilla. Siento dolor —una explosión ardiente— pero nadie nos detiene. La multitud grita, chilla. Las reglas no importan si ellos se divierten, y lo hacen. Respiro y me estabilizo. No caigo.

Lo esquivo. Entonces retrocedo hacia él, con el puño apretado. Le doy con fuerza en la nariz.

La sangre hierve en mi puño. Me siento bien.

Si se hace para entretener a damas y caballeros, hay más reglas en el boxeo de las que me dijeron. Lo aprendí cuando tu padre aún intentaba hacer de mí el hijo de un caballero. Les gusta apostar por deportes que parecen justos. Justo, aunque haya sangre y huesos rotos. Puedes golpear aquí pero no allí. Herir a alguien así, pero no de esa manera. Supongo que la sangre es mejor para los caballeros cuando pueden decir cómo se derrama.

Pero para la gente normal esto es un deporte. Y saben que no hay nada justo. Oigo los vítores cuando me toca el hombre mayor, cuando se tambalea hacia atrás, maldiciendo, agarrándose la cara. Pero ellos gritan aún más fuerte cuando se levanta y me golpea con fuerza en la tripa. Cuando caigo, me da una patada en la cabeza, y nadie lo detiene. La multitud hace tanto ruido que me ahoga. Tengo que ponerme los brazos alrededor de mi propio cráneo y esperar, hasta que las botas paran.

No me levanto para el siguiente asalto. Y entonces se acabó.

Aun así, recibo una moneda.

—Vuelve otra vez y puede que consigas más —dice el hombre marcado por la viruela. Detrás de él, el fijador asiente.

Le digo que lo haré. Espero a estar fuera para doblegarme. Tomo aire a través de mis costillas doloridas.

Después de perder, voy caminando. Y pensando.

Me han herido mucho. Golpes. Patadas. Amenazado con un cuchillo. Una pistola. Una vez, con una pata de silla rota. Todo durante las rabietas de Hindley. A eso estoy acostumbrado.

Ser herido por un extraño es algo nuevo. Él no me odiaba. Solo quería su dinero. Él era perverso, pero yo también. Parecía... más limpio.

Pero el dolor es dolor. No pasa mucho tiempo antes de que empiece a cojear. Me duelen las costillas. Me duele la cara por la hinchazón. Ahora que mi corazón no se acelera por el combate, estoy cansado, y tengo una sensación de malestar en el pecho. Ha sido una pelea limpia, pero todavía estoy enfadado por ello. Debería haberlo hecho mejor. Debería haber golpeado más fuerte. Debería haber apuntado a las tripas del boxeador primero, a su hombro después. Vi cómo lo sostenía. Encorvado. Escondiendo una vieja herida.

La próxima vez lo haré mejor. La multitud... me mirará y pensará que voy a perder. Apostarán contra mí. Tal vez se rían. No me importa. La próxima vez sabré que podría haber ganado, aunque pierda dinero. Incluso en ese momento.

Debería volver a mi media cama alquilada, pero no quiero. Pienso en estar tumbado, dolido y enfadado, escuchando al hombre en la cama de la izquierda roncando. Pienso, y sigo caminando a otro lugar. Dónde, aún no lo sé.

La ciudad es grande y pequeña al mismo tiempo. Las casas de las calles principales están limpias y ordenadas. Los patios de las casas pobres, altos y estrechos y atestados de gente desde el sótano hasta el tejado, se esconden detrás de ellas. Pero ya sea en la calle o en el patio, las casas tienen el mismo humo a su alrededor. El mismo ruido y la misma ropa tendida, colgada en callejones oscuros como el carbón. No hay pavimento en esos callejones. Si te deslizas por uno, las paredes se cierran a tu alrededor. En un camino tan negro y estrecho que podrías estar en cualquier lado y en ninguna parte.

En ninguna parte. Me río para mis adentros. Me meto una mano entre los dientes, silenciándome.

En ninguna parte.

Tiene sentido, ¿no? Vuelvo a estar donde debo estar.

Cathy. ¿Recuerdas cuando intenté correr la primera vez?

Me acuerdo. No del todo. Pero sí algo. Recuerdo… la miseria. La nostalgia. Las Cumbres no era un hogar en aquel entonces. Liverpool era mi hogar. Tal vez anhelaba correr por los callejones oscuros de la misma manera que tú anhelas correr por los páramos, ver con tus pies el viento sobre ti. Pero todo lo que recuerdo ahora es anhelar y no tener. Echar de menos algo.

La primera noche, Nelly me dejó en las escaleras. Pero la segunda, Nelly estaba lejos, fue despachada un día o dos porque tu padre estaba enfadado con ella. Me dio una habitación. Toda para mí.

«Esta es tu casa», me dijo. Pero yo creía que me conocía mejor.

Esperé. Era noche profunda cuando me levanté. Habría robado pan de la cocina, pero tenía miedo del perro.

Así que me limité a correr.

Era una buena noche para correr. No llovía. No hacía demasiado frío. Recuerdo las estrellas. No creo que las hubiese visto tan brillantes y claras antes. Verlas me hizo detenerme antes de llegar a la puerta.

Tal vez eso te dio tiempo para arrastrarte tras de mí. Fuiste tan silenciosa, Cathy. No te oí hasta que estuviste justo detrás de mí.

—Para —dijiste. Golpeaste con el pie. Un golpe sordo, apenas un ruido, porque no tenías zapatos. Tus pies estaban desnudos, con barro, los tobillos blancos como los huesos—. ¡Para! ¡No puedes irte!

Pero ya me había detenido. Te estaba mirando.

—Si te vas —agregaste—, te convertirás en un fantasma.

—Morir —dije. Tenía la garganta irritada. No había hablado en condiciones desde la primera noche, cuando había gritado a todo pulmón, manteniéndote lejos de mí, diciéndote palabras que no conocías. Eso hizo que la cara de tu madre se volviese tensa, temerosa. Grité tantas palabras que ya no conozco. Un lenguaje que he perdido—. Quieres decir que moriré.

—Nooo. —Alargaste la palabra. Tus ojos eran tan grandes, tan negros como nada—. Eres un extraño. No conoces este lugar. Te perderás y entonces vagarás por los páramos para siempre, y algunas noches te oiré sollozar. —Te llevaste la mano a la boca. Lloraste. Oí el eco del lamento de un lado a otro, extendiéndose como un ruido animal.

Diste un paso hacia mí. La boca todavía abierta, los pies no hacían ningún sonido. Podrías haber sido un fantasma si no hubieras sido la cosa más viva que he visto nunca. La cara sonrojada. El pelo enmarañado y el viento en él. Me dieron ganas de extender la mano. Tocarte.

Pero no lo hice.

—He visto fantasmas antes —confesaste.

Tal vez mentiste. Pero yo te creí.

—He visto fantasmas que... gritan. Y sus pies no tocan el suelo, van hacia atrás...

Dije una palabra, una que conocía en aquel momento. Ahora ya no la conozco. La ausencia dolorosa es todo lo que tengo, como un diente de leche perdido. Pero por un segundo dejaste de respirar. Lo repetiste. Asentiste, despacio.

—Sí —dijiste—. Ese tipo de fantasmas.

Era como si siempre nos hubiéramos conocido, Cathy. Como si lo que hubiera pasado antes no importara. Tal vez por eso ahora no me acuerdo, por qué antes de ti solo hay oscuridad y vacío en mí. Viniste y me encontraste, y dejé que el resto se fuera. Así de fácil. Toda mi vida me llevó a ti. A una palabra que no puedo recordar, y a ti extendiendo la mano. Agarrando mi mano.

—Me voy a casa —te conté, aunque no quería hacerlo. Ya no—. Mi ma...

No terminé. El viento aullaba. Me robó las palabras de inmediato. Y ya no sé qué palabras eran.

Solo sé que me miraste. Me agarraste con más fuerza.

—Haremos de este tu hogar.

Así que caminamos. Tú y yo, buscando. Yo no sabía el qué. Tú sí. Te agachaste junto a las vallas y chasqueaste los dientes. Alcanzaste y levantaste una pluma.

—Avefría —anunciaste, seria—. La de paloma es mejor, pero nos conformaremos.

La metiste en mi chaqueta. Justo sobre mi corazón. Dijiste:

—El alma no puede irse si hay plumas. —Y yo nunca había oído eso, pero asentí. Te creí.

Pasaron noches y días. Tú y yo encontramos plumas en el granero. Al aire libre, atrapadas en la hierba alta. De pájaros abatidos, de la caza recién iniciada, colgados para desplumar y para carnicería. Hindley miraba con atención. Nelly murmuraba. Pero tu padre estaba contento de que nos hiciéramos amigos.

Dos semanas después, nadie nos atrapó. Había luna llena, y nosotros salimos. Agachados bajo el árbol de tu ventana. Enterramos plumas en un círculo allí mismo, debajo de él, despegando la suciedad con nuestras uñas. Me mordiste un mechón de pelo. Me quedé quieto mientras lo tomabas. También te cortaste el tuyo, con tus dientes blancos sobre tus rizos marrones. Yo lo habría hecho. Me incliné, lo rompí por ti. Pero no me lo pediste. Los uniste, negros y marrones. Y luego los enterramos en el medio.

—Ya está —aseguraste. Tu voz fue de satisfacción—. Ahora no puedes irte.

Algunos dirían que era un juego de niños. Pero yo sé que no. Algo se instaló en mí. Echó raíces.

Cathy. No debería poder huir de ti. Mi alma está atada a las Cumbres. Eso es cierto. Me ataron allí, con tierra y plumas. Historias y palabras que no deberíamos haber conocido. Contigo.

Pero aun así he huido. Y cada paso que doy arranca otra raíz.

Ninguna parte me escupe. Es repentino. Pongo un pie delante del otro y se acaba la oscuridad. El camino se ensancha. Hay luces. Miro a mi alrededor.

Pensaba que la ciudad era toda igual, pero esto es diferente. Los edificios son grandes. La piedra es elegante, de las que tienen brillo, todas amarillas suaves y blancas brillantes. La gente se mueve con facilidad, riendo, sonriendo. Los carruajes se deslizan como pájaros sobre el agua.

Así que así es como se ve la riqueza.

Los Linton son una clase de ricos. Con grandes tierras, con una gran casa. Pero esto no es solo una casa grande. Ni siquiera una calle. Aquí la riqueza es diferente. Veo carruajes pintados de oro. Hombres bien vestidos. Llevan pelucas empolvadas, botas negras abrochadas. Las mujeres llevan faldas grandes, de seda y con cintas. El tipo de seda que ni siquiera tú llevas, Cathy. Si pudiera, la robaría para ti.

No veo a nadie de piel oscura. Todos son pálidos. Más blancos que la piedra que los rodea, más blancos que la leche fresca. Aquí nadie sangra por tener un labio partido ni tampoco cojea. No puedo quedarme aquí. Tengo que seguir moviéndome, y rápido.

Estar aquí hace que me duelan los dientes. Es hambre, duele. Lo quiero como el pan, como las gachas todavía calientes, con mantequilla o *treacle rich*. Quiero ser rico. Quiero dinero, y el derecho a estar en un lugar con caminos anchos, caminando como si me pertenecieran.

Me acaban de golpear por unas míseras monedas. Pero no quiero sobras. Quiero *esto*.

Llego a una plaza. Es grande, gris y está asfaltada. Hay un edificio delante de mí más grande que cualquier otro que haya visto. Me dirijo a él. Leo el nombre que aparece encima. Teatro Playhouse.

Me alejo cojeando de él. Manteniendo la distancia. Como si no estuviera en condiciones para estar cerca.

Me detengo en una posada nocturna. Una especie de taberna que nunca duerme. Pero las que he conocido apestan a cerveza y ginebra. Olor a viejo, a asentamiento, del tipo que no se puede lavar. Pero esta brilla. Hay lámparas de aceite colgadas. Puertas que se abren. Una estatua en un hueco está delante, esculpida para que parezca un hombre rico. Su rostro es severo.

Un mendigo está tocando la flauta debajo de ella. La música es envolvente. Se me mete en la piel. Pero no me desprendo de las monedas, así que no lo miro a los ojos. Sigo adelante.

La cojera cada vez me pesa más.

La música se detiene: una nota larga y lenta que se apaga. Oigo un ruido de fondo. Pasos rápidos. Siento una mano en el brazo.

—*Bhaiya* —dice el hombre. Y luego algo más. Algo que no conozco. Capto fragmentos. Palabras a medias, como ecos—. Espera…

Me alejo de él. No es difícil. Es mayor que yo, creo, pero bajo. Delgado. No parece que quiera una pelea, porque me deja ir.

Dice más palabras que no entiendo. Se lo digo. Él parpadea y hace un ruido. Se disculpa. No hace falta compartir lengua para entenderlo. Pero sigue mirándome, todavía con los ojos clavados en mí. De color marrón oscuro. Entrecerrados.

El ruido es de disculpa, pero sus ojos me juzgan.

Dice algo más. Otro idioma que no conozco. Nunca he escuchado tantos mundos en una sola persona.

Sacudo la cabeza.

—Sé inglés. Nada más.

El sonido apenado se apaga con rapidez. Se relame los dientes.

—¿Has venido en un barco? —me pregunta—. ¿En cuál? ¿Quién es tu *serang*?

—*Serang* —repito.

La palabra me pica un poco en la cabeza. Una palabra lascar. No sé cómo estoy tan seguro de que lo es, pero lo es.

O tal vez lo sé. Tal vez lo supe en el momento en que Jamie me preguntó si yo era uno de ellos. Tengo sangre de lascar en mí.

El mendigo —el lascar— me está mirando y me evalúa.

—No soy un lascar —le digo con sinceridad—. Soy de aquí.

Podría decirle que vengo de la tierra, no del mar. Si soy del otro lado de las aguas, no lo sé. Todo lo que tengo son recuerdos a medias. Suposiciones y fantasmas.

Podría decir: «Háblame en otro idioma. Cuela unas cuantas palabras más a través de mis costillas. A ver qué hace sangrar mi corazón. Ayúdame a descubrir lo que soy».

Pero en lugar de eso, me mantengo arisco, con la boca estirada. Los labios apretados contra los dientes, para que sepa que no le doy la bienvenida.

—¿Qué quieres? —pregunto.

Vacila. Supongo que se arrepiente de haberme molestado. Un hombre como él debería saberlo. Si ha sido tratado como yo, sabe lo dura que puede ser la gente.

Pero no se va. Inspecciona su chaqueta. Arriba, abajo. Tiene los bolsillos vacíos. Se lleva la mano al pañuelo que lleva al cuello, anudado como lo llevan los marineros. Se lo quita. Luego me lo ofrece. Cuando no lo acepto, se lleva una mano a su propia mejilla. La mía está dolorida. Podría estar sangrando un poco.

—Te han golpeado —dice.

Es la segunda vez que un desconocido se fija en mí y trata de ayudarme. Pero Jamie no era compasivo. Este sí lo es. Se me revuelve el estómago. La vergüenza tiene parte de culpa. No necesito que me cuiden. Pero la ira también aparece.

No soy débil. Podría mostrárselo. Asustarlo. Mis dedos están crispados, deseosos de un cuchillo. Podría demostrar que soy fuerte.

Pero no me miento a mí mismo. Quiero algo de bondad, aunque me enfurezca quererla.

La verdad es que solo tú has sido amable conmigo durante años, Cathy. E incluso tu amabilidad tiene bordes afilados.

Tal vez la suya también los tenga. Pensar eso me tranquiliza. Tomo el pañuelo. Lo aprieto contra mi cara lo bastante fuerte como para que me escueza. Lo retiro. Hay sangre en él.

—Gracias —digo con sequedad. Le ofrezco una moneda, porque un intercambio es un intercambio, y el intercambio tiene sentido.

Que él sacuda la cabeza y dé un paso atrás… eso no lo tiene.

No me gusta la compasión, si es que esto lo es. Aprieto los dientes y la mejilla me arde más, un dolor profundo resuena en mi interior.

—No te preocupes por mí —digo, aunque no me importa mucho si lo hace o no—. Yo elegí esto. Me han pagado.

Su cara muestra… algo. Sea lo que sea esta vez, no es compasión. Gira la flauta entre los dedos.

—Necesitas ayuda —dice.

—No la necesito. —Las palabras salen de mí con brusquedad. Afiladas. Aprieto el pañuelo con fuerza en un puño. Tengo que mandar el sentimiento dentro de mí a alguna parte.

Arruga la frente.

—Si necesitas ayuda —insiste—, entonces acude a la Sra. Hussain. Ella sabe de todo y conoce a todos.

Detrás de él, distante, la gente sale a borbotones del teatro. Todos ríen, todos van bien vestidos. La música se filtra tras ellos.

—El teatro ha acabado —dice el hombre, dando un paso atrás. Levanta su flauta—. Tengo que trabajar. Pero ve a la calle Mann y pregunta por la Sra. Hussain. Acuérdate.

Hussain. No había escuchado un nombre así antes. Pero, aun así, mi cerebro arde. Fantasmas y suposiciones otra vez.

No voy a ir. Pero asiento de todos modos. Él inclina la cabeza y se aleja.

Otro hombre lo está esperando junto a esa estatua. No lo he visto antes. Está en silencio, con los brazos cruzados. Un sombrero de tricornio con una moneda en él en el suelo, justo delante de él. Supongo que está vigilando, espero. Protegiendo el dinero. También es negro. Más joven. Más como yo. No asiente con la cabeza.

Miro hasta que la multitud se cierra a su alrededor. Todo lo que veo ahora son faldas de seda y cabellos empolvados.

La música empieza a sonar, un ruido de tuberías metálico. Me doy la vuelta para irme. Ya estoy cansado. Listo para mi media cama, y a dormir hasta que el dolor se acabe.

El pañuelo sigue en mi puño. Abro la mano. La tela está manchada con mi sangre y es de calidad barata: está descolorido, desgastado por el paso del tiempo y el agua salada. Pero la tela es extraña, no la había visto antes. Cosida por todas partes, con hilos blancos que la arrugan como si fuera una tela acolchada para el interior de un abrigo, o una de las gruesas faldas de Cathy. Pero es ligera, vaporosa, y el patrón está hecho para que se vea como un remolino. Con curvas como si fueran plumas extrañas, anaranjadas y rojas.

Creo que debe haber viajado mucho a través de los océanos. Y lo miro fijamente antes de guardarlo. Justo sobre el corazón. Ahí es donde van las plumas.

6

Catherine

—Ese chico era una maldición —dice Hindley—. Y me alegro de que se haya ido. Tú también deberías alegrarte, Cathy.

Dejo la cuchara. El estofado está bueno, todavía está caliente y es todo lo que había soñado cuando estaba en mi forzada dieta medicinal de gachas con una guarnición de más gachas. Pero de repente ya no tengo hambre.

Hindley ha tardado más de lo que yo pensaba en sacar el tema, pero aún no estoy preparada. He intentado estarlo. No tenía nada más que hacer mientras estaba en la cama que pensar en lo que le diría sobre Heathcliff.

¿Cómo puedo alegrarme, cuando me han arrancado la mitad del alma? Quisiera decirle eso a Hindley, pero no puedo. Hindley no lo entendería. Nunca ha entendido lo que hay entre Heathcliff y yo.

—Cuando Heathcliff vuelva… —empiezo.

Pero no termino, porque Hindley suelta un bufido. Es un ruido feo, y su boca se tuerce en una mueca de burla mientras lo hace, como si pensara que he dicho algo muy infantil.

—No va a volver, Cathy —dice con un tono de voz muy relajado.

Sé que no es porque esté relajado o no sienta nada por la ausencia de Heathcliff. Hindley siente mucho por todo, tanto que siempre intenta ahogar toda esa emoción. Pero en este momento, está claro que solo siente una alegría presuntuosa y quiere que lo sepa.

—Sabe que si vuelve a aparecer por aquí lo mataré.

—No lo harás —digo, aunque no debería.

Mi tono es demasiado duro como para que Hindley lo acepte en el estado de ánimo en el que se encuentra, que es un estado de ánimo alegre y cruel que podría convertirse en algo mucho peor con nada más que un cambio en el viento. Joseph frunce el ceño en el suelo y se escabulle de la habitación, murmurando algo sobre la oración. Nelly no se va —no se irá mientras Hareton esté jugando en el suelo con uno de los cachorros de nuestro perro—, pero sus ojos se abren de par en par a modo de advertencia.

Nunca he dejado que las advertencias me detengan. Y debo seguir hablando porque Heathcliff volverá. Lo hará. Así que digo más alto que antes:

—Debes darle la bienvenida, Hindley, porque tienes una deuda con él. Me lo dijiste.

—No le debo nada.

—Si Heathcliff no hubiera estado allí, Hareton estaría muerto y sería tu cul…

Hindley da un golpe con la mano contra la mesa tan fuerte que oigo crujir la madera.

El ambiente se oscurece de inmediato. Por el rabillo del ojo, veo a Nelly arrancar a Hareton del suelo y llevárselo en brazos de la habitación. Ahora solo quedamos Hindley y yo.

—Debería darte con una vara, Cathy —dice, con las fosas nasales encendidas—. Si te comportas como una niña deberías ser tratada como tal.

—Alguien debería ir a buscarlo —replico.

—Cathy.

—Puedes odiarlo todo lo que quieras, Hindley —digo, sacando mi carácter—, ¡pero no se merece que lo dejen sin nada!

—Nada es con lo que empezó, ¿no? No tenía nada, no era nada, antes de que nuestro padre lo arrastrara a esta casa y le diera todo. —Hindley abre el puño con lentitud, que ya está magullado, enrojecido—. Ya tuvo suficiente con nosotros.

—Tú le quitaste todo lo que le dio padre —expongo mordaz.

Cuando padre estaba vivo, Heathcliff era mi igual en todos los sentidos. Y entonces Hindley le quitó sus mejores ropas, su dormitorio, su vida, y convirtió a Heathcliff en algo menos que un sirviente. Sin pagarle y sin amor, y dependiente de la cruel caridad de Hindley.

—Le he dado de comer, ¿verdad? —exige Hindley, con los ojos encendidos—. ¿Le di un techo bajo el que vivir? ¿Acaso no lo hice?

—Y le pegabas —manifiesto—. ¿Crees que no recuerdo la vez que le rompiste el brazo?

—Eso fue un castigo —dice—, por mal comportamiento y una naturaleza malvada. Debería estar agradecido por eso, y tú también.

—No estoy agradecida —expreso, luchando contra las lágrimas. Odio que cuando estoy enfadada a menudo lloro, pero ¿qué puedo hacer? No dejaré de defender a Heathcliff, y no puedo defenderlo sin sentir toda esa furia. Así que dejo caer las lágrimas y sigo hablando—. Padre estaría *avergonzado*.

Hindley me mira. Su mirada está vacía, plana. De repente, toma un plato. Lo levanta y lo lanza con fuerza contra la pared. Estalla en mil pedazos. El ruido hace que la perra grite y corra, con sus cachorros correteando tras ella.

—Di lo que quieras —exclama—. Eso no cambia nada. Aquí no será bienvenido.

El corazón me late con fuerza, pero no creo que sea miedo, ni siquiera ira. Cada parte de mí está en llamas y ardiendo, todo por el bien de Heathcliff.

Lo peor que puedes hacer es mostrarle a Hindley que tienes miedo. Es como la sangre para los sabuesos. Así que no lo hago.

—Entonces dame dinero —pido—. Si no quieres ir a buscarlo, entonces déjame ir a por él.

Me mira fijamente. Como si no me entendiera.

—Hindley, dame dinero y permite que Nelly venga conmigo. Si no es Nelly, entonces… otro acompañante. ¿Una de las mujeres del pueblo? Oh, no importa. Solo deja que lo encuentre. Si no tiene un hogar al que volver, entonces merece tener el dinero necesario para construir uno nuevo. Puede que no quieras cumplir con tus deudas, Hindley…

Se inclina sobre la mesa, golpeando la palma de su mano sobre mi boca. No sé si pretende hacerlo con fuerza, pero lo hace. Lo bastante fuerte como para que me piquen los labios contra los dientes y me ardan los ojos.

—Cierra la boca, Cathy. Cállate, por una vez en tu vida. Dios, ¿te vas a arriesgar a una paliza por ese perro?

Heathcliff no es un perro. Me gustaría que Hindley no lo llamara así, pero lo hace muy a menudo. Cada vez que insulta a Heathcliff, el estómago se me revuelve y la piel me arde. Es rabia y vergüenza y asco. Le muerdo la palma de la mano a Hindley por ello, y él maldice, y retira la mano.

Debería estar contento de que no le haya hecho sangre.

—Animal —empieza. Pero me inclino sobre la mesa, con una palma en cada lado de la madera agrietada.

—Soy un animal, y tú también lo eres —le digo, con un siseo bajo—. Si Heathcliff es un animal, entonces nosotros también lo somos, ¿no? Nos hemos criado juntos. Es lo más cercano a una familia que se puede tener.

Me agarra la mandíbula y me obliga a cerrarla, para que no diga nada más y para que tampoco pueda morderlo. Me mira con la misma expresión vacía otra vez.

—Yo soy diferente a él —dice—. Y diferente a ti. Yo poseo las Cumbres. Lo poseo todo. ¿Qué tienes tú?

No digo nada. Sonríe, pero ya no está alegre, no está siendo engreído. Solo hay malicia.

Me suelta.

—El dinero es mío —asegura, sentándose. Se estira, con soltura, porque sabe que todo en la casa es suyo. Incluida yo—. Y no lo gastaré en él. Lo único que voy a gastar en él es una bala. Ahora, cómete la comida, Cathy. Y mantén la boca cerrada.

Despacio, vuelvo a sentarme. Miro hacia abajo. El guiso se ha derramado sobre la mesa. Queda un poco en el cuenco.

Recojo la cuchara. Me la llevo a la boca. Pero no puedo comer.

Tiro la cuchara y me pongo de pie. Hindley extiende una mano para agarrarme, pero me alejo. Me alegro de tener la mesa entre nosotros.

—Oh, ¿tú puedes lanzar cosas, pero yo no? Muy bien, pues —digo—. Bien, me tiraré a mí misma. Si ni siquiera puedo lanzar una mísera *cuchara*, si todo lo que tengo es a mí misma, entonces, entonces…

No termino. El aire me abandona de golpe, como si mi cólera fuese un fuego que se ha apoderado de todo y no me ha dejado nada. Antes de que pueda decir algo más de lo que me pueda arrepentir, antes de que pueda decirle que me romperé a mí misma si no puedo romper nada más, giro sobre mis talones y huyo.

Salgo furiosa hacia la noche. Lo oigo gritar y lo único que puedo hacer es morderme la lengua para no gritarle. Mis ojos se vuelven a llenar de lágrimas. Lo odio.

Está oscuro y hace frío, pero no me detengo. Sigo caminando, cada vez más rápido, hasta que prácticamente corro, y mis pulmones se llenan de hielo.

Sé que no encontraré a Heathcliff así. Lo sé. Pero eso no me detiene.

Desde la muerte de padre, Hindley se ha vuelto más y más monstruoso.

Antes de la muerte de padre, Hindley estaba en la escuela, lejos. Esos buenos años en los que solo estábamos Heathcliff y yo, absortos el uno en el otro, sin preocuparnos por nadie más. No importaba que alguien nos regañara, seguíamos nuestro camino, haciendo lo que nos gustaba.

Un día de agosto en el que hacía mucho calor, cazamos gallos de las praderas desde el amanecer hasta que el cielo se tiñó de púrpura con la puesta de sol. Heathcliff era un buen cazador, y debería haber abatido un buen número de gallos, pero al final no mató nada, porque nos distrajimos discutiendo entre nosotros por la última torta de avena que habíamos llevado. Nos peleamos y rodamos por la colina más cercana, y luego Heathcliff me persiguió. Después de eso, no recordamos dónde habíamos dejado el rifle, así que tuvimos que ir y buscarlo en lugar de ir a por los pájaros.

Aquella noche, padre nos regañó con dureza. Heathcliff estaba muy arrepentido, porque amaba a padre y odiaba decepcionarlo. Yo me quejé de que no habíamos hecho nada malo. Me quejé tanto que Heathcliff me dio una patada en la espinilla para hacerme callar, y padre sacudió la cabeza y se frotó los nudillos contra la frente.

«Eres todo un reto para mí, Cathy», padre suspiró, hundiéndose de nuevo en el sillón. Según recuerdo, tenía el rostro muy sombrío. Tomó su pañuelo y se limpió la frente, que estaba húmeda por el sudor. «Ah, ¿qué he hecho para merecer una hija tan endiablada?».

Me disculpé con él con mucha dulzura, porque no me gustaba disgustarlo tanto como era evidente que había hecho. Me subí a su regazo, le besé la frente a pesar del sudor, y le conté un cuento sin sentido hasta que se quedó dormido allí mismo en el sillón.

No sabía que estaba enfermo. Debería haberlo sabido. Pero solo tenía espacio en mi corazón para mí y para Heathcliff, y no vi lo que tenía delante de mí.

Por la mañana, padre estaba muerto.

No sé cuándo murió. Puede que fuese cuando estaba sentada en su regazo, creyéndolo dormido. Pero sé que Joseph lo encontró por la mañana, todavía en su sillón, inmóvil y frío. Después de eso, no hubo nada. Solo pena, campanas que sonaban en mis oídos y una casa llena de ruido. Lo siguiente que supe fue que estaba arrodillada en el suelo de mi habitación con los ojos tan cerrados que me dolían, y Heathcliff estaba arrodillado frente a mí, susurrando mi nombre una y otra vez.

—Cathy —volvió a susurrar—. Cathy, Cathy.

—Heathcliff —dije al final. Mi voz se tambaleó como una peonza—. Déjame en paz.

No lo hizo. Sentí que presionaba sus pulgares con suavidad sobre mis párpados cerrados. Después sobre mis mejillas.

—Cathy —dijo de nuevo—. Cathy, vuelve.

Fue como si me despertaran.

Abrí los ojos. Todo me parecía borroso, suave y extraño. Pero Heathcliff estaba allí, y tenía el mismo aspecto de siempre, aunque sus ojos estaban enrojecidos.

—¿Cómo crees que es el cielo? —le pregunté. No me fiaba del vicario, ni de Joseph, ni siquiera de mis libros de sermones para que me dijeran la verdad. Pero confiaba en él—. ¿Crees que a padre le gustará?

—Creo que está lleno de ángeles —dijo Heathcliff.

Tragué saliva. Mi voz no quería salir. Tenía la garganta llena de alas cortadas, y ninguna palabra podía volar a su alrededor.

—A él le gustaban los ángeles —respondí al final, con la voz entrecortada—. Quizás el cielo sea un lugar como éste, con el mismo sol y los mismos campos verdes e incluso el mismo ganado. Pero con ángeles en lugar de nosotros.

Heathcliff asintió.

—Tal vez —sostuvo.

A padre le encantaría, pensé. Ninguna hija diabólica. Ningún hijo decepcionante que nunca volviera a casa. Sin preocupaciones. Pero el terror se apoderó de mí con fuerza al pensarlo.

—No me gustaría ir allí —solté—. Si solo hay ángeles en el cielo, no quisiera ir de ninguna manera. No iría.

—Allí es donde van las almas —dijo Heathcliff, frunciendo el ceño. Pero no parecía estar seguro. No confiaba en los sermones de Joseph más que yo.

—La mía no —dije, sintiéndome repentinamente segura. Yo no iría donde no estuviera Heathcliff. No lo haría—. Y la tuya tampoco. Di que no irás, Heathcliff. ¿Por favor?

Él asintió. Había una mirada oscura e intensa en sus ojos... casi asesina, era tan feroz.

—La mía no irá si la tuya no va —aseguró—. Donde tú vayas, yo también voy.

—Promételo.

—Cathy —dijo—. Lo prometo.

Hindley volvió para el funeral de padre y arruinó nuestra paz. Estaba amargado cuando se fue, pero regresó alto y lleno de odio, y trajo a Frances con él, su esposa que era estúpida, bonita y cruel. En realidad, perfecta para él. O al menos eso creía él. A Hindley le gustaba sentarse con ella en su regazo junto a la chimenea. Se acariciaban el uno al otro como niños enamorados. Heathcliff y yo nos reíamos de ellos, porque eran muy ridículos y porque necesitábamos algo de lo que reírnos.

Era tan sombrío estar bajo el poder de Hindley. Los años pasaron así: yo lavaba a Heathcliff después de una paliza, limpiando sus heridas con un poco de agua y un paño. Él se sentaba dócilmente y me dejaba hacerlo, pero siempre insistía en asegurarse primero de que yo no estaba herida. Si le habían golpeado la cara, yo tenía que mostrarle mi propia cara, girándola de un lado a otro para que pudiera mirarme. Si Hindley había retorcido el brazo de Heathcliff, entonces tendría que subirme las mangas y mostrarle a Heathcliff el mío. Él creía que si Hindley me hacía daño, yo no se lo diría. Tenía razón, por supuesto, pero aun así le dije que era una tontería por su parte, y que no debía preocuparse. No me escuchó.

—Me alegra que te magulles con más facilidad —dijo Heathcliff en más de una ocasión cuando le mostré mis rodillas, mis brazos, para que viera que no tenía las marcas verdes y moradas de una paliza, como las de él. Que yo estaba *a salvo*.

—No me salen moratones con más facilidad —le decía siempre—. Solo se me notan más. Los tuyos están escondidos, porque nadie quiere verlos.

Era cierto. Si Heathcliff estaba herido o era desgraciado, nadie quería saberlo. Querían que fuera fuerte e impasible, y supongo que así era. No es que tuviera elección. Pero yo veía sus heridas. Siempre lo hacía.

A veces me permitía tocar sus heridas un poco más. Sostener el paño demasiado tiempo contra su mejilla, su pecho, su hombro. Me demoraba. Y decía, con suavidad:

—Todavía te duele, aunque algunos no puedan verlo.

Cuando Frances murió después de que Hareton naciera, fue como si la pena hubiera arrancado toda la bondad que le quedaba a mi hermano, hasta que no fue nada más que simples nervios e impulsos crueles. Bebía y bebía, y jugaba con sus amigos hasta altas horas de la noche, y golpeaba a Heathcliff incluso con más dureza. También habría golpeado a Hareton si Nelly no hubiera amado al muchacho y lo hubiera ocultado de mi hermano.

Pero a pesar de todo, Hindley casi lo mata.

Sucedió hace solo unos meses. No estuve allí para verlo, pero Nelly me dijo más tarde, con una vocecita sombría, mientras cortaba las verduras para el guiso... lo borracho que estaba Hindley, enfurecido por una derrota en la mesa de juego. Decidió que todos nos habíamos vuelto contra él, y encontró a Nelly escondiendo a Hareton en un armario, donde esperaba que estuviera a salvo. Amenazó a Nelly con un cuchillo. Y entonces...

Entonces, Hindley estaba subiendo las escaleras a grandes zancadas. Sosteniendo a Hareton. Y de alguna manera, lo dejó caer. De alguna manera, Hareton cayó, y se habría roto el cráneo y habría muerto.

Pero Heathcliff lo atrapó.

Sé que Heathcliff se arrepintió después. Se lo dijo a Nelly, pero no quería decírmelo a mí. Me evitó durante un tiempo, pero lo encontré a solas y le pedí que se detuviera y hablara conmigo. Y lo hizo, aunque se mantuvo de espaldas a mí como si no pudiera mirarme, como si estuviera avergonzado.

—Puedes contarme cualquier cosa —le dije—. Igual que yo puedo contarte cualquier cosa, ¿no es así?

Durante un largo momento permaneció en silencio.

—Atrapé a Hareton por error —dijo—. Haría cualquier cosa para romper el corazón de Hindley. Por pequeño y podrido que esté. —Observé sus hombros subir y bajar, mientras inhalaba y exhalaba una respiración lenta y controlada—. Si alguien me hubiera preguntado... si lo hubiera sabido. Habría dejado caer al niño, Cathy.

Me acerqué un paso más a él. Le pedí que se girara y me mirara, pero se limitó a negar con la cabeza.

—Sé que te importa —confesó Heathcliff—. Hareton.

—Tú me importas más que nadie —aseguré—. Y como estábamos solos, los dos solos en el rellano, coloqué mi cabeza contra su espalda, justo entre sus hombros. Se puso rígido, luego se relajó e inclinó la cabeza hacia atrás para que descansara contra mi pelo. Olía a aire libre, como a sudor, pero también a brezo y a algo que recordaba al agua salada.

—En realidad no lo habrías dejado caer —dije.

—Lo habría hecho.

—Hareton es de mi sangre —le dije—. Y me molesta mucho, Heathcliff, no lo voy a negar. Pero es parte de mí. ¿No crees que tiene los ojos igual que yo? Creo que sí. Y nuestras caras tienen la misma forma.

—La piel es solo piel —aseveró Heathcliff—. No significa nada.

Pero ambos sabíamos que la piel significaba mucho. Ambos sabíamos que si alguien se enteraba de nuestra forma de ser —la forma en que comparamos heridas y moretones, o que nos abrazábamos de esta manera cuando estábamos solos— la piel lo significaría todo.

—Es algo mío —volví a decir.

Después de un segundo, lo sentí suspirar e inclinar la cabeza hacia delante. Odié la sensación al alejarse, así que puse mis manos alrededor sus brazos. Él me dejó.

—Tuyo —dijo Heathcliff, con suavidad—. Bueno, entonces lo dejaré en paz.

Lo reclamé, así sabía que Heathcliff nunca le haría daño. Sabía que, si Hareton se caía de nuevo, Heathcliff lo atraparía. Al igual que siempre me atrapaba a mí.

Pero ¿quién está ahí para atrapar a Heathcliff? ¿Lo dejé caer?

Tengo miedo, mucho miedo, de haberlo hecho.

El suelo cruje debajo de mí. Me duele, y está frío y húmedo. No llevo las botas adecuadas, sino unas pequeñas zapatillas de seda. Aun así, llego más lejos de lo que pensaba.

—¡Señorita Cathy! —grita Nelly. Corre detrás de mí, levantándose la falda con una mano—. ¿Dónde cree que está yendo? ¿A estas horas?

—Voy a por Heathcliff —le digo—. ¿No es obvio, Nelly? ¿A dónde más podría ir? Y nadie más va a ayudarlo, ¿verdad? Desde luego, aquí no. Ninguno de vosotros se preocupa por él en absoluto. Ni uno.

—Esto es un sinsentido —dice ella con firmeza—. No puede ayudarlo así. Necesitará monedas y alguien que la acompañe. ¿Por qué? ¡Nunca ha ido más allá de Gimmerton! Tenga paciencia. Convenza a su hermano.

Oh, qué cruel de su parte. Sabe que no se puede convencer a Hindley. Solo quiere que vuelva a casa y que esté quieta y callada y no cause problemas. Me hace enfurecer. ¿De qué servirá si soy dócil? ¿Por qué tengo que ser obediente aquí, en mi casa, que porta la naturaleza salvaje que hay en mí en cada ladrillo y piedra?

—Prefiero ir a buscarlo sin nada más que la ropa que llevo puesta que esperar aquí una ayuda que no llegará —digo con brusquedad—. Prefiero morir buscándolo que sentarme tranquilamente a esperar que vuelva. Prefiero ser un fantasma, Nelly, que un ser vivo que no intenta salvar todo lo que le importa.

—Señorita Cathy, hable con sentido común —pide Nelly—. ¿Todo lo que le importa? No diga esas cosas.

—Heathcliff es lo único que importa.

—Eso no es lo que dijo antes de que huyera —responde ella, de repente tajante, con algo horrible encendiéndose en su rostro—. Y se fue por eso.

Las palabras me golpean en el estómago. Me roban el aliento.

—Razón de más para que lo encuentre —grito—. Nelly, yo...

—Calle, cállese —dice, poniéndome una mano en la cara. Creo que intenta silenciarme, aunque no me tape la boca. Es una advertencia, no un consuelo—. Joseph está viniendo. Vuelva a casa conmigo ahora.

Echo la cabeza hacia atrás.

—No puede decirme lo que tengo que hacer o no —anuncio—. No es mi hermano ni familia de ningún tipo. No tiene derecho a darme órdenes.

Se estremece, como si la hubiera golpeado.

—Puede que no sea de la familia, señorita Cathy —dice—, pero he crecido junto a Hindley, y junto a usted. Se me debe su respeto, aunque sea.

—¿Cree que es justo que me llame *señorita*? —pregunto—. ¿Que yo lleve vestidos bonitos y usted no, aunque hayamos crecimos de la misma forma, en la misma casa en los mismos páramos? ¿Cree que es justo que yo pueda tratarla como lo hago, o que Hindley pueda tratarnos a todos como lo hace, solo por una cuestión de nacimiento?

—Así que sabe que no está actuando de forma razonable —murmura, aferrándose a una sola cosa de las que he dicho e ignorando todo lo demás. Típico de Nelly—. ¿Significa eso que se arrepentirá de su grosería y se comportará?

—Si yo fuera Hindley esto nunca habría ocurrido —aseguro—. Nunca habría tratado a Heathcliff como lo hace. Yo… tendría las Cumbres. Sería mía, Nelly. Y también sería de Heathcliff. Nunca lo rechazaría. Pero nada es mío. Si no fuera una chica…

—Silencio —dice Nelly de nuevo. Está mirando a través de mí. Sé que mis emociones la irritan, y quiere volver a estar dentro, con Hareton, dondequiera que lo haya escondido. Pero no le pedí que viniera a buscarme, y si insiste en quedarse, tendrá que presenciar esto.

Me cubro la cara con las manos y grito.

Creo que no quiero ser una chica. Y tampoco quiero ser una mujer. He estado actuando todos estos años, llevando vestidos finos y sonriendo ampliamente a Edgar, todo porque hacía que la gente me devolviera la sonrisa, porque me hacía encajar. Incluso amar a Edgar es como llevar un vestido rígido y bonito, o empolvarme el pelo: es una cosa que me he puesto. Pero mi verdadero yo está debajo de eso. La verdadera yo solo está ahí si quitas todo lo demás.

Oigo el crujido de unas botas y entonces Joseph está aquí.

—Dentro —ordena, y me agarra del brazo—. Ahora.

Joseph me arrastra de vuelta al interior por la muñeca. Me suelta tan rápido que tropiezo hacia delante y casi caigo sobre la mesa. El viejo bruto. Debe gustarle todo esto. Sé que le gusta. Todo lo que Joseph quiere es cualquier excusa para condenar a los pecadores.

Pero Joseph no se regodea ante mí. Vuelve a esconderse en la sombra, con ojos brillantes y maliciosos, mientras yo empiezo a temblar, desde los dedos de los pies hasta los dientes. Nelly me sigue y dice algo sobre una taza de té caliente para beber. Azúcar para calmarme.

Hindley me observa. Sigue sentado en la mesa, con los nudillos rojos, con la mandíbula apretada por la furia.

—No quiero té —digo con dureza, aunque me castañetean los dientes—. Ni cerveza. No quiero nada.

Solo quiero a Heathcliff.

Hindley y Nelly comparten una mirada por encima de mi cabeza. Los veo hacerlo. No sé lo que significa esa mirada, pero cuando Nelly me empuja a sentarme, la mandíbula de Hindley se relaja un poco.

—No lo mataré —dice al final. Parece agotado, como si toda la rabia por fin se hubiera esfumado—. Maldita seas, Cathy, pero no te equivocas. Tengo una deuda con el diablo. Si alguna vez muestra su cara aquí de nuevo, le daré lo que le corresponde.

7

Heathcliff

Dos semanas van y vienen. Empiezo a entender que la ciudad no es diferente al campo.

Cada lugar tiene su ritmo. En las Cumbres, es el crujido de la madera y el frío de la piedra cuando sopla el viento, la forma en que la casa cambia y respira como si estuviera viva, el sonido cambia de la mañana a la noche, del invierno al verano. Es la forma en que todos observamos a Hindley. Observamos su cara, su estado de ánimo. Cuánto ha bebido. Pensando: ¿cuánto tardará en enfadarse? ¿Cuándo arrojaría su copa contra la pared, o cuando buscara la pistola que Nelly ocultó bajo las escaleras?

Los páramos también tenían una forma de ser. Cómo se movían los pájaros antes de que llegara la lluvia. El color del cielo al atardecer.

Aquí en la ciudad, el ritmo es el de los inquilinos que comparten la misma habitación húmeda en la que se despiertan, gimiendo, antes del amanecer para trabajar en los muelles. Las horas en que las calles están llenas y atestadas.

La forma en que se despejan y se quedan en silencio entre el final del día de trabajo y el comienzo de la noche de bebida, antes de que vuelva a salir el sol. La descubro caminando. Siempre caminando. Observando a través de las horas, y así aprendiendo.

Voy a luchar una vez más. Después de perder tres asaltos como se me ha dicho, y de recibir mi pago, vuelvo a caminar, cruzando la ciudad. Observo cómo se mueve la gente. Esta vez, nadie me detiene. No recibo ninguna muestra de compasión. Eso es bueno.

No puedo seguir haciendo esto. No es dinero suficiente como para luchar. Un mal combate y me romperé algo que no pueda pagar. Un golpe fuerte y tal vez no me levante. Necesito dinero de verdad. El trabajo en los muelles está mejor pagado, pero no suelen buscar hombres como yo. E incluso si consigues trabajo, tiene riesgos. Lo que mejor se paga requiere de un aprendizaje, y yo soy demasiado mayor. Con dieciséis años ya eres un hombre. Ahora ya no puedo ser constructor de barcos o carpintero.

Y de todos modos no quiero. Quiero algo que me haga conseguir dinero de verdad. Y algo que saque la violencia de mi interior. Tengo demasiada ira, y no se queda ahí. Necesito una manera de sacarla.

Voy al muelle, aunque me han advertido que me mantenga alejado. Los hombres que se alojan en la pensión me dijeron que la marina siempre está al acecho cerca del agua, merodeando por las tabernas de los muelles, vigilando a los estibadores, a los marineros mercantes que vuelven a casa, a cualquier hombre o chico que parezca lo suficientemente bueno para trabajar. Nadie quiere trabajar en los barcos de la marina. Eso es lo que me dijeron. Los barcos mercantes son mejores. Ser corsario da dinero. Así que la marina presiona a los hombres, los arrastra a los barcos, aunque huyan o digan que no y los lleva a la guerra.

—La mayoría de las veces no son chicos como tú —dijeron, mirándome de arriba abajo.

—La mayoría son hombres ingleses. Pero tal vez si están desesperados por conseguir personal, también acepten a un lascar.

Soy inglés, quise decir. Pero nunca importa lo que diga, así que no lo hice.

No soy un lascar, pero parezco uno.

Me lavo la sangre y la suciedad en la orilla del río. Me mantengo alerta mientras lo hago. El pañuelo me sirve para limpiarme las manos, la cara. Pero mientras vigilo y me lavo, las heridas duelen, también pienso.

El agua tiene un aspecto parecido a la tinta bajo mis manos. No es potable. Si pudiera, la herviría antes de bañarme. Pero una parte de mí quiere probarla. Todo lo que he bebido es té, cerveza suave, cerveza de baja calidad. Echo de menos el agua. Me pregunto si esta agua tendrá sal, el mar atrapado en ella, arrastrada por los barcos.

Cathy, conoces el manantial junto a las Cumbres. Un paseo muy sencillo, que baja por la ladera si se sabe dónde mirar, o que sigue el ruido. El agua es nítida, clara. Hervida o no, tiene un sabor dulce al beberla. Muchas veces, después de que me expulsaran de la casa, acababa arrodillado junto a esa agua en la oscuridad, lavándome la sangre a causa de una paliza. Recuerdo cómo me hacía sentir menos humano hacer eso: lavar mis heridas bajo la noche, agazapado en la tierra y el resto de vosotros acurrucados en casa.

Dejé de sentirme como un animal, tal y como me sentía entonces, cuando empecé a encontrar jarras de agua en los establos durante las noches llenas de dolor. A veces tibia gracias a la chimenea. A veces fría. Sabía que tú dejabas el agua, Cathy, o sobornabas a Nelly para que la sacara a escondidas. Entonces supe que habías visto mi dolor. Quizás me observabas desde una ventana, tú atrapada a un lado del cristal y yo al otro. Y hiciste por mí lo que pudiste. Siempre lo hacías.

Recordar eso lleva mi cabeza a un lugar más agradable. A un buen recuerdo. Como cuando éramos más pequeños, antes de cualquier muerte o antes de que Hindley tuviera poder sobre nosotros, nos quitábamos las medias y dejábamos al descubierto nuestras piernas antes de chapotear en el manantial. Nos atábamos las faldas por encima de las rodillas, como habíamos visto hacer a las mujeres que trabajaban al aire libre. Montaste un gran espectáculo diciendo que no debíamos ensuciarnos —«Madre me dijo que no debía jugar al aire libre bajo el sol, Heathcliff, y ella se enterará si nos mojamos la ropa»— luego me arrastraste bajo el agua por el pelo, riéndote de forma cruel.

Todavía sueño con eso, Cathy. Pero cuando sueño, ya somos mayores. Más bien como ahora. Te sueño con tus largos y suaves rizos bajo el agua. Agua en tus pestañas, en tu boca. Sueño con que te inclinas. Con una sonrisa en la boca. Con tu boca acercándose a la mía…

Huyo de ese pensamiento. Vuelvo a echarme agua oscura en la cara. El frío me devuelve al presente. Liverpool, el Mersey debajo de mí. Mis contusiones, y lo que tengo que hacer.

Ahora conozco la ciudad. Sé cómo funciona. Y sé que aquí no puedo ser un lobo solitario. Tiene sentido. También necesitaba gente en las Cumbres. Te necesitaba a ti para consolarme, Cathy… necesitaba la forma en que tomabas mis heridas como si fueran tuyas. Incluso necesitaba la forma en que Nelly me escuchaba, siempre juzgándome, siempre dura, pero también práctica. Firme. Ella nunca nos dejaría pasar hambre. Ni a mí, ni a ti. Por supuesto a Hareton tampoco. Y ella nunca dejaría que Hindley fuera tan lejos como para matar a un hombre.

No puedo darle las gracias por eso. Sin ella, él habría sido ejecutado hace mucho tiempo.

Para cuando esté lo bastante limpio, sé lo que voy a hacer.

Al mirarme, nunca lo imaginarías, pero se me da bien desaparecer. Quizás no recuerdo cómo eran las cosas antes de que tu padre me salvara, Cathy, pero algunas cosas viven dentro de uno. Saber cómo guardar silencio. Túneles vacíos donde debería estar el lenguaje. Cómo sobrevivir a un lugar.

Por supuesto, no puedo cambiar mi piel. O mi cara, mi nariz, mis cejas. Cada parte que la gente ha señalado. Joseph llamándome diabólico. Hindley llamándome demonio. Mi piel hizo que tu madre se preocupara de que os delatara a ti y a Hindley, Cathy. Que alguien me mirara y supiera que no éramos tan diferentes.

Tu padre me trajo a casa, pero también se preocupó. Lo sabía. Así que me enseñó a vestirme. A hablar. Decía:

«Si te ves como el hijo de un caballero, Heathcliff, entonces serás tratado como el hijo de un caballero».

Así que intenté ser el hijo de un caballero. Me vestí con la ropa de calidad que tu padre me dio. Me peiné y me até bien el pelo. Aprendí a leer y a escribir y a contar, y a rezar en Gimmerton Kirk junto al resto de vosotros, como si fuera de la familia, no un sirviente o un extraño. Pero la gente seguía mirando y hablando y yo no era el hijo de un caballero. No hay registros parroquiales de nacimiento, falsos o reales, que digan que tengo sangre respetable. Así que dejé de intentar ser digno de un respeto que no obtendría, y en su lugar aprendí a no ser visto. Si te quedas quieto en la iglesia, parece que no estás ni mirando ni escuchando ni sintiendo, como si fueras un mueble, y la gente deja de mirarte y escucharte y sentirte.

Me sirvió cuando tu padre murió y Hindley se hizo cargo de las cosas. Cuando me echó de casa. Me convirtió de sirviente de tu padre a... nada. Ni siquiera un criado. Solo era una cosa, atrapado en la buhardilla, o exiliado al establo. No se me quería, y tampoco se me buscaba. Me sirvió aún más cuando la esposa de Hindley murió, y él se volcó en la bebida. En la bebida, y en usar sus puños conmigo.

Tan solo tú me veías, Cathy. No importaba lo quieto que estuviera, lo mucho que me desvaneciera, tú me veías siempre. Todo lo que tenía que hacer era respirar, y tú mirabas. Fijabas tus ojos oscuros en mí, y sonreías.

Ahí estás, decían tus ojos. *Te veo.*

Me muevo con la ciudad. Retrocedo por donde llegué una noche. Pasando por pensiones y viviendas que nunca habrían acogido a alguien con mi aspecto o con mi escasez de dinero. Voy a donde conocí a un chico que me envió a un lugar donde me aceptarían.

Encorvo los hombros. Agacho la cabeza. Me muevo por la taberna, la multitud y el ruido, dejando que me oculten. Es difícil ver a Jamie. También se le da bien mezclarse con el fondo. Pero lo veo porque estoy observando. Y él me ve porque me abro paso a través de la taberna hasta que estamos cara a cara.

Por un segundo, no me reconoce. Entonces sus ojos se abren de par en par.

—Tú —dice—. ¿Qué haces aquí? Si Isaiah te ve, te meterás en un verdadero problema.

Lo dudo. Isaiah me vio una vez. Ahora tengo un aspecto diferente. Si Jamie puede desaparecer, desvanecerse, me imagino que yo también. Además, las peleas me han cambiado la cara.

—Estás hecho polvo —expresa Jamie, como si acabara de darse cuenta.

—Estaré bien —digo. Los moretones se desvanecen. No creo que me haya roto nada—. He venido a buscarte.

—A mí —advierte. De repente parece preocupado.

—Quiero hablar —digo—. En otro sitio. Como la última vez.

—¿De qué?

—De tu trabajo —aseguro—. De lo que haces.

No responde. El gesto de preocupación de su rostro aumenta.

—Quiero hablar del tema en otro sitio —le digo—. Pero si lo prefieres, te lo preguntaré aquí.

Hablar de lo que Jamie puede hacer, de la forma en que puede sacar las monedas de un monedero sin que nadie se dé cuenta, parece algo de lo que nadie debería hablar en una taberna. Los ladrones hacen que la gente se enfade.

Él debe de pensar lo mismo, porque asiente con la cabeza y se marcha. Lo sigo.

Esta vez no vamos al muelle. Solo caminamos. Sin rumbo.

—Te he ayudado —dice, en voz baja—. ¿Y me amenazas?

—No te he amenazado.

—Si hubieras empezado a hablar de lo que hago, *allí*... —exhala entre dientes con fuerza. Luego se encoge de hombros. Y dice sin rodeos—: La culpa es mía por alardear. Así que... ¿Qué quieres?

—Soy fuerte —le digo—. Soy bueno en una pelea. Despiadado, si necesito serlo.

—Parece que has perdido una pelea —señala—. Y bien perdida.

—Me pagaron para perder. Y soy mejor cuando no es una pelea justa. Cuando puedo acercarme con sigilo. Usar el cuchillo.

Se ríe.

—¿Me estás diciendo que eres bueno en una pelea cuando haces trampa? ¿Quién no lo es?

—Te estoy diciendo que puedo hacer las cosas —digo. Seguimos avanzando—. Te estoy diciendo que soy fuerte. Útil.

—Útil para alguien que no sea yo —responde Jamie—. Tienes una idea equivocada de mí.

No creo que la tenga. No del todo. Pero espero mientras piensa y patea una piedra al otro lado de la carretera, contra un muro. Un gato sentado en la ventana por encima de él se asusta por el ruido, eriza la cola y se va a toda prisa. Jamie adopta una expresión de culpabilidad. Maldice en voz baja.

—No quería asustarlo —dice. Luego me mira—. Robo carteras —declara—. Robo. Pero no me pongo violento a menos que tenga que hacerlo. No me gusta ser violento. ¿Por qué, si no, te habría ayudado la primera vez? No quería que te hicieran daño. Así que el que te hagas el duro, no me sirve de nada.

Me mira, buscando. No sé el qué. Pero no digo nada.

—Ser fuerte no basta —dice al fin—. Tienes que ser *inteligente*.

—Soy inteligente —advierto.

Hace un ruido en la parte baja de su garganta como si no me creyera y yo continúo.

—He vuelto para verte, ¿no?

—Has vuelto —asiente—. Has venido a pedirme ayuda.

—Para decirte en qué puedo ser útil —respondo, manteniendo el tono de voz—. Para decirte por qué deberíamos trabajar juntos.

—No, has venido por mi ayuda. Has venido porque no puedes arreglártelas solo. Te estás haciendo daño. Apuesto a que no ganas lo suficiente para vivir. —Esa mirada escrutadora vuelve a aparecer en su rostro—. Es tu orgullo el que te hace querer ser el mandamás, ayudándome a mí y *no* que yo te ayude a ti —destaca Jamie—. Pero tú me necesitas, y por eso, si te ayudo, tienes que escucharme. Tienes que aprender de mí, y hacer lo que yo diga. ¿Puedes hacer eso?

No digo nada mientras pienso. Pero tardo demasiado en contestar, así que Jamie vuelve a hablar.

—No puedo permitir que alguien a quien le gustan las peleas nos traiga problemas a mí y a mis amigos —dice. Lo dice en serio. Como si quisiera que lo entienda—. Tengo que anteponer mi vida. Y no puedo tener a alguien que no sea útil. Y siendo un luchador... ya lo ves. Eso no me es útil.

—Entonces, enséñame a ser útil —pido con calma—. Aprendo rápido.

La boca se le curva. Sigue siendo cauteloso, pero... una sonrisa es algo bueno.

—No sabes cómo caerle bien a la gente, ¿verdad, Heathcliff?

—No me interesa caer bien —digo enseguida.

—Es más fácil confiar en alguien que te cae bien. Es más fácil querer incluirlos.

—Mejor ser honesto que mentir hasta caer bien —declaro con frialdad. Además, ninguna mentira que haya dicho ha hecho que le guste a alguien. Ni a Hindley, ni a cualquier otro. Me imagino que alguien como yo solo cae bien por algún milagro, o por dinero.

Si fuera rico —*cuando* lo sea— no importará que sea hostil. Que lleve la ira a cuestas. Que la mayoría de las partes de mí no encajen en ningún sitio, que no hagan sentir a la gente cómoda o afable. Lo vi con Hindley. Si tienes tierras y dinero, a nadie le importa que seas un monstruo.

—Sería más inteligente mentir —dice Jamie—. Tal vez deberías probarlo.

—Haré lo que pueda —espeto, y Jamie se ríe, mucho y fuerte, echando la cabeza hacia atrás.

—Eso es —dice cuando se calma. Sonríe—. Ha sido un buen comienzo. Todavía podemos hacer de ti un maestro.

8

Catherine

Nelly y Hindley conspiran para impedir que vuelva a huir. Les digo que no lo haré, pero no parecen creerme. De hecho, se comportan de forma muy extraña y no le veo sentido. Hindley no se enfadó conmigo cuando Joseph me arrastró a casa, lo cual fue muy extraño. A pesar de todo, tampoco se enfada después, aunque me lo esperara. En cambio, me evita y es cortés cuando no puede evitarme. Él y Nelly me animan a quedarme en la cama y a dar solo paseos cortos, en círculos aburridos alrededor de mi propia habitación. Insisten en que las ventanas permanezcan cerradas y que la chimenea esté siempre encendida, supongo que por miedo a que pesque un resfriado y muera de repente. Nunca me han mimado tanto, y es asfixiante.

Cuando me vuelvo incansable, me permiten entrar en la cocina, donde puedo acariciar a uno de los perros siempre que no me «altere», como ellos dicen. Pero no se me permite ayudar en ninguna tarea, y cuando me quejo de aburrimiento, Nelly me dirige una mirada sumamente dura que no me gusta nada.

—Si no hubieras huido de nuevo al frío, tal vez tu hermano pensaría que estás bien y sana de nuevo y te dejaría correr a lo loco —dice ella—. Pero hasta que estés lo bastante bien como para calmar nuestros temores tendrás que estar aburrida, Cathy.

Lo odio, pero Nelly no está del todo equivocada. No estoy bien. No me arrepiento de haber intentado ir a buscar a Heathcliff, y no me arrepiento de toda mi ira, ni siquiera en lo más mínimo. Pero la recuperación de la fiebre que me mantuvo en la Granja se ha visto afectada. No estoy terriblemente enferma como lo estaba cuando soñaba con las aguas grises en la habitación de la Sra. Linton, pero estoy temblando. Mi corazón parece un pequeño pájaro que traquetea contra mis costillas cuando respiro.

Me lleva algún tiempo —más tiempo del que debería— darme cuenta de que no es mi enfermedad la que ha hecho a Hindley tan dócil y extraño. No me doy cuenta de la verdad hasta el día en que Joseph me sermonea sobre alguna maldad que he hecho —creo que alimentar al perro con una de mis tortas de avena—, cuando Nelly lo mira fijamente y dice algo sobre no perturbar la calma de mi mente. Entonces, lo entiendo.

Creen que también tengo una enfermedad mental. Hindley tiene miedo de perturbar mi temperamento, por si me mata como podría hacerlo cualquier viento gélido. Es el tipo de cosas que el médico dijo una vez sobre la esposa de Hindley, cuando estaba muy triste, antes de que naciera Hareton. La mente de una mujer frágil no debe ser perturbada. Debe ser tratada con delicadeza y manejada con cuidado.

Tal vez Hindley habló con el médico después de todo, a pesar de su aversión por él. O tal vez Nelly insistió, porque la forma en la que le grité la había asustado mucho. Nelly tiene mucha influencia sobre Hindley cuando no está en uno de sus peligrosos estados de ánimo, pero no importa cómo llegaron a creer que deben tener cuidado conmigo. Lo único que importa es que estoy furiosa. ¿Cómo se *atreven*?

Hindley puede enfadarse cuando quiera. Nadie le dice a Hindley que no puede enfadarse. No se atreverían. Puede romper la vajilla o los muebles, o golpear a Heathcliff, o amenazar a Nelly con un cuchillo; puede levantarme la mano, o insultarme, o hacer sollozar de terror al pequeño Hareton, pero nadie piensa que no se puede confiar en él con todas las cosas que tiene: esta casa, el dinero de nuestro padre. Todos nosotros, sirvientes y familia, estamos bajo su control. Pero si yo me enfado, o si arriesgo mi propia seguridad, mi propia vida, por algo que importa, si no tengo nada que me pertenezca y no puedo arriesgar nada más que mi propia vida. Entonces se me debe vigilar incluso más de cerca que a un niño.

No es justo, no es nada justo.

Pero no puedo cambiar cómo son las cosas. Así que finjo ser obediente. Me tumbo en la cama con las persianas bajadas a mi alrededor y la vela encendida, y tomo uno de los libros que guardo en la ventana. La mayoría pertenecieron a mi madre en su día, y algunos a padre. Ahora todos pertenecen a Hindley, por supuesto. Pero Hindley nunca se ha preocupado por la lectura, así que en verdad son míos.

Mi padre rara vez estaba orgulloso de mí. En realidad, si soy sincera, no le gustaba, porque era muy ruidosa y caprichosa y no me gustaba quedarme sentada quieta y tranquila a su lado, como hacía Heathcliff. Pero estaba orgulloso cuando me interesaba por sus libros de sermones.

«La teología te hará bien, Cathy», decía, acariciándome el pelo. «La fe suavizará tu temperamento».

Mi pobre padre. No tomé los libros para leerlos. Los tomé porque quería papel. Me los llevé porque sabía que nadie más tendría el más mínimo interés en abrir los libros de sermones aburridos, y eso mantendría mis propios secretos a salvo.

El libro que abro ahora es uno de los más bonitos, encuadernado en cuero rojo marmoleado muy fino. En el interior, las páginas están ligeramente amarillentas, con manchas de moho aquí y allá de haber sido presionadas demasiado tiempo contra la ventana. Me dirijo al núcleo del libro. Allí, alrededor de todas las palabras impresas, están mis propias palabras. Mis propias palabras, ordenadas y pequeñas, que se extienden por todos los espacios vacíos, llenándolos.

Empiezo a escribir un poco más.

Prefiero estar fuera corriendo o escalando, o metiéndome en problemas, en lugar de meter la cabeza en un libro. Pero hay veces que no puedo. Como ahora, que estoy encerrada como si fuese un preso.

Hoy, escribo sobre Hindley y Nelly con rabia. Escribo todas las cosas horribles que pienso sobre ellos pero que no puedo decir. Luego los dibujo: Hindley con el ceño fruncido. Nelly agachada en la cocina. Les doy un aspecto tan amargo como el de su comportamiento, de modo que si algún viajero se tropieza con mi libro dentro de cien años sabrá que Hindley y Nelly son ciruelas pasas sin alegría en el corazón.

Escribo mi furia en pequeños jadeos de tinta. Es como lo que hace el médico cuando un cuerpo tiene fiebre y está enfermo: deja salir la sangre para deshacerse de la enfermedad. Pero yo dejo salir la mía con tinta, solo la suficiente para poder quedarme quieta y tranquila y hacer que todo el mundo deje de tratarme como si fuera a romperme.

Cuando termino de escribir y he agotado la peor parte de mi rabia, empiezo a escribir mi nombre, bien y despacio, en la cursiva que me enseñó mi padre cuando era pequeña. Me resulta relajante. Cathy. Catherine. Catherine Earnshaw. Una y otra vez, lo repito.

Después escribo el nombre de Heathcliff. Con mucho cuidado, con pequeñas florituras alrededor de las *efes*, y la *l*. De la forma en que siempre lo he escrito.

La primera vez que Heathcliff vio su propio nombre, fui yo quien lo escribió para él. Estábamos sentados uno al lado del otro en la mesa de la cocina. Era después del desayuno, y la chimenea seguía desprendiendo humo y calor, con olor a turba, pero nos sentamos tan juntos que era como si ambos tratáramos de entrar en calor. Yo balanceaba las piernas de un lado a otro, empujando la pierna de Heathcliff cada vez que me movía, pero él no se quejaba. Se limitó a observar en silencio mientras yo escribía cada letra. Las pronuncié en voz alta para que Heathcliff pudiera seguirlas.

Escribí su nombre con mucha más elegancia de la que había escrito el mío, poniendo bucles y remolinos como había visto en algunos de los libros de mi padre.

Creo que Heathcliff sabía que estaba haciendo un esfuerzo especial.

—Bonito —aseguró, cuando terminé.

—¿Crees que tu nombre es bonito? —pregunté, y me reí.

—No —dijo. Pero no me dijo lo que realmente había querido decir. Se limitó a sonreírme. La sonrisa más pequeña que había visto nunca, como una pequeña llama que lucha por mantenerse encendida contra el viento.

Padre le pidió a Hindley que enseñara a Heathcliff a escribir, y no a mí, pero mi hermano se mostró muy hostil y se negó a hacerlo, y abandonó la casa a primera hora de la mañana para ir a cazar. Para entonces, Heathcliff llevaba unos meses viviendo en las Cumbres, y Hindley había sembrado un verdadero odio hacia él. Sé que le había retorcido el brazo a Heathcliff al menos una vez, con la suficiente fuerza como para que la piel se le pusiera roja. Heathcliff me había hecho prometer que no se lo diría a mi padre.

—Me vengaré —decía Heathcliff. Y cuando convenció a padre de que le diera a *él* el mejor poni de los establos en lugar de a Hindley, pensé que era justo.

En secreto —bueno, no tan en secreto— estaba feliz de que Hindley se hubiera ido. Quería ser yo quien enseñara a Heathcliff. Había decidido que iba a ser mi amigo, y estaba haciendo todo lo posible por poder anudar su corazón entre mis dedos. La sonrisa me hizo sentir como… oh, como si la luz bailara a través de mí. Como si tal vez yo lo hubiera hecho.

—¿Quieres probar? —le pregunté.

Miró su propio nombre.

—Enséñame también tu nombre —dijo—. Escríbeme *Catherine*.

También escribí mi nombre como me había pedido, tan cerca del suyo que era como si hubieran sido aplastados en un solo nombre, un nombre para un alma.

Catherine Heathcliff.

Ahora no lo escribo. Si la tinta es como un sangrado, creo que es sangre que no puedo desperdiciar. Todavía no.

En su lugar, aún más despacio, escribo: Catherine Linton. Catherine Linton. Sra. Linton.

Linton.

Me siento más fuerte, mientras sostengo el libro abierto sobre mi regazo para dejar que se seque la tinta. Ahora sé lo que tengo que hacer, o al menos, creo que sé lo que debo intentar.

Nelly me dijo que fuera paciente y buena. Que no actuara de forma precipitada. Ahora seguiré su consejo, porque no tengo otra opción. Pero lo haré a mi manera, y gastaré un poco de lo más parecido al dinero que tengo.

Pronto convenzo a Hindley de que debería volver a visitar la Granja.

—¿Y si Linton se olvida de mí y de repente decide casarse con otra persona? —pregunto.

—El chico está de luto. Durante un tiempo no se casará con nadie —dice Hindley—. Sea de forma imprevista o de otra manera. Es demasiado correcto.

—El luto *adecuado* lleva mucho tiempo. Razón de más para recordarle que lo estoy esperando.

Algunas personas guardan luto con más rapidez, y se cambian la ropa oscura tan pronto como pueden. Hindley lo hizo cuando padre murió, aunque lloró bastante por su esposa. Pero sé que Edgar no es así. Sé que Edgar vestirá de negro y llorará tanto como un hombre respetable debería, porque es lo que sus padres habrían querido, y él los amaba.

—Un caballero no te dejará si tenéis un acuerdo —murmura Hindley, pero debo preocuparle lo suficiente como para que acceda a dejarme ir sin mucho alboroto.

Nelly me viste de forma elegante. En casa, me visto de forma sencilla con un típico vestido de día y sombrero, pero siempre me visto bien antes de visitar la Granja. Siempre llevo el pelo recogido, todos los rizos ordenados y bonitos, y me pongo un vestido de seda apropiado, para que me vea como alguien que *encaja* en la Granja. Incluso cuando estaba allí recuperándome de la fiebre, era la inválida mejor vestida que jamás haya habido. Ahora, hago un esfuerzo especial, e incluso me pongo pomada y polvos en el pelo para estar más guapa.

Cuando llego a la Granja con Nelly, Edgar está esperándome. Es un día radiante, y el sol hace que el pelo le brille con un color dorado y sus ojos parezcan aún más azules. Está sonriendo, así que le devuelvo la sonrisa.

—¿Dónde está Isabella? —le pregunto.

—Dentro —me dice—. Está organizando té y pasteles para usted.

—¿Solo para mí?

—Para todos nosotros —se corrige Edgar, que sigue sonriéndome con cariño—. Quería dirigir a los sirvientes ella misma, así que debemos darle un poco de tiempo, si se lo permite.

—Ella no necesita complacerme —digo con ligereza—. Pero supongo que podemos darle algo de tiempo para que se prepare. ¿Paseamos por los terrenos?

Edgar duda.

—Su salud —sostiene con cuidado—. Me han dicho que ha estado mal otra vez.

Me río y uno mi brazo con el suyo.

—¿Está diciendo que tengo un aspecto enfermizo? ¿No? —Cuando sacude la cabeza y protesta, y balbucea algo sobre que estoy muy guapa, le sonrío y digo—: Podemos pasear por el interior, si eso hace que se preocupe menos.

—Lo prefiero. —Parece aliviado.

Así que entramos. Hay una biblioteca que me gusta en especial, y hago que Edgar me lleve a ella. Nunca he leído ninguno de los libros que hay aquí y no me interesa intentarlo, pero me gusta el oro de sus encuadernaciones, y cómo huele el cuero. Me gusta que la habitación sea tan grande como el resto de la casa, pero más tranquila. Hay un gran ventanal que da a los páramos, y si te quedas junto a él, aunque sea por un momento, puedes ver cómo la luz se desplaza por las aliagas, rodando como una extraña y lenta ola.

Edgar se queda a mi lado, mientras Nelly se acomoda en una de las sillas y saca su labor para tejer. Qué buena carabina es. Me cuenta algo sobre cómo es llevar una casa él solo, y yo consigo hacer un sonido de comprensión, aunque no me interesa demasiado. Aparto la cabeza de la ventana mientras habla y miro hacia el pasillo, donde oigo unos pasos rápidos que marcan un ritmo. Después de un momento veo a una de las criadas corriendo por el pasillo, con un plato apilado con dulces llenos de grosellas y frutos secos. El olor me llega y se me hace la boca agua. Dudo que Isabella esté trabajando para preparar el té y los pasteles, pero sé lo quisquillosa que puede ser. Estará mandando a las criadas de una manera terrible. Puede que todavía tengamos que esperar un tiempo.

Nelly hace un tintineo muy fuerte con sus agujas. Miro a Edgar y lo veo observándome.

—Parece distraída, Catherine —dice con dulzura.

Consigo que me haga una señal con la mano. Pongo mi mano alrededor de su muñeca. En mi cabeza, me regaño. Tengo que volver a ser yo misma de nuevo —encantadora y agradable— y no lo estoy consiguiendo en absoluto.

—Lo siento —manifiesto—. Es que... oh, tengo la cabeza llena de preocupaciones. Nada que ver con las suyas, por supuesto.

—Sus preocupaciones también importan, Catherine —dice con seriedad—. No lo dude nunca.

Quisiera decir que las mías son más importantes que las suyas, pero quizá sea mejor que no lo sepa. No me molesto en corregirlo.

Bajo la mirada y me fijo en nuestros pies. Mis zapatos de tacón, cubiertos de seda pálida, con hebillas de plata. Sus botas con hebillas doradas. Parecemos tan perfectos, como si nunca hubiéramos pisado tierra antes. Tomo una respiración profunda.

—Heathcliff se ha ido —suelto.

—¿El chico que es un sirviente? ¿Se ha escapado?

Asiento. No digo que *hice que huyera*, aunque las palabras se amontonan tras mis dientes.

—Lo siento —dice, y casi consigue parecer sincero, aunque sé lo mucho que odia a Heathcliff—. Sé lo mucho que le importa.

No lo sabe. He tratado de explicárselo, pero él siempre parece tan perdido.

Es mejor que no lo sepa. Si realmente entendiera lo que hay entre Heathcliff y yo… bueno. Tal vez no quiera casarse conmigo. Y yo quiero casarme con él. Quiero caminar con nuestros brazos entrelazados en los jardines que le pertenecen a él, a la sombra de la gran casa que también le pertenece.

Quiero esa vida. Quiero esculpirme para encajar en ella, para estar a salvo y abrigada y alimentada para siempre.

—¿Recuerda la primera vez que nos vimos? —le pregunto.

—Sí, lo recuerdo —repone, con ternura en los ojos—. De hecho, lo recuerdo muy bien.

—Solo tenía… oh, doce. Creo. Y me asomé a la ventana de la Granja, y los vi, a usted y a Isabella, peleándose por su nuevo cachorro, y me reí. —Ahora me río otra vez—. ¡Era tan salvaje! Cuando el perro guardián me atrapó al intentar huir y me mordió el pie, ¡debió de pensar que había atrapado a alguna criatura monstruosa!

—No lo hice —protesta. Se está sonrojando, con las mejillas enrojecidas de una forma en que las mías nunca lo hacen—. Nunca había visto nada como usted, Catherine. —Su voz se vuelve tímida—. Brillaba tanto y era tan bonita. Me gustó al instante. Es… sigue brillando y siendo bonita.

Me sonrojo, aunque mi piel no cambie tan drástica-
mente como la suya. Sé que tengo la cara ardiendo. Pienso
en besarlo... quizá solo en la mejilla, pero, aunque Nelly
probablemente no nos esté observando, no puedo olvidar
que está justo detrás de nosotros y está escuchando, aunque no esté mirando.

—Recuerdo que era muy guapo —bromeo. Su rubor se
intensifica.

Es una mentira, por supuesto. Edgar es guapo, pero
apenas lo miré cuando nos conocimos. Por un lado, yo tenía doce años y no estaba buscando a un prometido o un
marido. Y en segundo lugar, todo en lo que podía pensar
era en el dolor que sentía en la pierna, y en el perro que
parecía que quería morderme otra vez, y en Heathcliff que
no podía seguirme al interior de la casa. Cuando los Linton
me llevaron a la casa y me cuidaron hasta que estuve bien,
dejaron a Heathcliff fuera, bajo el frío. Recuerdo que gritó
mi nombre. Tenía los ojos muy abiertos, con más miedo del
que jamás había visto. Pero los Linton lo amenazaron hasta
que huyó, de vuelta a las Cumbres sin mí. Uno de los sirvientes le murmuró insultos crueles. Los dos parecíamos
unos salvajes, los dos teníamos suciedad en los pies y el
pelo enmarañado, pero como Heathcliff era negro lo echa-
ron, y como yo era pálida y me conocían como «la chica
Earnshaw», me acogieron. Lo recuerdo.

Hasta más tarde no pensé que Edgar fuera guapo. Cuando empezó a ser amable conmigo.

—¿Recuerda que Heathcliff estaba conmigo? —pregunto.

Por un momento, Edgar parece confundido. Supongo que es desconcertante, que haya pasado tan rápido de

llamarlo guapo a hablar de Heathcliff. Pero entonces dice:

—¿Estaba?

—Sí.

Sacude la cabeza y dice:

—La verdad es que no lo sé. Supongo que solo tenía ojos para usted.

Debería ruborizarme otra vez, o hacerle un cumplido o… no sé. Sonreír, supongo. Algo bonito y brillante, ya que eso es lo que le gusta de mí. Pero solo me muerdo el labio y lo miro y pienso: *¿Cómo puede amarme si no puede ver a Heathcliff? Heathcliff soy yo.*

Edgar solo ve una parte de mí. Siempre ha visto solo una parte de mí. Me siento extraña al darme cuenta de eso. Por supuesto, solo le he mostrado mi mejor cara, pero yo… Pensé que, tal vez, él sabía que el resto de mí aún estaba allí.

Es como si una parte de mí hubiera caído y se estuviera desvaneciendo, tan fácil como cualquier elemento en la sombra bajo la feroz luz del sol.

—Quiero ir a buscar a Heathcliff —murmuro. Trato de mantener mis palabras en voz baja para que Nelly no las escuche—. Estoy preocupada por él.

—Tiene un buen corazón —dice Edgar, su expresión se vuelve cada vez más tierna—. Pero estará bien, Catherine. Estoy seguro.

—Podría ayudarme a buscarlo. —Oigo a Nelly toser y moverse en la silla—. O podría enviar a alguien a buscarlo. Se lo agradecería mucho, Edgar.

—Estoy seguro de que su hermano ya ha enviado un grupo de búsqueda —repone Edgar, aunque debería conocer mejor a Hindley. Traga saliva y dice con cuidado:

»No creo que le gustase que yo interfiera en su casa. No es... caballeroso.

¿Edgar ha intentado interferir antes? Me pregunto. *¿Ha intentado protegerme o hacer algo por mí? O no... ¿quizá su padre lo intentó?*

Me lanza una mirada más intensa, un poco más afilada que la mayoría de las que he visto en su amable cara de cordero, y luego mira hacia otro lado.

—Los chicos como Heathcliff saben sobrevivir —dice Edgar. Creo que quiere ser reconfortante.

Chico. Heathcliff tiene la edad de Edgar, o más.

Hindley no me ayudó. Aquí tampoco recibiré ayuda. Pero no grito ni reprendo a Edgar.

Pienso en lo que pasaría si lo hiciera. Pienso en él apartándose de mí, preocupado u horrorizado. Pienso en él llevándome a Hindley. Pienso en cómo mi hermano me encerraría y en cómo mi vida se haría cada vez más pequeña, hasta que no quedara nada más que mi habitación, y la tormentosa rabia, y la promesa de nada bueno. Sin esperanza. Sin futuro por delante, solo una nada incolora, sin amor.

La amargura se arremolina en mí como un veneno. Pero sonrío, entrelazo mi brazo con el suyo, y digo:

—Estoy segura de que tiene razón, Edgar.

Vamos y nos sentamos con Isabella. El té con azúcar me parece dulce para mi paladar, y los pasteles aún más dulces. Pienso en la primera noche que me llevaron a este salón con una mordedura de perro en la pierna y que Edgar me ofreció una pequeña porción de un bollo de grosella, con las manos temblorosas. Y cómo... cómo lo puse en mi lengua, y fue como un juramento que hubiera

hecho, cosa de hadas. Había comido aquí, y había proba-
do lo dulce, lo que significa ser rico, y ahora no podría
huir más a causa del deseo de serlo, aunque un día me
matase.

9
Heathcliff

Jamie me lleva a un callejón. Mira a la izquierda y a la derecha. Al no ver a nadie, dice:

—Espera aquí.

Se agarra a la cornisa de la ventana. Se impulsa hacia arriba. Lo observo subir, trepando por el alféizar de la ventana, agarrando el bloque con sus manos y las botas. Entonces está en un techo inclinado y se va. Se ha movido con tanta ligereza que ni siquiera ha tirado ninguna teja suelta, y desde donde estoy todas las tejas parecen sueltas, el ladrillo se desmorona. Parece que todo el edificio está a punto de caerse.

Espero a Jamie. Espero, y miro hacia el edificio y me pregunto cuánto tiempo durará, cuánto tiempo hasta que se derrumbe sobre sí mismo.

Oigo un tintineo. Botas en las baldosas. Vuelve a saltar.

—Están listos para verte —dice. Está sudando. Lo observo. Se quita la gorra. La frota contra su propia cabeza, secándose el sudor. Sonríe, con la boca cerrada. Luego me dice—: No estaban contentos conmigo. Pero ya entrarán en razón. Sígueme, y no los tomes demasiado en serio, ¿vale?

Asiento con la cabeza y lo sigo. Escalar un edificio como este no se parece mucho a trepar por un árbol hasta la ventana de Cathy, pero también pasé mucho tiempo en las rocas. No eran seguras: eran desiguales, podían abrirte la piel con sus bordes afilados y, si te caías, podías morir. Así que esta subida no me da miedo.

Jamie me lleva hasta una rotura en el techo cubierta por un trozo de madera. Nos escurrimos a través de ella. Me lleva a una habitación, el techo es bajo, las tablas se doblan debajo de mí. La habitación es pequeña. Las paredes parecen aplastarme, aunque son lo bastante anchas como para que haya dos camas pegadas, una cortina colgada entre ellas. La cortina está descolorida, se ha vuelto de color óxido. Hay una mesa colocada delante de una puerta cerrada con clavos. Es evidente que las personas que viven aquí no deberían vivir aquí.

Tres personas me ven entrar. Otro chico, delgado, pequeño. Debe ser bueno para robar carteras, al ser tan diminuto. Dos chicas, ambas sentadas en la segunda cama juntas, con las manos envueltas sobre las de la otra, tensas.

—Este es Hal —presenta Jamie, asintiendo al chico, que le devuelve el saludo—. Y Annie, y Hetty.

—Encantada de conocerte —dice Hetty, ofreciéndome una inclinación de cabeza. Con la mandíbula firme, así que, aunque su bienvenida es cortés, su cara no lo es. Le devuelvo el saludo.

—Lo mismo digo —respondo.

Annie es pálida como la leche. Hasta su pelo es casi blanco. Me doy cuenta de ello, porque Hal y Hetty son algo más morenos, pero no como yo, y no como Jamie. No sé qué, y no pregunto. No es asunto mío. Pero entonces Annie, con su piel pálida, me mira y me dice:

—Anne. Solo soy Annie para mis amigos. —Y oigo el irlandés en su voz. Se me mete en la cabeza.

Todos los que estamos aquí... tenemos otro lugar dentro de nosotros.

—Anne —repito. Asiento. Ella me devuelve el saludo, regia.

—Jamie dice que necesitas ayuda —dice Hetty—. Necesitas que te enseñen.

Se queda en silencio. Espera. Ella y Anne me miran, juzgando. Hal está callado, mirando de un lado a otro entre nosotros.

Digo:

—No puedo seguir con las peleas.

Hetty me mira de arriba abajo. Frunce los labios.

—Ya lo veo.

—Necesito una vida que no acabe matándome —le digo—. Le pedí a Jamie que me ayudase.

—Quieres decir que te aprovechaste de su amabilidad.

—Le ofrecí un intercambio justo. Le ofrecí mi fuerza. Mis conocimientos.

—No necesitamos a alguien que luche. Y no necesitamos aprender a luchar. Estoy segura de que Jamie te lo ha dicho.

—Todo el mundo necesita a alguien que sepa luchar —sostengo con firmeza—. Pero no me refiero a enseñaros a dar puñetazos.

Alza una ceja. Como si estuviera diciendo algo de lo que quiere oír más.

—¿Crees que no sé dar puñetazos?

Ignoro ese desafío.

—Puedo leer. Escribir. Soy bueno con los números.

Se callan.

Anne y Hetty no se miran, pero siguen agarradas de las manos. Creo que están hablando de esa manera, por lo fuerte que se agarran la una a la otra. La forma en que Anne se desplaza, moviéndose para sentarse más recta.

—Soy una ladrona —dice Anne—. Y Hetty también, a veces. Nosotras sabemos de números. Pero escribir, leer... Bueno, ahora. Eso cambia las cosas.

Si hay algo bueno que Earnshaw hizo por mí, fue conseguir que aprendiera las letras. Me enseñó: lento, paciente, él sentado a mi lado. Aunque tú me enseñaste más, Cathy. Yo a tu lado, viendo tus dedos moverse. Tú, escribiendo mi nombre. Enseñándome quién era.

La mayoría no tiene la oportunidad de aprender. Pero estos cuatro son lo bastante inteligentes para saber que, sin letras, la vida siempre los va a engañar.

—Enseñadme a hacer trampas en las cartas y a robar carteras, y yo os enseñaré a leer —propongo con toda sinceridad—. Y si necesitáis a alguien que luche, también puedo hacerlo.

—Muy generoso de tu parte —dice Hetty.

—Quiero vivir —respondo—. Podéis ayudarme a hacerlo. No voy a mendigar, pero os pagaré de forma justa.

Jamie tiene las manos en los bolsillos a mi lado. Espera. No es él quien decide, ahora puedo verlo. El joven, Hal, se sienta en silencio. Observando.

Hetty frunce los labios.

—Vuelve —dice—. Mañana. Después del mediodía. No antes. Y empezaremos las clases.

Asiento con la cabeza.

—Necesitaré tiza —pido—. Algo para escribir.

—Entonces será mejor que lo traigas contigo —dice ella—. Considera que es parte de tu deuda.

Jamie exhala.

—Tendrás que volver a salir por la ventana —sostiene y se dirige a empujar el listón de madera hacia atrás.

Los dos nos escurrimos. Nos dirigimos hacia abajo, cruzando baldosas, deslizándonos por los canales hasta que llegamos al suelo.

—Mañana —le digo—. Te veré entonces.

—Mañana —acepta Jamie. Parece aliviado.

Mis clases empiezan así:

Jamie señala la mesa. Tiene una silla. Miro entre ella, las camas, y dice:

—¿Dónde quieres que me ponga?

Hetty suspira.

—De pie. Jamie, tú también ponte de pie. Vas a ser nuestro modelo de prácticas. Toma tu abrigo.

Jamie va de forma obediente, toma un abrigo de debajo de la cama, y luego se pone de pie. Luego dice:

—Bien. Heathcliff: Hal va a mostrarte algo útil. ¿Hal?

Hetty y Jamie dirigen, pero es Hal quien saca un cuchillo y me muestra lo que hay que hacer.

Me enseñan a robar de un bolsillo, usando solo las manos. Cómo cortar un monedero o bolsillo en la base para que el dinero se deslice directamente en la palma de tu mano. El abrigo de Jamie es especial para esto, tiene cosidos más bolsillos que se pueden cortar.

—Algunas personas esconden su dinero mejor aún, dentro de la camisa o la chaqueta, pero hay que empezar por alguna parte —dice con naturalidad.

Después de que Hal me enseñe lo que hay que hacer, me da la navaja.

Resulta que, incluso si ya eres hábil con un cuchillo, no es un trabajo fácil.

—He visto un truco con un trozo de alambre largo —dice Hal tras mi tercer fracaso en hacerlo como le gusta a Hetty. Él tiene una voz aguda, fina. Como la de un pájaro. Sus manos se levantan. Las abre de par en par. Observo cómo juega a sujetar el cable, cómo lo desenrollaría si tuviera uno en sus manos. Cómo daría forma a un extremo en un gancho—. Esperas hasta que tu objetivo se quede quieto, distraído: gente del campo, gente nueva de aquí es la mejor porque todo es extraño... y entonces tomas el cable y tan solo... —Hace la mímica de sacar algo de un bolsillo y de levantarlo y sacarlo.

—Hal nunca va a intentar eso —aclara Hetty, con advertencia en su voz. Pero esa advertencia no es algo violento. Tiene cuidado, como Nelly diciéndole a Hareton que no toque el fuego de la cocina para que no se queme—. Lo haces mal una vez, y ya está, se acabó. Vas a la cárcel, o una muchedumbre te golpeará hasta que mueras. A menos que tengas talento para correr.

—No hay que intentar luchar —advierte Jamie—. No para robar carteras. Es tentador, por el cuchillo. —Levanta la hoja que estaba en mi mano hace un segundo. Ni siquiera noté que la tomaba. Hace girar la empuñadura entre sus dedos, sonriendo un poco. Presumido—. Pero si alguien te atrapa, será mejor que corras. Corre como si tu vida dependiera de ello.

—Los hombres muertos se mueven más lento que los vivos —le digo.

Hal se ríe. Corta el ruido, poniéndose la mano sobre la boca. Anne y Hetty se quedan de piedra.

—Es cierto —dice Jamie con calma—. Pero hacer que un hombre muera siempre parece hacer que los otros hombres que te vieron hacerlo se muevan más rápido. No hablo por experiencia —añade, muy rápido—. Pero ves cosas, cuando llevas en el negocio el tiempo suficiente. Mata a un hombre, y tendrás a cien más a tus espaldas. Así son las cosas.

Lo intentamos un poco más, consiguiendo que aprenda los trucos necesarios. Anne frunce el ceño, con los ojos entrecerrados. Dice, no parece que sea a mí, sino a toda la sala:

—Ya te has roto los dedos antes.

Me han roto los dedos. Es diferente. Pero asiento con la cabeza.

—Hará que sea más difícil —dice. Algo parecido a la preocupación surca su rostro cuando mira mis cicatrices; mi dedo, algo torcido—. Mucho más difícil.

—Más difícil no significa que no pueda hacerlo —añado. Y practico un poco más después, solo para demostrarlo.

Después, saco la tiza de mi bolsillo.

La mesa está vacía, y nadie se queja cuando utilizo la tiza sobre la madera. Simplemente se reúnen a mi alrededor. Observando.

Nunca he sido profesor. Dudo que tenga la habilidad para ello. Pero hice una promesa. Lo intentaré.

Un chirrido de tiza sobre la madera. Los cuatro se inclinan hacia delante. Jamie tiene el brazo sobre la mesa a mi lado. Nadie ha estado tan cerca de mí para algo que no sea pelear desde… Tú, Cathy. Desde ti.

Trago saliva. Entonces les digo:

—Empezaremos con las letras, una por una.

Despacio, para que aprendan cómo se hace, dibujo una *A*.

Vuelvo. Una y otra vez.

A veces voy a luchar porque sigo necesitando monedas. Si me dicen que pierda, pierdo. Entonces me lavo la sangre de los nudillos en la orilla y miro las cicatrices en ellos, viejas y nuevas. Me permito alegrarme de que no me hayan roto ningún hueso. Que sobreviviré un día más.

Con los cuatro en su habitación robada, llego a conocerlos. No lo planeo. No quiero hacerlo. Sigue sin ser asunto mío, y saber sobre la vida de la gente solo te involucra con ellos. Así que no pregunto, pero hablan. Así que sucede de todos modos.

Entre los entrenamientos como ladrón y las lecciones de escritura, cuando Hetty observa con atención y Hal sostiene la tiza torpemente en su mano, y Anne pronuncia las palabras, siguiéndolas, yo aprendo sobre ellos.

Hal ya no tiene familia, pero su madre y él fueron traídos aquí por un comerciante que se creía su dueño. Cuando ella murió, Hal decidió irse y seguir su propio camino. Anne cruzó el mar para trabajar. El padre de Hetty vino de Malasia, un lascar en algún barco que desembarcó y se fue antes de que ella naciera.

—Pero le dijo a mamá de dónde venía, así que yo también lo sé —dice Hetty con tranquilidad. Sigue siendo severa, pero se está relajando conmigo. Ya no está tan segura de que me vuelva contra ellos.

Quiero preguntarle sobre su padre. Sobre los lascares. Quiero decirle: *Creo que mi padre también era uno. Pero no lo sé. No estoy seguro.*

No pregunto.

No son mis amigos. No necesito ningún amigo.

Tal vez alguna vez pude haber tenido alguno. De vez en cuando, había otros niños en las Cumbres. Trabajando, sobre todo. Pero no estaban allí para jugar y no querían hacerse amigos míos. Solo tú querías hacerlo, Cathy. Tú fuiste suficiente. Por un tiempo.

Pero después de que te mordiera ese perro, después de que te quedaras atrapada en casa de los Linton, volviste cambiada. Aburrida, limpia. Parecía que tenías miedo de tocarme y ensuciarte.

Tú tenías doce años, y yo estaba lo bastante cerca... o eso suponemos, aunque no se sabe cuándo nací. Doce, y hasta entonces habíamos sido como dos personas unidas. A veces, me colaba en tu habitación por la noche. Me contabas cuentos, cosas extrañas, muy parecidas a mentiras. Y yo pasaba mis dedos por la llama de la vela en tu ventana, lo suficiente rápido como para no quemarme y no apagar la llama y escuchaba. A veces iba más y más despacio. Esperando hasta que el calor quemaba.

Pero pasamos más tiempo juntos al aire libre que en la casa. Eso hizo que Hindley se enfureciera y escupiera sangre. Pero era como pasar el dedo por la llama. Un juego para ver cuánto tiempo se puede tocar el fuego antes de quemarse no es muy diferente de un juego para ver cuánto tiempo puedes correr sin control antes de que te golpeen. Nosotros corríamos todo el tiempo, bajábamos y subíamos colinas. Subimos como si tuviéramos perros pisándonos los talones. Riendo, tú y yo, pero también como si Hindley fuera un fantasma o una pistola a nuestras espaldas.

Una vez, nos detuvimos. Nos quedamos quietos, nos caímos en la hierba larga después de haber corrido tanto tiempo que las piernas nos dolían y el cuerpo nos sudaba. Me hiciste poner mi cabeza en tu regazo, Cathy. Tu falda olía a lavanda, a sol. Me peinaste el pelo, suave con tus dedos. Me hizo sentir en calma.

—¿Cómo llamas al mar? —preguntaste de repente.

—¿Yo? —No abrí los ojos. Sabía por qué lo habías preguntado. La hierba que nos rodeaba era de un verde azulado, y el viento la hacía moverse como lo hacían las aguas en nuestros sueños—. Mar, océano o agua. Igual que tú.

—Antes conocías otras palabras. Sé que las conocías.

—Ya no las conozco.

—¿Cómo has podido olvidarlas? —No sonó como si me estuviera acusando. Sonaba como si tuviera curiosidad.

—Es fácil —dije—. Quería hacerlo.

Entonces te quedaste callada. Sentí que te movías. Me soltaste el pelo.

—No te levantes —dijiste cuando empecé a moverme—. Te estoy haciendo un regalo.

Me quedé quieto. Tal vez me dormí. Pero me desperté cuando tus manos se pusieron de nuevo sobre mi pelo, colocando algo en él.

—Ya está —dijiste, complacida—. Te he hecho una corona.

Me senté y la toqué. El brezo se arrugó contra mis dedos. Verde y púrpura que caía sobre mí. Te maldije, y tú te reíste.

—Cuidado. —Te reíste—. Cuidado, la vas a romper. Heathcliff, no, ¡no te la quites!

Más tarde, me colé en tu habitación. Los dos juntos en tu armario de roble. Las sábanas calientes por tu cuerpo, y el olor a madera y agua de lavanda a nuestro alrededor. Ya estabas medio dormida, así que solo apoyaste la cabeza en mi pecho cuando me recosté. Creo que para escuchar mi corazón. Esa noche no hubo historias.

—*Samudra* —susurraste. Tenías la voz espesa por el sueño, mientras que tus ojos estaban entreabiertos. No creas que seguías despierta del todo.

—¿Estás soñando, Cathy? —susurré.

—Así se llama el mar —balbuceaste. Suspiraste y te hundiste contra mí—. Eso es lo que he soñado.

Vi cómo cerrabas los ojos. Tu respiración se calmó. Pensé…

Oh, Cathy. En ese momento pensé que estábamos hechos el uno para el otro. Tal vez no a propósito. No sé si creo que Dios es tan amable o tan cruel como para hacer algo así. Pero el mundo nos hirió a ambos, tal vez mucho antes de que naciéramos. Y cualquier herida que tuviéramos, nos había moldeado para que encajáramos el uno con el otro.

Puse mis dedos entre los tuyos. Incluso dormida, me abrazabas tan fuerte que tus uñas dejaban marcas.

Ambos estábamos heridos y éramos unos salvajes, antes de que conocieras a los Linton. No pretendías que no lo fuéramos.

Pero después, estabas diferente. Yo seguía estando lleno de desgarros, sucio y solo. Y tú…

Perfecta. Pero siempre fuiste perfecta para mí, Cathy. Ahora eras perfecta para todos los demás.

Hablabas sin parar de los Linton. Su gran casa y lo agradables que eran. Toda su buena comida y la forma en que la Sra. Linton llevaba el pelo y se pintaba la cara. Y hablaste de Edgar Linton. Me dijiste cómo te seguía, lo dulce que era. Cómo te traía regalos. Te reíste de ello.

Me llenó de celos. Todo lo que quieras, lo quiero para ti. Siempre lo he hecho. Pero eso no me impidió desear que no lo quisieras.

Te pregunté una vez, cuando la rabia se apoderó de mí, y no pude contenerme:

—¿Él sabe la verdad sobre ti?

Frunciste el ceño, confundida.

—¿Qué verdad? —preguntaste.

Te miré fijamente. No moví la boca.

¿Cómo podía ser que no lo supieras?

Cuando tus padres vivían no susurraban tan suave como creían que lo hacían sobre la India. No ocultaban su preocupación por ti y Hindley. Y tú y yo, Cathy, teníamos palabras en común, palabras que debí aprender de mi padre. Palabras que debiste aprender en algún lugar, de alguien. Habías dicho «Samudra». Eso no era algo que habías soñado. Cuando estábamos mucho tiempo al sol, tu piel se doraba, se calentaba como el pan, no se quemaba. Sabías que tu familia tenía secretos y que debías guardarlos. Sabías que no debías contarle a nadie lo de los cofres de tela y oro. Baratijas de la India, encerradas en su interior. Sabías que habría peligro si dejabas que alguien recordara que tu familia no había estado siempre en las Cumbres, en la misma casa de piedra en lo alto de los páramos. Sabías que había una mentira a tu alrededor. Tenías que saberlo.

Te miré fijamente. Tú me devolviste la mirada.

—Heathcliff —dijiste, parecías frustrada—. No lo entiendo.

Recuerdo... que me di la vuelta. Me miré las manos. Sentí que la vergüenza me atravesaba, como un cuchillo caliente que atraviesa la mantequilla.

—No es nada —murmuré, y me marché. Dejándote. Después de eso, me llevó un tiempo entender por qué me sentía como me sentía.

No querías saber la verdad, Cathy. Una parte de ti lo veía, de la misma manera que veías fantasmas, y enterrabas plumas, y soñabas cosas extrañas. Una parte de ti lo *sabía*. Que dentro de ti había «ninguna parte», igual que en mí.

Y rechazaste la idea, te acercaste a los Linton y fingiste que no la había.

Hal me dice:

—Quiero enseñarte algo.

Solo estamos nosotros en la habitación, afilando dos cuchillos. Los demás están fuera: Jamie viendo a su familia, y Hetty y Anne se han ido a otro sitio. Hal no sabía dónde. Solo se encogió de hombros y dijo:

—Haciendo cosas de pareja.

Luego me miró, parecía cuidadoso, como si me estuviera sopesando.

Así que me encogí de hombros y dije:

—Entonces, llegarás más lejos en lo que respecta a las letras que ellos.

Y se relajó.

—No quiero aprender —me dice ahora.

—Bien —acepto, y dejo el cuchillo en el suelo. Empiezo a remangarme para volver a salir por la ventana y marcharme. Pero Hal sacude la cabeza.

—No te vayas todavía. —Su voz es débil, pero segura—. Quiero enseñarte una cosa.

Me saca por la ventana de todos modos. Vuelve a colocar la madera en su sitio y no me lleva al tejado inclinado ni a la carretera. En lugar de eso, va por el otro lado. Aquí el techo es estrecho, pero él se mueve por el ligero como el aire, como si estuviera hecho para ello.

—Ten cuidado —me dice.

Pienso en decirle que no me importa si me caigo y me rompo la cabeza, pero no creo que se ría como lo harías tú, Cathy. Así que no lo hago. Simplemente lo sigo.

Me muestra formas de cruzar la ciudad. A través del humo de las chimeneas. Con el cielo abierto y cerca.

Los techos no son uniformes. No tienen la misma altura, y ninguno es seguro para la gente. Pero Hal me muestra que, si tienes cuidado y eres rápido con los pies, hay caminos que te llevan directamente cerca del agua. Subimos, con los pies agarrándose a las ranuras y a las grietas de la piedra, y nos subimos al tejado de un edificio. Hal me hace agacharme. Señala los muelles. Las torres de la iglesia. El río que lleva al océano. El agua, que brilla gris y verde y azul.

—Allí abajo, las calles son para trabajar —dice, señalando a la gente que camina por debajo de nosotros—. Aquí arriba hay seguridad. Esto de arriba es mío.

Pienso en preguntar: *Entonces, ¿por qué me lo enseñas? ¿Por qué arriesgar lo que es seguro cuando sabe que lo único que quiero es mantenerme vivo?* Pero no lo hago.

En cambio, digo:

—Gracias.

Él me mira. Y observo cómo en su boca se dibuja una sonrisa.

Anne y Hetty han vuelto antes que nosotros. Anne se está arreglando el pelo, colocándose el gorro de paja en su sitio.

—¿Os habéis divertido? —pregunta Hetty. No me lo pregunta a mí. Sus ojos están puestos en Hal, con la boca fruncida. Preocupada.

—Sí, nos divertimos —dice Hal. Y entonces se acerca a su cama, y se sienta y saca unos calcetines que necesitan ser zurcidos. Mantiene la cabeza baja, concentrado.

Lo vemos pasar un hilo por el ojo de una aguja.

Luego dice:

—Ha estado bien.

Entonces Hetty y Anne se miran. Hetty se encoge de hombros, y Anne le devuelve la mirada y se sienta como una reina en la mesa.

—¿Aún quieres practicar trucos con las cartas? —me pregunta Anne, de la nada.

Asiento una vez.

—Ven y siéntate —dice.

Me siento y ella saca una baraja de cartas de la falda. Empieza a barajar, rápida y ordenada.

—Hay una taberna —dice—. A veces trabajo allí. Si aprendes bien, puedes venir conmigo. Pero si causas problemas no te volveré a invitar. ¿Lo entiendes?

—Sí —le digo.

—Repítemelo, entonces —exige.

La miro fijamente, con los ojos clavados en los suyos. No como desafío. Respeto.

—Aprenderé, igual que tú aprendes las letras —digo—. Trabajaré duro. No causaré problemas.

Anne no dice nada. Sus fosas nasales se agitan. No sé qué sentimiento está conteniendo.

—Confía en que no quiero ir ni a la cárcel ni a la horca —le digo con toda sinceridad—. Confía en que solo quiero ganar dinero. Así que escucharé.

Ella mantiene el contacto visual. Extiende las cartas.

—Siempre hemos sido nosotros —dice Anne. Lo dice en serio. Tiene todas las cartas delante de ella; abiertas en un abanico, negras, blancas, rojas. Quiere que sepa algo. Algo que no dice.

Espero.

—Los padres de Jamie lo quieren —dice al final—. Pero los míos están tan lejos que ya no están. Y Hal…, Hetty y

yo somos todo lo que tiene. Somos una familia. Y nos cui-
damos mutuamente.

—Yo no necesito una familia, Anne —sostengo.

Ella frunce el ceño y baja la mirada.

—Toma las cartas —dice—. Vamos a ver cómo mezclas
la baraja.

Voy a por las cartas en abanico. Ella chasquea la lengua
como si hubiera hecho algo mal.

—Llámame Annie —dice indiferente—. Y déjame enseñarte a hacerlo bien.

Más tarde, vuelvo a mi pensión. Jamie dice que puedo dormir en su piso si quiero. Lo he hecho varias veces. Pero hoy
digo que no.

Subo las escaleras de la pensión. No he comido nada,
pero no tengo hambre. La cabeza, el estómago... todo mi
ser está lleno de... lo que he aprendido. Trucos que funcionan para diferentes juegos, diferentes barajas. Faro, whist,
póker. Formas de recordar las cartas con las manos. Cómo
marcarlas, formas que nadie verá para que solo tú sepas lo
que viene después, usando puntos negros, agua limpia,
una salpicadura de tinta china en los dorsos de las cartas.
Diamantes, picas, corazones.

Formas de hacer que una marca confíe en ti. Formas de
engañar a alguien no con las cartas sino con tu sonrisa o tu
encanto. Anne —Annie— dice que ese no es mi fuerte.

—Pero intentaremos enseñarte —dijo. Me miró con
atención.

—Tal vez haya otras formas de engañar a una persona además de con sonrisas.

John, que comparte la cama conmigo, ya está mirando hacia el otro lado, con los pies junto a donde irá mi cabeza. Está fumando una pipa. Observándome.

—Ya no estás mucho por aquí —dice John. Me está mirando de soslayo. Como si sospechara algo.

—Más espacio en la cama para ti, pues —le murmuro, quitándome las botas. Me duelen los pies.

Me recuesto, sin molestarme en desvestirme. Cierro los ojos.

Es extraño ser observado. Es extraño que a alguien le importe si vives o mueres.

Antes solo estabas tú, Cathy. Siempre pensé que eso era suficiente.

Ahora no estoy tan seguro.

10
Catherine

Después de ver a Edgar y a Isabella, me siento vacía. Ya no tiene mucho sentido tratar de convencer a Hindley de que debo ver a Edgar, si Edgar no puede darme lo que quiero. Así que dejo de intentar ser buena, y de todos modos con el tiempo parece que Hindley deja de preocuparse por mí.

Sigo intentando mantenerme alejada de su camino, pero el problema es que ninguno de los dos descansa por la noche y a los dos nos gusta deambular. Una vez, incluso me escondí en la habitación donde se guardan los baúles con los tesoros de la India. *Tesoros* hace que la habitación suene a grande, pero no lo es. Son sábanas llenas de polvo y una pequeña ventana que solo deja entrar la luz más débil, y baúles llenos de cosas que según creo no han sido tocadas o usadas durante más años de los que yo he vivido. Me senté bajo las sábanas con los baúles, y respiré polvo, y pensé en no existir.

A veces, me limito a pasear por los pasillos, o bajo a la cocina y acaricio al perro y me preparo sobras de la despensa.

Por lo general, puedo escabullirme por otro pasillo o en otra habitación antes de que Hindley me vea, pero de todos modos me ha sorprendido unas cuantas veces por la noche. La primera vez se puso muy pálido y tuvo que tragar tres veces antes de poder gritar.

—Eres peor que un cazador de ratones —dijo—. Siempre apareciendo donde no te quieren.

Nunca he traído nada medio comido o medio muerto —o ambas cosas— y lo he puesto a sus pies, como nuestro viejo gato ha hecho muchas veces. Pero supongo que eso demuestra lo que Hindley piensa de mí, ¿no? Su hermana pequeña y salvaje, siempre llevando algo desagradable a dondequiera que vaya, pensando que será un regalo. El cazador de ratones lleva ratones, y yo llevo…

Oh, no lo sé. A mí misma, tal vez. Hay algo que hace que los dientes de Hindley rechinen al verme. Tal vez sea por culpa de mi carácter propio de Heathcliff. Ahora que Heathcliff no está aquí, no hay nadie que me haga parecer más dulce. A menudo pensaba que la gente me creía alegre y cálida por el simple hecho de que Heathcliff llevaba su propia nube de lluvia con él dondequiera que fuera. Incluso en los días grises —y a menudo me siento como si fuera un día muy gris—, se ven muy bien cuando los pones frente a una noche sin luna.

—¿Te he asustado? —pregunté, y Hindley me maldijo y me arrastró de vuelta a mi habitación.

Pero ahora, no es de noche, sino que está muy cerca de serlo, y cuando bajo las escaleras que crujen inquietas bajo mis pies, puedo sentir algo. Es como si el aire fuese pesado. Se me eriza la columna vertebral. Me siento como una liebre al final de un rifle de caza. Hay peligro cerca, y mi cuerpo lo sabe, aunque la tonta que hay en mí siga caminando hacia la cocina para comer como si todo estuviera bien.

Encuentro a Nelly escondiendo a Hareton en un armario. Tiene su manta favorita entre las manos y está chupando la tela y oscureciéndola con su saliva. Nelly me mira de reojo y murmura:

—Debería volver arriba.

Oigo el tintineo de los vasos y las carcajadas.

—¿Tiene compañía? —pregunto tímidamente. A veces mi hermano tiene amigos del pueblo que vienen de visita. Caballeros, la mayoría de ellos, todos con los bolsillos llenos. Les gusta apostar. También a Hindley, pero no es muy bueno ganando. Siempre se siente miserable después de una partida. Siempre un poco más pobre. Cualquier día, pienso que me despertaré y me enteraré de que Hindley se ha jugado las Cumbres al completo, dejándonos sin hogar.

—Sí —confirma Nelly—. Así que será mejor que se vaya a la cama.

—Tengo hambre. —Tengo un instinto para los problemas al que no debería escuchar, y ese instinto quiere nadar en la cocina y cortar un poco de pan y queso, con toda la calma del mundo, como si no temiera en absoluto al mal humor de Hindley.

—Cathy —dice Nelly. Lo dice con frialdad y firmeza. Esta vez no es la Srta. Cathy—. Váyase a la cama.

Oigo más risas, y eso hace que se me ericen los pelos de la nuca y de los brazos, como si mi cuerpo fuera un animalito y estuviera asustado de verdad. Miro a Hareton, y luego a Nelly, y digo de mala gana:

—Puedo esconderlo en mi habitación.

Hareton me devuelve la mirada con unos ojos enormes.

—No —dice Nelly con lentitud. Me mira de arriba abajo. Frunciendo el ceño—. No, no se preocupe, Srta. Cathy. Mantendré a Hareton sano y salvo.

No confía en mí. Supongo que nunca he hecho nada para hacerle pensar que sería buena con Hareton, pero de alguna manera todavía me sorprende. Como si el mundo se hubiera tambaleado.

Me voy a mi habitación.

Horas más tarde, oigo romperse un cristal. Y otro ruido fuerte, como el disparo de un rifle. Desearía que Heathcliff estuviera aquí, pero también me alegro de que no esté.

A veces, cuando Hindley agarraba su rifle, buscaba a Heathcliff. Y yo miraba por las ventanas cuando Heathcliff salía a paso ligero por los páramos en medio de la noche, porque no estaría seguro en ningún lugar de las Cumbres. Ni siquiera en los establos, ni en la granja. En una noche como esta, no volvería hasta por la mañana.

Una vez, fue un auténtico idiota y no huyó muy lejos. Se subió al árbol junto a mi ventana y se agachó en las ramas. Golpeó con fuerza el cristal. Al principio, pensé que eran las ramas golpeando contra el vidrio. Luego me di cuenta de que era él y me apresuré para abrir la ventana, con pánico.

—Heathcliff —siseé—. ¿Qué estás haciendo aquí?

—Escondiéndome —dijo, como si fuera obvio y yo debiera saberlo—. Hablar contigo.

—Deberías estar… oh, deberías estar en cualquier sitio menos aquí —dije con dureza, intentando no dejar que mi voz se elevara.

—Estaba pensando que no me gusta dejarte sola en noches como esta —aseguró—. Estaba pensando que no confío en Hindley.

—Hindley nunca me haría daño.

Oí un golpe en el piso de abajo. Me estremecí. Heathcliff no dijo nada al respecto, ni sobre la brutalidad de Hindley ni sobre mi miedo, lo que fue inusualmente amable por su parte. En su lugar, dijo, con una voz que era el retazo de algo oscuro y aterciopelado:

—Imagina que soy un ángel que guarda tu ventana.

La luz de la luna era líquida sobre la mitad de su cara, haciéndola brillar. La otra mitad era todo sombras. Lo miré a los ojos iluminados por la luna, que brillaban como los de una criatura nocturna, y dije:

—No me gustan los ángeles.

—Entonces, solo un hombre —dijo—. Pero un hombre que tiene alas. Que pueda llevarte lejos si hay peligro. Que no permita que te hagan daño.

—Un hombre suena mejor —susurré. Y mantuve la ventana abierta toda la noche, escuchando el chirrido de advertencia de los pasos de Hindley en la escalera, incluso mientras Heathcliff y yo nos susurrábamos historias sin sentido, con las manos enredadas.

Esta noche, sueño con Heathcliff. Con abrir mi ventana y extender las manos y dejarme llevar, con las estrellas lloviendo sobre nosotros, con una luz deslumbrante.

Más tarde, Nelly me llama por mi nombre y me despierta de un sueño intranquilo. Cuando abro la puerta ya se ha ido, pero hay un trozo de pan fuera envuelto en una tela. Lo tomo y cierro la puerta y como medio agachada en el suelo, las migas se acumulan en mis rodillas. Y luego, cuando ya no tengo hambre, me meto de nuevo en mi cama fría y sueño.

La mañana llega rápido.

Sé que hoy Hindley se despertará tarde y que todos estarán callados como ratones para no molestarlo. Así que decido aprovecharme. Me siento atrapada y decido que saldré al exterior. En realidad, es la única cosa que decido. Después confío en mis instintos. Mi cuerpo sabe a dónde debo ir, aunque mi mente cansada no lo sepa.

En silencio, me levanto. Tengo un espejo en mi habitación. Me pongo delante de él mientras me visto. Es un trabajo engorroso, intentar vestirme sin que nadie me ayude. Cuando era una niña, mi ropa era práctica, con prendas que podía ponerme yo misma, pero ahora que tengo dieciséis años y soy una dama, mis vestidos son demasiado complicados como para poder arreglármelas sola. Hay demasiadas cosas que abrochar y atar, y la mayoría de ellas en la espalda. Trato de tantear los cordones durante un minuto muy largo, y entonces me siento terriblemente frustrada y maldigo como he oído hacer a Joseph cuando cree que ninguno de nosotros va a darse cuenta de sus pecados.

Me miro en el espejo: con la cara plateada, el pelo suelto y el cuerpo alargado sin la ropa adecuada para darle la forma correcta. Y entonces me acuerdo.

Tengo algunas de las prendas de Heathcliff. Las dejé aquí hace mucho tiempo, cuando se le quedaron pequeñas. No dijo nada cuando las agarré. Solo me miró largo y tendido y me dijo que, si quería saber cómo llevar un chaleco de forma adecuada, solo tenía que preguntárselo a él. Desde entonces las he guardado en mi habitación, escondidas.

Ahora las saco. Una camisa y unos pantalones, ambos llenos de costuras, porque Heathcliff tenía que arreglar los desgarros con frecuencia. Un abrigo que sé que se le quedó pequeño hace años y años, pero del que no se desprendía, por si el mejor que tenía se estropeaba y no tenía recambio.

Me lo pongo. Es demasiado grande para mí; las mangas y los hombros me abruman.

Me siento un poco tonta haciéndolo, pero... Giro la cabeza y apoyo la nariz en el cuello de la chaqueta. Ya no huele a él. Solo huele a lana, un poco húmeda, y ligeramente a la lavanda que guardo en mi baúl.

Me siento frente al espejo y tomo el peine. Cepillo todos mis rizos, pasada a pasada, hasta que mi pelo es una tormenta. Supongo que es lo más parecido a la melena de Heathcliff que la mía llegará a ser. Lo recojo en una coleta con una cinta.

Me miro en el espejo. No me veo del todo bien. Me pongo de pie y encorvo un poco los hombros, como si no estuviera segura de si quiero desaparecer o si quiero que me vean. Endurezco la mandíbula. Aprieto las cejas, empujando toda mi rabia hacia la cara. Entonces vuelvo a mirar.

Me parezco un poco a él. A Heathcliff.

Creo que me gusta.

Por supuesto, tengo que llevar mis propias botas. No tengo ningunas de Heathcliff, y de todos modos serían demasiado grandes. Así que me pongo las mías, y me las ato.

Me queda un poco de pan de la noche anterior, así que me lo como de pie, con la piel del zapato calentándose, y luego decido que ya estoy lista.

No intento salir por la puerta y arriesgarme a que me descubran. En cambio, abro la ventana. Es bueno que sea pequeña, porque puedo colarme a través del marco y aferrarme al árbol que hay fuera. Lo he hecho muchas veces con ropa normal, y es aún más fácil así vestida. Desciendo y aterrizo en el suelo. Y entonces empiezo a caminar.

El cielo es azul, salpicado por una luz acuosa. Levanto la cara al frío y me dirijo hacia fuera, a través de los páramos hacia los acantilados que veo a lo lejos y la extraña cueva que se encuentra en su interior. Mi lugar, y el de Heathcliff. La cueva de las hadas.

Camino y camino, y subo, la piedra me corta las manos, mis botas crujen al avanzar. Se me escapa el aliento. No soy tan fuerte como antes de la lluvia, la fiebre y lo que ha venido después. Pero aun así llego hasta allí.

La entrada de la cueva de las hadas forma parte de los riscos, y es estrecha. Tienes que ponerte de lado para entrar, con la piedra mojada a tu alrededor. Pero una vez dentro…

Me abro paso. Aquí hay tanta tranquilidad. El agua corre con suavidad por las paredes de piedra, que son blancas y están marcadas con elementos extraños. Círculos y gubias.

Miro a mi alrededor y me abrazo a mí misma. Envuelvo mis propias manos en el abrigo que una vez llevó Heathcliff. Y respiro. Y recuerdo.

Tenía catorce años cuando Edgar y yo empezamos a enamorarnos. Fue muy divertido, enamorarse. Reírnos de las bromas del otro, y caminar del brazo, y tratar de robarnos besos. Sin embargo, no tuvimos mucha suerte. Siempre nos vigilaban con atención para asegurarse de que nos comportáramos.

Lo conseguimos una vez, cuando logramos huir de nuestros acompañantes. Nos reímos, y Edgar me agarró la cara con las manos y apretó su boca contra la mía. Fue torpe y... agradable. Divertido. Cuando terminó, pensé: *Oh. Supongo que puedo hacerlo otra vez.*

A veces paseábamos por el césped de la Granja y yo me imaginaba que era la dueña de la casa y lo bonito que sería ser rica y querida. Cuando Edgar me traía rosas del jardín de su madre, con las espinas bien quitadas, le daba las gracias, me las llevaba a la nariz y pensaba en todas las flores que plantaría en su lugar. Cosas silvestres que lo sobrepasarían todo. Cosas con las espinas más afiladas, que morderían las manos de quien las tocara. Tal vez cultivaría un nuevo tipo de rosa. Más dura y cruel.

Debería de haber sido una buena época. Pero no lo fue, porque mientras empezaba a construir un gran futuro, Heathcliff empezó a alejarse de mí.

La mayor parte del tiempo, Heathcliff se mostraba huraño. Siempre trabajando, porque a Hindley no le gustaba verlo descansar. A decir verdad, a Hindley no le gustaba verlo de ninguna manera. Había días en los que solo veía a Heathcliff a través de las ventanas, apenas una pequeña figura con los hombros encorvados, cargando sacos o herramientas a lo lejos. Pero cuando veía a Heathcliff, siempre trataba de persuadirlo para que sonriera o riera como solía hacerlo cuando éramos pequeños, antes de que murieran padre y madre, y el perro me mordiera, y los Linton me acogieran y me enseñaran lo que significaba ser una dama.

Una vez, Heathcliff se hartó de mi insistencia y dijo:

—Si quieres hacerme feliz, Cathy, ven conmigo.

—¿A dónde?

Se encogió de hombros.

—No lo sé.

—¿No lo sabes?

—No.

—Heathcliff —protesté pinchándole el brazo con mi dedo. Cuando negó con la cabeza, tiré de un mechón de pelo que se le había soltado. Frunció el ceño, pero no se apartó, así que tiré con más fuerza.

—¿Por qué no me lo dices? —pregunté—. Solo estás intentando irritarme, ¿no es así? ¿Te *gusta* verme enfadada?

—Me gusta cuando tu cara se pone roja —dijo muy serio—. Te hace parecer una fresa.

—Te odio —aseguré sin pensar. Vi que una sonrisa se dibujaba en el borde de su boca, apenas perceptible. Y eso hizo que mi corazón diera un vuelco, agitado—. Si no lo sabes, ¿por qué no nos quedamos aquí? —pregunté.

—¿Y hacer qué?

Dudé. No había nada que pudiéramos hacer y que Hindley no interfiriera. Lo miré a los ojos, y él me miró a los míos. Luego asintió.

—Vamos a la cueva de las hadas —dijo.

Sabía que me estaba retando. Podía verlo en sus ojos. La cueva de las hadas estaba muy lejos de casa. Solíamos ir allí todo el tiempo cuando no tenía que preocuparme por que me acompañaran, o de mantener la ropa limpia y arreglada, o el pelo recogido y rizado, como debe hacerlo una dama. Ahora, si iba me metería en problema. Heathcliff se metería en problemas aún peores.

Pero lo echaba de menos. Lo echaba mucho de menos. Y no había sentido la tierra irregular bajo mis pies, o el viento en mi piel desde hacía mucho tiempo.

—De acuerdo —dije—. Vamos.

Debería estar oscuro en la cueva de las hadas. Cuando entramos estaba muy oscuro, como si estuviéramos bajando por un túnel que conducía a otro mundo, donde no había sol, ni luna, ni estrellas de ningún tipo. Pero la luz nos había seguido, la más fina de las hebras, y la piedra blanca hacía que la luz chispeara en docenas de pequeñas motas de luz. Estábamos iluminados como si fuéramos ángeles, y todos los rizos de Heathcliff estaban empapados por el sol, haciendo que su pelo negro se volviera marrón y brillara como el bronce.

Me dolía mirarlo. No sé por qué. Solo sé que me dolía el corazón como si se estuviera partiendo. Como si algo se desplegara en su interior, con pétalos y con fuerza. Así que me aparté y miré las paredes de la cueva y la luz que se derramaba sobre ellas. Las pequeñas hendiduras que había en ellas, copas profundas, anilladas por líneas de separación.

—Mira todas estas marcas —susurré, asombrada. Me arrodillé sobre la piedra. Ya tenía las faldas sucias por la subida. ¿Qué más daba un poco más? Ya estaba metida en un lío—. ¡Qué ingeniosas debían ser aquellas manos de hada, para tallar cosas tan extrañas!

—Si yo fuera un hada, haría algo más que tallar algunas marcas en las paredes —dijo Heathcliff.

—Tal vez hicieron mucho más, pero ha desaparecido todo —añadí, decidido a no dejar escapar el cuento. Podía oírlo caminar detrás de mí con pasos firmes y equilibrados. Se agachó junto a mí, con las manos entrelazadas delante de él.

Tenía las muñecas desnudas. Lo recuerdo. Su camisa no era lo suficiente larga en las mangas, así que pude ver la piel que el sol no había tocado y la forma en que se oscurecía en sus manos. Tenía tierra bajo las uñas.

—Tienes las manos sucias —dije—. ¿Te has manchado de barro cuando escalamos?

Bajó la mirada y las giró.

—Me parece que sí, supongo —repuso—. Pero no te preocupes. Sigues estando reluciente. Tal vez seas tan dama que el barro no se atreve a tocarte.

—¡Menuda tontería! —exclamé—. Mi falda está completamente arruinada y los dos lo sabemos.

—Por supuesto —dijo, con una leve sonrisa—. Es tu piel la que no se atreve a tocar.

No estaba segura de si eso me complacía o me asustaba —me asustaba que me hubiera convertido en algo tan diferente de la pequeña criatura sucia y salvaje que había sido de niña sin siquiera saberlo—, así que me eché los rizos hacia atrás y dije con aire de superioridad:

—No puedo evitar ser perfecta, Heathcliff.

Él exhaló. A veces se reía así. Sin ningún sonido, algo pequeño y privado solo para nosotros.

Entonces, extendió su mano hacia mí y me tocó con la punta de los dedos detrás la oreja.

—Para nazar —dijo, presionando la suciedad de su piel detrás de mi oreja. Se lo permití.

—¿Nazar?

—El mal de ojo —repuso, lo que no significaba nada para mí—. Para protegerte de los celosos. Es algo que recuerdo.

No dijo de dónde lo recordaba, pero yo atesoré la palabra y el recuerdo como oro.

—No hay nadie que tenga celos de mí —aseguré—. Aquí solo estás tú. Y yo.

—No es cierto. Hay fantasmas. Deben estar tan celosos de ti como yo.

—¿Por qué *estaríais* celosos de mí? —pregunté.

—Porque nunca tienes que estar lejos de ti —dijo serio—. Tienes todo tu brillo todo el tiempo, Cathy. El resto de nosotros solo tenemos pedazos. —Hizo una pausa, y su boca era... dulce. Entreabierta, en torno a su respiración.

»A veces creo que me muero de hambre, cuando estoy lejos de ti —me susurró—. Como si necesitara tu luz para vivir. Tal vez sean celos.

Un escalofrío me recorrió.

—Antes conocíamos las mismas palabras —observó.

Fue muy extraño que dijera eso.

Pero no me sorprendió. No fue la razón por la que el aliento se me atascó en la garganta como un pájaro enredado en una red. Fue su mano sobre mí lo que hizo que mi respiración se volviera insólita. Solo las yemas de sus dedos y nada más, presionando la piel detrás de mi oreja. Pero no se alejaba. Intenté imaginar cómo sería si moviera sus dedos hacia mi cabeza y los enredara en mi pelo.

Pensé en el beso con Edgar. En su torpeza. En su amabilidad. No había nada amable en lo que fuera esto, esta cosa que podía sentir que corría entre nosotros, como el agua, como el recuerdo que ambos compartíamos de las olas bajo nosotros.

—Cierra los ojos —susurré.

Los cerró. Tenía las pestañas muy tupidas, muy negras.

Me incliné hacia él. Presioné mi pulgar contra su labio inferior. Seguía con los ojos cerrados, confiando en mí.

Tenía muchas ganas de besarlo. Quería tomar su cara entre mis manos y besarlo para poder verter todos mis sentimientos en él, y que él pudiera verter los suyos de vuelta.

Acerqué mi boca a la suya. Estaba tan cerca que podía sentir su aliento. Y oler su piel, que era como… oh, como sal y brezo. Como el hogar.

Tenía mi pulgar entre nosotros. Así que, aunque nuestros labios se tocaran en los bordes, aunque pudiera sentir su aliento, y contar sus pestañas, no nos estábamos besando. No nos estábamos besando, pero era tan dulce.

Quería deslizar el pulgar sobre su labio y besarlo como es debido, como si fuéramos novios. Como si nos fuéramos a casar algún día, y nada pudiera detenernos.

Me aparté.

No tenía suciedad en las manos, pero igualmente puse mis dedos detrás de su oreja. Me lo permitió. Me miraba con los ojos abiertos… oh, ni siquiera podría describir su mirada. Oscura y amplia, el tipo de oscuridad que te envuelve.

—Para nazar —dije con suavidad—, porque a mí me pasa lo mismo.

Oh. Oh, ¿por qué he entrado aquí?

Sé por qué. Sé por qué.

En algún momento, me arrodillé. Y me duelen las piernas y están frías, pero sigo arrodillada, porque estoy llorando demasiado como para mantenerme de pie. También estaba arrodillada cuando besé a Heathcliff. O casi lo besé. ¿Importa la diferencia?

Lloro y lloro y lloro. No puedo parar. Ni siquiera sé por qué estoy llorando. Solo sigo pensando en Heathcliff y nuestro casi beso. Sigo pensando en las palabras, en las medias palabras, en las palabras olvidadas. Nazar. Eso no es inglés, lo sé, pero ¿cómo lo sé? ¿Acaso esto es algo más que le robé a Heathcliff y decidí que era mío?

¿Acaso Heathcliff no es mío? ¿No soy yo suya? ¿Es por eso que me siento como solo media persona, como si se hubiera llevado algo con él? Llevar su ropa, con el pelo atado igual que él… Sé que es algo infantil, sé que no tiene sentido. Pero deseo tanto que vuelva. Y quiero a la Cathy que era con él.

Lo escribía en mis libros: Catherine Heathcliff. Escribí nuestros nombres juntos una vez para enseñarle a leer, y después de eso no pude parar. Como si pudiera tomar su nombre y coserlo al mío para poder convertirme en él y que él pudiera convertirse en mí de una forma que sé que él no puede.

—Te até aquí, Heathcliff —susurro. Porque lo hice. Lo até con pelo trasquilado enterrado en tierra, con plumas, con nombres cosidos. Y aquí, dentro de la cueva de las hadas, con las paredes que gotean agua y la luz que brilla por encima de mí, el sonido de mis palabras rebota y resuena y se oye como si hubiera más voces que la mía.

»Te he atado, así que debes volver a casa conmigo. O te perseguiré hasta nuestro fin. Lo juro.

11
Heathcliff

Ya es tarde. Se acerca la hora en que las tabernas y los bares de ginebra comienzan a abrir.

Miro por la ventana, manchada casi de negro por la noche y la suciedad. La luz de las velas me devuelve la mirada, brillando en tonos rojos. Se enciende, así que me doy la vuelta y ahí está Annie esperando. Está vestida para encantar a sus objetivos, con un vestido con lazos y una pluma en el sombrero. Tiene las cartas preparadas.

—¿Soñando despierto? —pregunta.

—No —le digo—. Estoy listo.

He aprendido muchos trucos desde que Annie empezó a enseñarme. Cuando pensó que había aprendido lo suficiente, nos puso a mí y a ella contra Hetty.

—Engáñala conmigo, y podrás hacer tu primer fraude junto a mí —propuso Annie.

Nunca la engañé bien. Hetty siempre sabía lo que haría. Además, ella conocía todos los trucos de Annie. La forma en que puede decir lo que es una carta con un parpadeo, o con la boca abierta o cerrada, o moviéndose en su silla. Las marcas en las cartas, las marcas de Annie, diciéndote lo que son por la parte de atrás. Pero al final Hetty decidió que yo era lo bastante bueno y me lo dijo advirtiéndome exactamente cómo me destriparía si hacía algo que pusiera a Annie en peligro.

Hasta ahora, no hemos tenido ningún problema.

En una taberna, cerca del teatro, Annie, Hetty y yo engañamos a un espectador borracho para sacarle mucho dinero. Él se rio, sin saber que yo era un tramposo o que lo habían engañado.

—La próxima vez léeme la suerte, ¿eh? —me dijo.

Cuando se fue, Hetty me miró y puso los ojos en blanco. Eso hizo que la rabia que me pellizcaba se calmara casi tanto como el dinero.

Esta noche solo somos Annie y yo. Hetty está enferma, con la nariz taponada en la cama.

Cuando Annie está trabajando, ni es tan solemne ni altiva. Se vuelve encantadora. Es un truco, igual que cortar un bolsillo o el forro de una falda y sacar el dinero. Cuando las marcas potenciales se asoman, ella sonríe o se ríe, o se revuelve el pelo. Cuando ella y Hetty trabajan solas, hacen de ello un juego: dos chicas sonrientes y felices que quieren probar las cartas, que buscan divertirse. A veces los hombres les preguntan si han jugado antes, y ellas dicen que no, pero que les gustaría aprender.

Así que fingen aprender. Luego los limpian y se llevan el dinero.

Ahora somos Annie y yo. No puedo ser dulce y reír, así que hacemos una jugada distinta. Una en la que ella coquetea y se burla, y yo parezco malhumorado. No sé por qué, pero atrae a la gente.

La taberna donde Annie está jugando a las cartas hoy no es normal. Solo parece vulgar. La madera parece vieja, pero es de buena calidad. Las ventanas están sucias, pero alguien las ha hecho así. El suelo está rayado, parece usado, pero alguien lo mantiene bien limpio. Nunca he visto una cervecería o taberna con un suelo en el que no se te peguen las botas.

Aquí, los que beben tampoco son gente normal. Todos tienen dinero. Intentan vestirse como si no lo tuvieran, pero se nota si te fijas, y ni siquiera tienes que mirar muy de cerca. La ropa es de buena calidad. No está remendada ni zurcida. Todavía llevan el cabello empolvado. La suciedad en sus botas es toda nueva, no están manchadas de caminar por las mismas aguas residuales de por aquí, día tras día.

—Quieren ir a los barrios bajos —me explicó Anne, cuando se estaba preparando. Pintándose la cara, Hal sostenía un pequeño espejo agrietado para que ella pudiera hacerlo—. Es un buen lugar para trabajar, porque si coqueteo un poco y los hago sentir especiales, no les importará perder un poco de dinero conmigo, y pueden permitírselo.

—No creo que quieran coquetear conmigo —murmuré.

Y Annie esbozó una sonrisa de verdad, soltando una carcajada.

—Solo porque vas a los lugares equivocados —dijo—. Dios nos ampare. Pero si alguna vez quieres coquetear con un caballero, házmelo saber. Te enseñaré cómo.

La taberna se llena. Hacemos alarde de beber. El dueño lo sabe y se lleva una parte, siempre y cuando bebamos y hagamos que la gente haga lo mismo, tanto si son marcas para una farsa como si no. Annie se ríe y parlotea. Intento aparentar que no quiero destripar a nadie. Dejo caer la mitad de la bebida y Annie hace lo mismo. Jugamos una o dos partidas, sin hacer trampas. Solo nos situamos.

La noche continúa. Las velas se vuelven a encender. Un grupo de hombres entra a zancadas. Las botas resuenan. Tienen el aspecto de gente rica que se hace pasar por pobre, pero la mayoría son corpulentos. Musculosos como luchadores. La multitud se abre para ellos. Se dirigen a la mejor mesa, en la esquina. La gente que está sentada allí echa un vistazo y se levanta. Los recién llegados piden cerveza y empiezan a fumar pipas. Creo que no nos van a molestar.

Entonces uno se gira y nos ve. Le da un codazo al hombre que está a su lado.

Annie se pone rígida. *Ellos no*, dicen sus hombros. *Ellos no*.

Pero uno se acerca. Se sienta. El resto se queda dónde están, en asientos a la sombra, fumando en pipa sobre jarras de cerveza.

De cerca, a la luz de las velas, lo veo bien. Mi corazón palpita.

Se parece a mí. Tal vez es indio, o algo parecido. Me mira, luego a Annie, sonriendo como un gato con un ratón entre sus fauces. Conozco esa mirada. He visto al ratonero de las Cumbres jugando con su comida muchas veces.

Pasa un segundo y luego Annie hace que su sonrisa se ilumine a la vista. Se echa los rizos hacia atrás y dice:

—¿Quieres unirte a nuestra partida, amigo? Le estoy enseñando a este las reglas del póker. —Ella me toca la cara con un dedo. Juguetona—. No es muy bueno.

—¿Es tu novio, cariño?

Annie se ríe.

—¡Qué tontería! ¿Acaso parece que tengo novio?

—Parece que podrías tener una docena de amantes si quisieras —dice él. Alguien que escucha empieza a reírse.

Yo no me río. Annie tampoco se ríe. Intento mantener la calma. ¿Cómo pueden Annie y los demás decir que odian la violencia cuando tienen que lidiar con gente como esta? Me duelen los dientes, estoy apretando la mandíbula con fuerza. El cuchillo sigue en mi abrigo.

—Somos familia —digo—. Soy su hermano.

—¿Hermano?

—Medio hermano —digo en pocas palabras—. Vamos —le digo a Annie—. Será mejor que volvamos a casa con madre.

—Siéntate —ordena—. *Siéntate.*

—Tenemos que irnos —dice Annie nerviosa, y una voz del otro lado de la sala dice:

—Estás asustando a la chica. —Tratando de advertirle de que se vaya.

—Estáis tratando de engañarme —dice el hombre. El ambiente de la sala se vuelve feo. Nos señala a nosotros—. Vosotros dos. Estáis intentando hacer trampas a las cartas.

Annie le lanza una mirada confusa. Por una vez, no está fingiendo. Todavía no hemos hecho nada.

—Pelea conmigo —dice, poniéndose de pie de manera que se agranda. Bloqueando la sala—. Tú. —Ahora me señala a mí—. Levántate y pelea conmigo, si tienes algo de honor.

La gente está mirando, sin saber qué hacer. Por lo general, estarían abucheando por una pelea, pero la injusticia también los tiene en vilo. Me levanto.

—Vete a casa —le digo a Annie.

Ella frunce el ceño.

—No.

—Vete a casa —vuelvo a decir—. ¿Qué diría madre si dejara que te metieras en una pelea?

Sus ojos brillan. Pero se levanta y el hombre la deja.

Me quito el abrigo. Me subo las mangas de la camisa.

—Si querías pelear —digo con voz baja—. Solo tenías que decirlo, amigo.

—Quiero pelear —me responde. Sonriendo. Con malicia—. Amigo.

Apunta un puñetazo directo a mi cabeza.

Me agacho. Él levanta la rodilla con fuerza, intentando romperme la nariz, pero veo que se mueve y agarro una silla y la meto entre nosotros. La madera cruje y me golpea en la cara, pero es mejor que un rodillazo en la nariz. Y a él también le duele. Maldice, tropezando con un paso atrás. Eso es bueno. Eso me da el tiempo suficiente para levantar la silla rota y golpearla contra él. Es demasiado alto para que le dé en la cara, así que voy a por lo que tiene entre las piernas.

El ruido que hace es un grito como nunca antes había escuchado.

—Maldito bastardo —gruñe. Entonces se lanza a por mi garganta. No puedo apartarme. Pero todavía tengo una pata de silla rota en las manos. Se la pongo en la garganta.

Se congela. Una aguda quietud. Si no se hubiera detenido, la madera estaría clavada en su cuello. Si no se hubiera detenido, yo sería un asesino.

Me encuentro con sus ojos, y muestro mis dientes. Sonriendo.

—¿Has acabado? —pregunto.

Parece que no está seguro. Como si fuera a seguir luchando contra mí de todos modos. Pero a través del ruido que hace la multitud, alguien habla, y la multitud se calla.

—Alto —dicen. Lo dicen con calma—. Traedlo aquí, también al chico.

Creo que con el *chico* se refiere a mí, pero es el hombre que está frente a mí, con la pata de la silla en la garganta, quien responde.

—Ven conmigo —ordena—. Mi maestro quiere conocerte como es debido.

Matarlo no me serviría de nada, así que bajo la madera. Lo sigo hasta su amo.

El señor está sentado en la mesa de la esquina. Fumando en pipa. Tiene oro en su abrigo, y oro estampado en su chaleco. Medias de seda bajo los pantalones. Botas con hebillas de oro. El pelo es blanco como el agua.

—Parece que eres fuerte —dice el amo. Voz culta. Está medio en sombras, pero sus ojos brillan como el hielo—. Ven aquí. Acércate.

Voy. Me acerco. Mi corazón aún late con fuerza. Me sangra la boca.

—Tengo una oferta de empleo para ti. ¿Te gustaría hacer fortuna, muchacho?

Sí. Ni siquiera necesito pensar para saber que eso es lo que quiero. Pero no lo digo. No soy tan tonto.

—¿Qué empleo? —pregunto.

Mientras golpea la ceniza de su pipa, me dice:

—Mantener el orden.

Espero. No dice nada más.

Le digo:

—Lo pensaré.

—Buen chico —dice el hombre. Me sonríe. La luz le da a su boca más dientes de los que necesita—. Piénsalo todo lo que quieras. Pero necesitaré una respuesta esta noche.

Edgar Linton no se lo pensaría ni un segundo. Saldría de inmediato por la puerta. La madera negra se cerraría detrás de él, aspirando el aire frío aire entre los dientes. Hombres repugnantes, diría. *Rufianes*. Puedo verlo, en mi cabeza: su cara blanca teñida de rojo, la forma que adopta cuando lo irritas, cuando lo pones a espumar como un cachorro que ladra. Las manos pálidas y suaves temblando. Nunca ha pensado en hacer el mal. Así que él se iría.

Pero Edgar Linton habría muerto en esa pelea. Y yo, yo no soy un caballero de manos suaves. Ponme ropa buena, cepíllame el pelo, haz lo que quieras. Eso no hará que sea un caballero delicado. Tengo manos duras. Cinco cicatrices en los nudillos de la mano izquierda, un dedo mal torcido en la derecha. Hindley me lo rompió y se curó torcido. Me lo rompí de nuevo a propósito, y tú me ayudaste a enderezarlo, Cathy, pero todavía está torcido, todavía se retuerce y gira con lentitud. Hindley me golpeó lo suficiente como para que sea igual que tus libros, Cathy. Si quitas la piel, ahí hay palabras escritas que no deberían estar.

Hindley me llamó basura. Escoria. Salvaje. Bruto. Me llamó cosas mucho peores, cuando estaba borracho, y Nelly se había escapado con el bebé, y tú estabas encerrada en tu habitación, cepillándote el pelo con furia hasta que se convertía en nubes. El marrón se volvía negro y crepitante. Y yo, con el labio partido y la mandíbula dolorida, preguntándome si esta vez conseguiría su arma.

Intentó acuchillar a Nelly una vez. Cuando lo sostuvo en su cara, ella mordió la hoja entre sus dientes, y él estaba tan sorprendido que la soltó. Yo le habría arrancado el cuchillo de caza de las manos y lo habría apuñalado. Por eso conmigo siempre iba a los puños primero.

Más tarde vendrías a buscarme al granero. Bajando las escaleras a hurtadillas, sosteniendo la vela. Saltando el octavo escalón, que crujía.

Me gustaba verte: la luna detrás de ti, la vela en tus manos, con el pelo alborotado. Me gustó cuando dijiste que podríamos matarlo juntos algún día, los dos.

—No lo quieres muerto —te dije una vez, con la voz baja—. Si lo quisieras, lo habría matado hace mucho tiempo.

Me miraste, muy seriamente.

—Sí lo quiero muerto —dijiste—. Lo quiero. Ahora mismo, de verdad que lo quiero. Pero, Heathcliff, mañana me despertaré y Hareton estará jugando y Nelly me ofrecerá el desayuno, y Hindley estará dormido, y todo esto parecerá una pesadilla. Y pensaré en lo bonito que es vivir en nuestra casita, con los páramos a nuestro alrededor y tú a mi lado, y ya no lo odiaré más.

Te pregunté, no esa vez: ¿qué harías si te pegase a ti también? Entonces ¿cómo evitarías que lo matara?

Te encogiste de hombros. Hiciste crujir tus nudillos. Extendiste los dedos.

—¿Dónde más podríamos vivir? —dijiste, tan razonable.

Si acepto lo que me ofrecen, podría acabar muerto. Pero podría convertirme en un hombre rico. A nadie le importa que seas negro si eres rico. Nelly me dijo una vez que podría ser el hijo de una reina india. Un emperador chino. ¿Y qué hace mejor a un príncipe indio que al hijo de un lascar si no es el dinero? Dinero suficiente y puedes comprar lo que quieras. Puedes construir un hogar donde quieras.

Cathy. Tú y yo, un hogar. Podría comprar eso.

—Me gustaría trabajar —le digo al hombre. Lo digo con calma—. Si me lo ofreces. Lo que sea que ofrezcas.

—Bien. Encuéntrate conmigo aquí mañana por la mañana —propone—. Hablemos de negocios. Como hombres.

12

Catherine

Hay una nueva hendidura en la pared del salón. Sé que fue hecha por un rifle. La apuesta debió ir muy mal para que Hindley disparara a la pared, arruinando el tapiz favorito de su esposa muerta.

Quiero fingir que el agujero es como las pequeñas marcas talladas en las paredes de la cueva de las hadas. Es el tipo de cuento que le habría contado a Heathcliff antes. «Podría ser la obra de un hada», le habría dicho. Y Heathcliff habría tocado la gubia donde la bala había entrado y habría dicho en esa fría, y segura forma en que lo hacía: «Hadas o no, tu hermano pagará por esto un día, Cathy. Recuerda mis palabras».

El estómago se me revuelve. No puedo fingir. Tomo unas tortas de avena de la cocina y vuelvo a mi habitación. Necesitaré comer bien en algún momento, pero no creo que intente hacerlo hoy. Estoy segura de que Hindley se pondrá furioso si me ve. Hasta ahora no lo ha hecho.

Llegué a casa sin que me vieran, después de visitar la cueva de las hadas, y me metí en mi habitación por la ventana. Si alguien vino a despertarme por la mañana, no vi ninguna señal de ello. Debería haberme sentido aliviada por no verme envuelta en un lío, pero no fue así. Ya tenía problemas dentro de mí, y los problemas siguen ahí. Duele como una enfermedad, pero sé que no lo es. Es culpa.

No he hecho nada para traer a Heathcliff a casa, ni para ver si está a salvo. He discutido con mi hermano y he tratado de engatusar a Edgar, y no he conseguido nada. Lo único que he hecho ha sido ponerme enferma.

¿Qué hace por Heathcliff que salga corriendo por los páramos hasta tener fiebre? Nada. Pero ¿qué otra cosa puedo hacer sino aullar y correr y gritar por él? No tengo dinero, y ningún conocimiento del mundo. Puedo leer el estado de ánimo de Hindley como puedo leer los cielos: siempre sé cuándo se avecina una tormenta. Pero ni siquiera sabría cómo empezar a vivir en el mundo más allá de Gimmerton.

Pero esa no es la verdadera razón por la que no he ensillado mi caballo y he salido corriendo tras él. Creo que es porque en el fondo sé la verdad. Incluso ahora no quiero pensar en ello ni verlo, pero lo sé:

Heathcliff no está aquí por mi culpa. Y soy la última persona a la que querría ver.

Esta es la razón. Esta es mi vergüenza:

Edgar me pidió que me casara con él. Me lo pidió en las Cumbres, en el salón, tan serio, tan dulce, y mi corazón burbujeó en mi interior. Dijo que hablaría con sus padres y que haría todo formal y apropiado, pero quería preguntármelo a mí primero, para oírme decir que sí con mi propia voz y ver mi cara con sus propios ojos. No era propio de un Linton ser inapropiado ni siquiera en lo más mínimo, y me hizo sentir especial.

Por supuesto que dije que sí. Me sentí triunfante. Por fin lo tenía a él y a todos mis sueños con él.

Pero también sentí tristeza, y no quise considerar ese sentimiento. No quería tocarlo, retorciéndose como estaba en mi pecho. Pero se negaba a permitirme ignorarlo. Incluso cuando engatusé a Nelly para que se sentara conmigo y le contara lo emocionada que estaba por llegar a ser la esposa de Edgar, sentí que la tristeza se elevaba y me obligaba a pronunciar las palabras que salían de mi boca.

—Heathcliff —solté—. ¿Crees que se alegrará por mí?

La mirada que me dirigió Nelly al principio fue muy crítica. Pero luego su expresión se suavizó y dijo:

—¿Por qué ama a su Edgar, señorita Cathy?

Le dije por qué. Porque era guapo. Porque era bueno. Porque era rico, y joven como yo, y seríamos felices juntos. Porque me gustaba cómo me sentía al estar con él. A salvo y estable, como si el mundo no pudiera hacerme daño.

—¿Eso es todo? —preguntó Nelly.

—¿Todo? —repetí. Como si eso no fuera todo lo que pudiera desear.

Amar a Edgar era... bueno, era la libertad. Y no solía ser sensata, pero sabía que no podía quedarme aquí en las Cumbres. Sabía lo que era Hindley. No sabía lo que pasaría si no me casaba y me quedaba en casa, incluso pensar en ello hacía que se me cortara la respiración y que el terror me invadiera por completo. Terror por mí, pero también por Heathcliff, que no tenía a nadie que lo quisiera salvo a mí. Que hablaba de matar a mi hermano. Que no tenía ninguna esperanza, solo ira, y sus propios huesos, y hambre de cosas que no podía tener.

—¿Y qué sientes por Heathcliff? —preguntó Nelly, después de un momento.

—Es demasiado humilde para mí —dije de inmediato—. Está por debajo de mí. No podría casarme con él.

Y oh, ¡qué agrio era que Hindley hubiera hecho las cosas de esa manera! Pero había despojado a Heathcliff de todas las cosas buenas que nuestro padre le había dado, y ¿qué era Heathcliff ahora? Menos que un sirviente. Nelly y Joseph tenían más poder que él porque tenían un lugar y un papel, y Heathcliff no tenía… nada. Era un extraño. No era alguien a quien pudiera besar en la cueva de las hadas o en cualquier otro lugar, no sin que los dos fuéramos expulsados de las Cumbres y nos muriéramos de hambre en algún lugar. No teníamos dinero ni habilidades a nuestro favor. ¿Qué esperanza había?

Pero su inferioridad no cambió su alma. Y supe desde el segundo que estuvimos juntos cuando era pequeña, a solas por la noche al aire libre, y hablamos de fantasmas y plumas enterradas, que su alma era la mía. Mi alma era la suya. Pero no era un intercambio o una deuda entre nosotros, no era un voto hecho ante Dios, como lo son los matrimonios. Éramos un alma, algo antiguo que se había dividido en dos mitades y que había estado buscando a la otra parte de sí mismo durante siglos y siglos, y ahora nos habíamos encontrado el uno al otro. Yo soy Heathcliff, y Heathcliff es yo. En comparación a eso, ¿qué era casarse con Edgar?

Intenté explicárselo a Nelly. Traté de convertir todo ese sentimiento y verdad en palabras, para explicarle cómo amar a Heathcliff era algo grabado en mí, algo eterno. Continué sin aliento mientras ella me miraba, sin entender en absoluto mi corazón, a pesar de que se lo había contado.

—Cuando sea rica —dije al final—. Le daré a Heathcliff todo lo que quiera. Le daré el mejor futuro que pueda soñar.

No podía casarme con él. ¿Y qué? Aun así, lo amaría, porque él me seguiría amando. Y porque él estaba escrito en mí, en mis huesos y mi alma, no importaba lo que él hiciera o yo hiciera, incluso si me convertía en la señora de Edgar Linton y él se iba, o se casaba con otra chica, seríamos parte del otro. Eso es lo que me dije a mí misma. Y ambos seríamos libres de todas las cosas oscuras que temíamos aquí, en nuestra propia casa. Hindley nunca sería capaz de hacernos daño. Y tal vez un día, tal vez de alguna manera…

Ni siquiera pude terminar el pensamiento. No tenía sentido soñar con tener más con Heathcliff cuando sabía que nunca podría. Soñar con ángeles o hadas no podía hacerme daño. Pero ¿soñar con poder besar a Heathcliff o amarlo? Eso sería como clavar un cuchillo en mi propio corazón. Un corazón que tenía su nombre escrito en él enredado con el mío.

Nelly se quedó mirándome. Al principio pensé que era otra de sus miradas críticas, e iba a regañarla por preguntarme siempre cómo me sentía, y luego pensar menos de mí por ello, pero entonces me di cuenta de que estaba muy pálida. Una palidez culpable y asustada.

—¿Qué ocurre? —pregunté, alarmada.

Ella tragó saliva.

—Heathcliff.

Su mirada pasó por encima de mi hombro, y me volví y vi la puerta ligeramente abierta, una sombra derramándose a través de ella. E incluso antes de que Nelly empezara a contarme que Heathcliff me había oído hablar, que había escuchado con el rostro cada vez más borrascoso y que luego había girado sobre sus talones y se había marchado con tanta rapidez que era como si huyera de su propia muerte, supe que me había oído. Lo sabía.

—¿Cuándo se fue? —pregunté—. ¿Escuchó todo? ¿O...?

—Se fue antes —dijo con la voz tensa—. Justo después de que usted hablara de su... su bajeza.

Se me heló la sangre.

—¿Por qué no me impidió hablar? —le grité—. ¿Por qué no lo detuvo?

Nelly negó con la cabeza, lo que no fue una respuesta.

—¿Quiere que sufra? —pregunté, ya llorando—. ¿Quería que sufriera? ¿Cómo ha podido... cómo ha podido...?

—Cathy —dijo Nelly. Esta vez no hubo ningún *Srta. Cathy*. Se levantó al mismo tiempo que yo. Pero llegó demasiado tarde. Ya estaba corriendo hacia la puerta. Ya la había abierto de golpe y corría por el pasillo, llamando a Heathcliff por su nombre. Pero no había ni rastro de él.

La puerta de la cocina estaba abierta y entraba el viento frío. Sabía que Heathcliff se había ido.

Me oyó llamarlo debajo de mí, y en voz baja. Lo oyó, y corrió.

Así que corrí tras él bajo la lluvia. Corrí y corrí hasta que mi cuerpo se rindió.

Y ahora estoy aquí.

Sola. Sin él.

Es como si la verdadera Cathy se desvaneciera día a día. Puedo pasar tiempo con Edgar sin ningún problema. Meterme en esa piel es tan fácil. Solo tengo que sonreírle, o molestar a Isabella hasta que se ría, y ya soy Catherine Casi-Linton. Soy alegre y radiante y adorable, pero muy femenina, por supuesto: siempre perfecta, mis tirabuzones nunca están fuera de lugar, mis faldas relucen.

En el momento en que estoy en las Cumbres —no, al segundo— solo soy Catherine Earnshaw de nuevo. Es como si toda la fuerza me abandonara. Soy solo fealdad y dolor.

Ir a la cueva de las hadas despertó algo dentro de mí. Es lo mismo que se despertó cuando presioné mi pulgar contra la boca de Heathcliff y casi lo besé. Como una flor que se abre al sol. O un árbol doblándose en una nueva forma por el viento. Pero lo que ha florecido no me sirve y tampoco le servirá a Heathcliff.

Estoy empezando a esperar el día en que Edgar y yo nos casemos. Entonces seré Catherine Linton todo el tiempo. Esta chica que siente tantas cosas y se odia a sí misma se habrá ido. No me sentiré así, y esa idea me parece maravillosa.

Me voy a la cama y sueño con ser Catherine Linton. Sueño con los pasillos de la Granja, y con las rosas en el jardín, que florecen en rosa y en rojo. Y entonces sueño con la habitación decorada estilo chino y con todas esas mujeres bajo sus sombrillas volviéndose hacia mí, con flores extrañas en sus cabellos y los ojos firmes, juzgándome como lo hacen los de Nelly. *Cathy*, dicen sus ojos. *Cathy, Cathy, estúpida. No puedes huir de ti misma.*

Y entonces, pienso... tal vez me despierte.

No sé si es otro sueño que sigue al primero o si ocurre de verdad. Parece bastante real, cuando abro los ojos en mi cama, y oigo el viento soplar fuera, y decido levantarme. Nadie va a estar despierto. Lo sé. Hay una forma de sentir la noche, cuando es muy profunda. Se queda muy quieta, y la sensación del aire es más fría, tan fría que puedes exhalar y ver cómo se convierte en volutas delante de ti.

Abro mi armario de roble. Abro la puerta. Me paro en el pasillo. Ni siquiera tengo una vela en la mano. Todo está oscuro, el tipo de oscuridad que no se puede encontrar en el exterior, en los páramos, donde siempre está la luna o la luz de las estrellas para ayudarte a ver. En el interior, con las cortinas cerradas, la oscuridad es como... como una tela, extendida a tu alrededor. Incluso el aire es pesado.

Pero, aunque esté oscuro y no pueda ver nada, estoy segura de que hay algo que me observa desde el final del pasillo. Estoy segura de que está de pie en lo alto de la escalera... aunque lo de estar de pie no es del todo correcto, la verdad. Sé que sus pies no tocan el suelo.

Empiezo a caminar hacia delante.

Puedo oírlo respirar, u oírme respirar a mí misma. Algo sibilante y extraño. El corazón me martillea en los oídos. El aire se vuelve más pesado, mucho más pesado. Pero no me doy la vuelta y vuelvo corriendo a mi cama. No soy ese tipo de persona, aunque quizás las cosas serían más fáciles si lo fuera. Extiendo el brazo... hasta que mis dedos rozan la tela.

Es casi como el aire de los pastos. La tela es tan suave, más fina que el agua. Mi brazo es de acero y no puedo moverlo. La tela se desplaza cuando el portador se desplaza, deslizándose hacia delante con un tintineo parecido al de las caracolas o los huesos. Noto la piel bajo mi mano, fría y vaporosa.

Me lanzo hacia delante y pongo las manos alrededor de su garganta.

La tela que cubre su cara se funde. Todavía no veo nada, pero percibo los huesos del cuello del fantasma, y veo la oscuridad donde deberían estar sus ojos. Su pelo me hace cosquillas en los brazos, rizándose igual que el mío y toda mi piel se estremece como si estuviera cubierta por una docena de manos que arañan.

Tengo los pies entumecidos, como si no tocaran el suelo.

Soy un fantasma. Soy un fantasma. Heathcliff se ha ido, y todas las partes de mí que compartía con él se están desvaneciendo como si fueran polvo. Soy un fantasma, y no puedo encontrar el camino a casa, porque mi hogar ha huido de mí. Soy un fantasma, y tengo el cuello de un fantasma entre mis manos, y creo que no puedo respirar.

El frío me invade, desde las manos, pasando por los brazos, hasta los pulmones. No puedo respirar. Siento que el fantasma se inclina hacia delante sobre mi agarre. Veo un rostro que me mira fijamente...

Me despierto en mi cama. Jadeando.

Si estaba durmiendo, estoy segura de que ahora estoy bien despierta.

Me envuelvo en un chal. Es de punto y suave, un chal viejo que perteneció a mi madre. Después de su muerte, a menudo me envolvía en él y trataba de encontrar su olor: el romero que guardaba con su ropa y el cálido aroma del pan horneado. Hace tiempo que desapareció.

Salgo al pasillo, con la vela en la mano. Veo una luz cálida en el piso de abajo. Bajo y me doy cuenta de que la luz viene del salón.

Pasamos la mayor parte del tiempo en la cocina, porque la chimenea está casi siempre encendida, y la estancia es grande y muy cálida. Los perros duermen junto a ella, y Hareton está casi siempre jugando en el suelo a una distancia segura, con Nelly vigilándolo mientras trabaja. El salón es más formal, reservado para ocasiones especiales y visitantes, y para Hindley cuando desea pasar tiempo a solas, porque la chimenea es mucho más pequeña, y la habitación siempre está demasiado fría.

Esta noche, el fuego está encendido, pero el suelo bajo mis pies está helado. Hindley está recostado en su sillón, con las mangas arremangadas. Tiene los brazos con la piel de gallina. Está con la cabeza agachada. Trago saliva.

—He visto un fantasma —digo.

No sé por qué lo digo. Hindley ya piensa que soy toda nervios y que soy frágil. Pero me parece que es importante decirlo… siento que *debo* decirlo, como si fuera lo que quiere el fantasma, y así lo hago. Quizás haya algo de locura en mí después de todo.

Hindley me mira. El fuego se está apagando. La habitación está muy oscura, todo lo que puedo ver es la luz naranja que se refleja en el blanco de sus ojos. ¿Cree que estoy loca? Tal vez tenga razón. Pero la verdad es que no se puede vivir así y creer que no hay nada bajo la superficie, que solo existe Dios y la hierba verde y nada más que impulse a un hombre. Lo vi cuando mi padre trajo a Heathcliff a casa como si lo persiguieran demonios; lo veía en mis sueños infantiles de ángeles que hablaban una lengua extraña, y lo vi en las cuevas de las hadas cuando Heathcliff y yo casi nos besamos, y lo vi cuando Heathcliff se fue, y lo he visto esta noche.

Hay fantasmas, tan seguro como que cualquiera de nosotros tiene un alma que sigue adelante incluso cuando el cuerpo ha desaparecido. Y aquí hay fantasmas, en mi propia casa.

—He visto un fantasma —repito, porque no ha contestado y pienso que tal vez no me ha escuchado, o finge que no lo ha hecho… y no importa lo inteligente que sería alejarse y dejarlo, lo que más odio es que me ignoren—. Lo vi y lo maté.

—No puedes matar a los muertos —contesta Hindley al final. Parece muy cansado, lo que tiene sentido, al ser tan tarde. Pero su voz es clara. Creo que tal vez no ha bebido nada, o se le ha despejado la cabeza en las horas que ha dormido—. Yo debería saberlo. Lo he intentado muchas veces.

No sé a qué se refiere, así que no digo nada.

—Tu fantasma —dice—. ¿Era padre, que volvía para regañarte por ser una criatura malvada?

Sacudo la cabeza.

—¿No?

Hindley exhala y se inclina hacia delante, apuntándome con un dedo.

—Acércate —dice.

Camino hacia él. Llevo los pies descalzos, y el suelo sigue estando muy frío.

Me sujeta la cara con una mano cuando estoy lo bastante cerca. Me hace agacharme para poder mirarme con atención. Permanece en silencio durante mucho tiempo. Tiene unas ojeras tan grandes y oscuras que parecen tinta emborronada.

—A veces —dice al final, todavía sujetando mi cara con los dedos—. Cuando solo está la luz de las velas, cuando está oscuro… te pareces a ella, Cathy.

—¿A quién? —pregunto.

—A nuestra madre —contesta Hindley.

Nadie me ha dicho nunca que me parezco a mi madre.

—Tienes la misma nariz —dice—. Recta y fuerte. Las cejas. La sonrisa, aunque ya no me la muestras. —Me da un golpecito en la nariz, lo bastante fuerte como para que me escueza—. Llevaba una joya justo aquí. Recuerdo que no le gustaba que le diera mucho el sol porque le oscurecía la piel, pero a primera hora de la mañana salía. La luz brillaba en ella.

—Madre era justa —expongo, la voz me tiembla como una hoja, como si las palabras se me escaparan y se alejaran. No sé qué decir sobre la joya de la nariz, así que solo digo lo que me es posible—. Ella se quemaba con el sol.

—Una de nuestras madres lo hacía —confiesa—. La que nos dio a luz no. La que nos persigue no. No. —Entonces me toca la mejilla, justo sobre el hueso—. Ella era oscura como él.

La forma en la que dice *él*. Sé que se refiere a Heathcliff, y el estómago me da un vuelco extraño.

—¿Tu fantasma se parecía a ti, Cathy? —Hindley parece curioso—. ¿Era nuestra madre, tratando de arrastrar a sus hijos al infierno con ella?

—No —digo con firmeza, pero estoy mintiendo, y él lo sabe.

—Odio tu cara —susurra con amargura, y se acomoda en el sillón—. Cuando veo fantasmas, es a ella a quien veo. Y cuando te miro a ti, también la veo a ella. Los muertos están por todas partes.

Doy un paso atrás. No puedo sentir bien las piernas.

—Nunca planeé decírtelo —murmura, mientras doy otro paso atrás a trompicones—. Pensé que podía evitarlo. Pero tú... ah, eres una niña estúpida, Cathy. Una tonta frívola y necia. Tienes demasiada sangre india. Mi padre debería habértela extraído cuando aún había esperanza. —Cierra los ojos y echa la cabeza hacia atrás contra el sillón.

»No hay esperanza —continúa mientras me alejo de él, cada vez más rápido—. No hay ninguna esperanza.

Subo corriendo las escaleras. Corro tan rápido que las escaleras hacen el mismo ruido que los truenos, como cuando Hindley las sube furioso. Pero no estoy enfadada. Estoy llorando, pero no sé por qué. Me he dejado la vela, pero abro las cortinas, las ventanas. La luz de la luna entra, y puedo ver la alfombra y las paredes y el techo y ver que el fantasma de mi madre no está por ningún lado, en ninguna parte, hace tiempo que se fue, dejándome atrás.

13
Heathcliff

No me fui directamente a casa después de ver al hombre rico de la esquina. Annie me estaba esperando fuera, medio escondida. No se había ido. Me había escuchado. Pude ver en sus ojos que lo sabía. Me dijo que debía ir con ella.

—Deberías hablar con Jamie —sugirió.

Pero negué con la cabeza y dije que iría solo. Frunció los labios, pero no me detuvo, solo se puso la capa y se apresuró, como si el infierno la persiguiera.

Ahora estoy caminando. Parece que, cada vez que me hieren, camino como si fuera un fantasma que no puede encontrar el camino a casa. Paso por un edificio con la puerta derrumbada. Hay agujeros de bala alrededor del marco. La carretera está llena de mujeres, algunas con niños en brazos, algunas sosteniendo cuchillos o sartenes, caminando, maldiciendo. Hay una llorando, arrodillada en el suelo, diciendo:

—Se lo han llevado, se lo han llevado. ¿Qué haremos ahora? ¿Cómo viviremos?

Otras mujeres la mandan callar, pero oigo lo suficiente para saber que una patrulla de reclutamiento ha pasado por aquí y ha obligado a un hombre a salir de su propia casa. Ahora pertenece a la marina, y la mujer tendrá suerte si lo vuelve a ver en mucho tiempo.

Sigo adelante.

Es casi de día cuando vuelvo a tropezarme con la pensión. Hay alguien fuera, apoyado en la pared, con el sombrero bajo sobre los ojos. Lo reconozco por la forma de los hombros. Por la forma en que están inclinados.

—¿Qué haces aquí? —le pregunto a Jamie.

Levanta la cabeza. Tiene los ojos rojos. No parece que haya dormido.

—Te he estado esperando —dice. Tiene la voz rasposa—. Annie me dijo que te habías metido en problemas.

—No son problemas —le digo. No me acerco a él y no entro. Me quedo mirándolo—. Tengo una oferta.

—Una oferta así es un problema —explota—. ¿Crees que un hombre rico que viene a nuestro vecindario y ve a un chico negro que ha sido golpeado por sus hombres para divertirse es dinero fiable?

—¿Qué crees que pasa en los combates de boxeo? —Sangre, sudor. Gente gritando entre risas. Incluso los caballeros ricos y las damas, con los ojos muy abiertos por la sed de sangre, miran de cerca—. No me importa luchar para la diversión de otros si me da algo.

—No vuelvas —dice Jamie—. No lo hagas. Esa oferta está maldita y lo sabes.

—No voy a rechazar una oferta que podría hacerme rico.

Jamie se ríe con ganas.

—¿Crees que te va a hacer rico? Cuando nos conocimos, pensé que estabas verde y no sabías cómo era el mundo, pero quizás es que simplemente no eres muy inteligente.

Jamie no suele ser de los que lanzan pullas. Duele cuando no estoy preparado para ello.

Ni siquiera sabía que todavía existían partes de mí que pudieran ser heridas.

—Yo creo —digo despacio—, que un comerciante cree que puede ponerme a prueba y utilizarme, pero esa es su mayor debilidad. Creo que si baja la guardia es culpa suya. Así que, si tengo la oportunidad de destruirlo y tomar todo lo que tiene, lo haré. Pero, primero, tengo que decir que sí y fingir que soy de confianza.

—¿Acaso escuchas lo que estás diciendo? ¿Acaso...? Joder —maldice, y se lleva la mano a la cabeza, como si quisiera agarrarme de la oreja, pero se obligase a no hacerlo—. Así no es cómo funciona el mundo, Heathcliff. La gente como nosotros no destruye a la gente como ellos. Nos destruyen a *nosotros*.

—Tal vez *tú* no puedas. Pero yo sé exactamente de lo que soy capaz.

No somos iguales. Jamie tiene un buen corazón. Tiene gente que le importa. Y yo...

Ese no soy yo.

Pienso en cosas en las que no me he permitido pensar, desde que le pedí ayuda a Jamie, y escondí mi rabia. Pienso en todos los pensamientos oscuros que me vienen con tanta facilidad, siempre: en lo fácil que sería destruir a Jamie y al resto y tomar todo lo que tienen. Se preocupan demasiado por los demás. Todo lo que tengo que hacer es decirle al propietario del edificio lo que está pasando en el ático cerrado con clavos, el que el propietario piensa que es demasiado pequeño y frío para ser utilizado para algo. Entonces Jamie y el resto no tendrían casa.

Y aún más allá: Hal es un fugitivo. Dicen en los muelles que ahora es ilegal tener esclavos, pero he visto los papeles. Los hombres ricos siempre buscan lo que creen que les pertenece y no dejan que ninguna mísera ley se interponga en su camino. Si amenazara a Hal, entonces Hetty, Annie y Jamie se doblarían como un trapo mojado, haciendo lo que yo quisiera. Podría controlarlos. Y su dolor y su ira... solo haría que fueran más fáciles de retorcer y manipular.

Pensar en ello hace que se me haga un nudo en el estómago. Me atraviesa como si fuera veneno.

No lo haría. No puedo... *podría*. Pero no quiero, esa es la verdad. Les debo demasiado. Pero el hecho de poder considerarlo, de ver esos caminos ramificados frente a mí... eso demuestra cómo soy. No soy bueno. Si me abres verás que estoy podrido.

Jamie me mira a la cara. Todavía parece enfadado, pero las aristas han desaparecido de él. Algo en mi expresión, no sé qué, le ha hecho cambiar.

—No sé qué clase de persona crees que eres —dice—. Pero te equivocas.

Sé lo que soy. Me llamaron bestia y monstruo, me convirtieron en alguien inferior y apenas humano para Hindley, para los aldeanos de Gimmerton, para lo que había en las miradas de desagrado de Edgar. Y al final, también para ti, Cathy. Sé que lo que Hindley me llama no me convierte en lo que él dice, pero a veces un hombre tiene que mirarse a sí mismo con los ojos despejados, y yo siempre lo intento. Más allá de lo que me dijeron y de lo que decían de mí, más allá de la forma en que Hindley se volvía contra mí como si mis huesos fueran de su propiedad y pudiese rompérmelos, más allá de todo eso...

—Soy cruel —digo sin rodeos—. Cuando la gente me hace daño, no quiero justicia, no quiero que sientan el mismo dolor. Quiero que sufran mil veces más que yo. Sueño con eso todo el tiempo. Me enfado. A veces lo único que quiero es causar dolor para que todos sientan lo mismo que yo. —Ahora que he empezado no puedo parar. Sigo hablando—. No tengo paciencia. Odio la debilidad. Odio a la mayoría de la gente. Algunos días me despierto y todo lo que quiero hacer es tener sangre en las manos y un cuello bajo mi bota. Quiero el oscuro placer de ser un hombre con poder. No es lo que creo que soy. Es lo que sé que soy. ¿Crees que no puedo tratar con un mercader rico? ¿Crees que no puedo inclinarme y arrastrarme frente a él, y luego cortarle la garganta? Sí puedo. Ese es el tipo de cosas que se me dan bien.

—Nos has enseñado a leer y escribir —dice Jamie rápido—. Nadie te pidió que lo hicieras. Pero lo has hecho. No discutes o te pones violento cuando Annie se pone en guardia o Hetty te dice lo que tienes que hacer. No eres cómo crees.

—Ser bueno cuando me beneficia no me hace bueno. Solo has visto una parte de mí. Ahora estás viendo otra. —Me encojo de hombros—. Si no quieres estar cerca de la persona que se iría con un mercader y haría su trabajo sucio, entonces no debes estar cerca de mí. No me importa.

La risa de Jamie es fea.

—Claro que no. Claro. —Se endereza—. Sabes que hay bandas en la ciudad, ¿no? No bandas como nosotros. Bandas de verdad. Si hubieras ido a ellos y les hubieras enseñado que eres bueno peleando, te habrían aceptado. Podrías haberte enfadado y haberte desquitado y haber causado dolor por todas partes, todo el que puedas soñar. Podrías haber hecho todo el dinero del mundo, o al menos, más del que puedes hacer con nosotros porque no somos nada, Heathcliff. Solo cuatro donnadies tratando de vivir y cuidarse unos a otros.

Se acerca a mí, hasta que estamos casi nariz con nariz.

—Si eres un monstruo, ¿por qué sigues con nosotros? —me pregunta. Lo dice como un desafío—. Si eres tan cruel, ¿para qué ser nuestro amigo? ¿Para qué molestarse?

—No soy tu amigo —repongo con dureza—. Si crees que lo soy, entonces eres un idiota más confiado de lo que pensaba.

—Heathcliff —dice con lástima—. No sabes lo que eres. No tienes ni idea.

Estaba preparado para que arremetiera contra mí: puedo ver lo enfadado que está. Pero no estaba preparado para sea lo que sea esto. No quiero que me mire más.

—Me voy —digo—. Y no puedes detenerme.

Jamie me agarra con fuerza del brazo, y yo levanto la otra mano y le doy un puñetazo en el estómago. Se dobla y me suelta. Lo oigo esforzarse por respirar y luego aspira una gran bocanada de aire.

—¡Joder! —grita.

—Vuelve a incordiarme y te romperé la nariz —le advierto.

—¿Por qué no me acuchillas? —exige Jamie—. Eso es lo que haría alguien cruel y que odia a la gente, ¿no?

—¿Quieres que te acuchille?

—¿Acaso *tú* no quieres acuchillarme? —Sigue—. Muéstrame cómo eres.

Me duele la cabeza.

—No voy a apuñalarte para demostrar algo —gruño—. Pero te daré una paliza si no te callas.

—Bien —dice Jamie—. Entonces, pégame.

Y se abalanza sobre mí.

Caigo, y a continuación, rodamos por el suelo, no luchando, pero si dándonos puñetazos y patadas como niños. Le doy en un lado de la cara con los nudillos. Me da una patada. Le muerdo el brazo, y él maldice y dice incrédulo:

—¿Eres un animal?

Le respondo dándole otro puñetazo.

Termina cuando alguien abre de golpe una ventana y nos grita que paremos. Acabamos sentados en el suelo, aún más magullados que antes. Jamie se limpia la sangre del labio. Se ríe una vez y luego se limpia los ojos con la otra mano.

—¿Vas a cambiar de opinión? —pregunta.

No digo nada. Sigo sin decir nada.

—Bien —dice al cabo de un rato—. Ve a reunirte con él.

Se levanta y empieza a cojear. Luego se da la vuelta. Todavía sigo sentado en el suelo sucio. Miro hacia atrás.

—No eres una mala persona, Heathcliff —dice—. O al menos no eres peor que los demás. Annie dice que las cicatrices de tus manos… Dijo… —Se detiene. Se traga las palabras. En su lugar, dice:

»No eres malo. Lo que haces cuando la gente te trata mal, cuando eres solo un niño… solo la gente de la peor calaña te culparía por eso.

—No sabes nada —digo cansado.

—Bien. No sé nada. Tan solo… —Suspira—. Ven a vernos si cambias de opinión. O ve con él, y conviértete en lo que crees que eres. Arruina tu forma de ser. Supongo que no es asunto mío. —Parece triste.

Lo veo irse. Se vuelve una vez, cuando está lejos. Y luego dobla la esquina y se va.

Vuelvo a la taberna como dije que haría. Fuera hay un carruaje con unos caballos altos y grises atados con bridas. El matón con el que luché ayer está allí, apoyado en la pared de la taberna. Me mira con desprecio. Lo ignoro. No estoy aquí por él. El hombre rico me espera en el interior del carruaje, con la puerta abierta, vestido tan bien como la noche anterior.

El hombre me sonríe. Su boca se ensancha despacio.

—Puedes llamarme Sr. Northwood —dice.

Creo que su voz pretende ser amable. Tiene un acento muy definido, difícil de leer.

La mayoría de la gente tiene la voz marcada por su casa. La gente siempre sabe que soy de Yorkshire: puede oírlo en mi forma de hablar, en la manera en que las palabras se mueven, suenan. Camina alrededor de los muelles, y verás que hay voces de todas partes. En ellas hay hilos que conducen a otros lugares.

Pero no la voz de Northwood. La suya es como su abrigo elegante, o el oro de sus zapatos abrochados. No tiene hilos. No dice de dónde es. Dice lo que es.

Escucharlo me hace desconfiar. No creo que sea un señor. Un lord, tal vez. Una especie de caballero con título. O un comerciante tan rico que podría ser dueño de las Cumbres y de la Granja mil veces. Es una fuerza que no puedo vencer con un puñetazo o un cuchillo. Debería huir de él. Que quiera hacerme creer que es un amigo… eso solo significa que es peligroso.

Pero quiero mucho más el dinero que me ofrece, así que finjo confiar en él. Asiento con la cabeza. No sonrío del todo, pero digo obediente:

—Sr. Northwood. —Él sonríe más que yo, complacido.

—Conmigo —dice con suavidad, y me hace un gesto para que me una a él.

El carruaje nos lleva cada vez más lejos de las calles que conozco, a otras más parecidas al lugar de los ricos con el que me tropecé después de mi primera pelea. Todo se mueve, se desdibuja cuando la multitud se diluye y los caballos van más rápido. Las casas son altas. Pálidas, amarillentas. Grandiosas. Todo está muy limpio. ¿Tiran su suciedad donde viven los demás, para que esté tan limpio? Seguramente.

La casa a la que me lleva es tan majestuosa como el resto. Un sirviente abre la puerta. Northwood entra a grandes zancadas.

Dudo. Odio hacerlo, pero esa puerta no está hecha para los de mi clase. Sé que no encajo, con mis nudillos magullados por la noche anterior, mi chaqueta vieja y desgastada, los calzones manchados de cerveza y barro. Incluso perdí la cinta del pelo en algún momento de la pelea. No lo arreglé durante toda la noche. Así que llevo el pelo suelto. Salvaje, sin sombrero que me adecente. Mis pies no se mueven.

Algunos instintos te protegen, y este me dice que entrar ahí me hará daño. Pero Northwood sigue caminando, desapareciendo por un pasillo. Miro al criado, que va vestido de forma extraña: un turbante con una pluma en la cabeza, y unos pantalones anchos, y unos zapatos que se enroscan en los extremos. Parece la caricatura de una hoja de prensa de un hombre salido de Oriente.

Mi malestar empeora.

Pero el criado no me mira, no me dirige ninguna mirada dura, ni me manda por el camino de vuelta, ni me da la espalda. Mantiene la puerta abierta. Así que subo las escaleras relucientes. Atravieso la puerta.

Es como entrar en otro mundo.

Cathy, me describiste la Granja. Después de la primera vez que fuiste, no podías parar. Te dije que no quería escucharlo. Te dije que no importaba como era. Pero la dibujaste con palabras de todos modos: el salón, todo de terciopelo y pálido, alfombras suaves, un suelo de madera que sonaba como si fuera música cuando alguien caminaba por él. Me dijiste que querías correr para hacerlo cantar, pero te dijeron que las damas no corren, así que no lo intentaste.

Esto es más grande que la Granja. Si la Granja te hace caminar despacio, este lugar te congelaría para siempre.

No miro mucho, pero me doy cuenta. Jarrones llenos de flores cortadas. Lámparas de araña que cuelgan del techo, lo bastante grandes como para sostener una docena de velas cada una. La alfombra es tan suave que no hace ruido bajo mis botas, que están dejando huellas. Alguien tendrá que ponerse de rodillas para limpiarla. Es una alfombra tan pálida que será un trabajo duro. Parece que a Northwood no le importa.

—El salón verde —dice Northwood a un criado que pasa por allí. El sirviente inclina la cabeza y se marcha con rapidez a algún lado.

El salón verde se llama así por la razón que cabría esperar. El papel pintado es de hojas, sinuoso, atravesado por rosas rojas. El sillón es del color del bosque. Me pongo de pie, incómodo, mientras Northwood se sienta en él. Se pone cómodo. Entra una criada, o supongo que es una criada. Lleva un vestido de tela con pliegues y cuentas en el pelo. Es igual de morena que yo, con el pelo rizado. Trae té, pasteles, cosas dulces cubiertas de crema real.

—Siéntate —ordena Northwood sonriendo. La sirvienta trae una silla de aspecto más duro, no tan elegante. La deja para mí.

Me siento.

Estoy en un nuevo ángulo, mirando a la cara de Northwood. La seda verde que rodea su cabeza está estampada en oro en los bordes, como su abrigo. Y detrás de él, a la altura de los ojos, hay un cuadro. Es él, aunque parece más joven. Ahí está, de pie y orgulloso junto a una mujer sentada con una peluca empolvada aún más grande y blanca que la suya. En la silla junto a ella hay una niña. A la izquierda, agachada en el suelo y mirándolos con adoración, hay una mujer india. Tiene el pelo largo y negro. Oro en la nariz y en las orejas. Una tela blanca ribeteada de rojo sobre el pelo, y alisa la falda del bebé con la mano.

No puedo mirar mucho, pero tampoco puedo apartar la mirada. Me duele el estómago cuando le miro la cara: sus ojos confiados, de rodillas. La han pintado como si los amara. Eso es lo más monstruoso de todo.

La sirvienta sirve el té. La miro, sintiéndome mal. Ella no levanta la vista.

—Mi hombre probablemente me dijo tu nombre, pero lo he olvidado —dice Northwood, sin disculparse—. ¿Me refrescas la memoria?

—Edgar, señor Northwood —miento.

—¿Solo Edgar?

—Sí —digo. Observo como su boca se tensa—. Sr. Northwood —añado, y el enfado de su cara desaparece, fundiéndose en una sonrisa.

—Me considero un benefactor generoso —dice—. Un mentor. Busco a personas que podrían prosperar con la orientación adecuada y se la proporciono. A veces, me gusta salir a la comunidad y sacar del olvido a un desafortunado con potencial. Y hago de ellos algo mejor. Dos de azúcar, Sarah.

La criada —Sarah— toma una cuchara de plata. Vierte el azúcar en su taza. Oigo el tintineo del metal contra la porcelana. Intento no mirarla a ella, tampoco al cuadro. Intento no pensar en agarrar la tetera y verterla, hirviendo, en los ojos de Northwood.

—Peleaste con mucha fiereza —continúa Northwood—. Y uno de mis hombres cree que estabas, ¿cómo se dice?, *estafando*. ¿Lo estabas?

—Solo estaba jugando a las cartas —digo.

—No tienes por qué mentirme —asegura con indulgencia. Como si le divirtiera—. Y llámame Sr. Northwood, como te he dicho. Bueno, ¿sabes los números?

—Sí, Sr. Northwood.

—¿Y las letras? ¿Lees y escribes?

—Sí, Sr. Northwood.

—¿Cómo de bien?

El cuadro me mira fijamente. Es como si me quemara por dentro. Pero eso es lo que tiene que hacer, lo mismo que tener que llamarlo Sr. Northwood una y otra vez; lo mismo que hacer que me encuentre con él aquí en esta habitación que grita riqueza. Lo mismo que la criada sirviendo el té. Todo está pensado para machacarme y mostrarme mi lugar. Pero con amabilidad. La amabilidad resulta más cruel que cualquier otra cosa. Puedes prepararte para el dolor si te muestran algo hecho para herir. No puedes prepararte para que una mano amable se vuelva dura. Creo que la forma en que Hindley lo hizo a puñetazos fue mejor. Al menos fue honesto. Al menos podía sentirme enfadado de verdad, no pequeño y avergonzado.

—Puede ponerme a prueba si lo desea, Sr. Northwood.

—Ya estoy harto de decir su nombre.

—En otra ocasión —dice. Hace un gesto para que la sirvienta se vaya. Ella hace una reverencia y se dirige al borde de la habitación—. Tienes sangre india. ¿O árabe, quizás?

No es una pregunta de verdad. Así que no respondo.

—Tuve grandes experiencias en la India —sigue en un tono confidente—. Mi tiempo con la Compañía de las Indias Orientales fue muy agradable. —Añade más azúcar a su propio té. Hay tanto que su cuchara debería estar de pie—. Estuve en Bengala. ¿Lo conoces? Un lugar muy interesante. La gente de allí es gente muy buena —continúa—. Extremadamente supersticiosos e ignorantes, por supuesto, pero eso no es culpa suya. Estoy seguro de que estarás de acuerdo. Son muchos, y sus vidas están tan atrasadas. ¿Cómo podrían saber más?

—No sé mucho sobre la India —digo.

—¿De verdad? —Me mira con interés, sonriendo—. ¿Quieres un poco de té, Edgar? ¿Tarta?

—No, gracias, Sr. Northwood —digo. Sí que quiero. Pero no de él.

—Me pareces un modelo a seguir para tu clase, Edgar, mi muchacho —dice—. Te vi y pensé: *Ah. Tal vez este tiene potencial. Tiene... la naturaleza falaz de su clase, sin duda. Pero potencial. Tal vez pueda ayudarlo, como he ayudado a tantos otros de su clase.* —Da un sorbo a su té. Lo baja de nuevo al platito—. Tienes una buena mente y fuerza física. Hay algo bruto en ti, pero creo que se puede... cultivar.

Me muevo en mi asiento. Su sonrisa se hace más profunda.

Está disfrutando de mi incomodidad. Miro, con el rabillo del ojo, a la sirvienta. Su rostro es inexpresivo. Si está sintiendo lo mismo que yo, no puedo verlo.

¿Quiere preguntas o gratitud sin más?

Creo que... gratitud.

—Es muy amable de su parte, señor —consigo decir.

—Tengo plantaciones en el Caribe —dice. Lo que quiere decir, ahora lo sé, es «soy dueño de gente»—. Todavía tengo intereses en la India. Muchos de mis sirvientes nacieron allí. Cuando me fui después de hacer fortuna, me imploraron seguirme. Su lealtad me llena de orgullo.

Tengo la boca seca. No digo nada.

—He hecho el bien en muchos rincones del mundo, joven Edgar. Y podría hacer el bien en ti.

He pensado en qué utilidad podría tener alguien como yo para un hombre como él. Fuerte, me llamó. Inteligente y bruto.

Quiere convertirte en un monstruo, susurra una voz en mi cabeza. Suena como la tuya, Cathy. *Te dará el dinero que quieres, y todo lo que tendrás que entregar es tu alma. Todo lo que tendrás que hacer es darle las gracias por habérsela llevado.*

No lo hagas, Heathcliff.

No lo hagas.

Tu alma fue mía primero.

No eres suficiente para inclinar la balanza, Cathy. No después de lo que hiciste.

Es como una cicatriz en mi interior. El recuerdo que tengo es el de estar de pie en la puerta, tú y Nelly sentadas juntas. Tu cara sonrojada, con los ojos brillantes porque Edgar Linton te había propuesto matrimonio, porque ibas a casarte con él.

Nelly preguntó por mí. «Inferior», me llamaste. Dijiste que yo estaba por debajo de ti.

Dijiste que nunca podrías casarte conmigo.

Pensé... Diablos, Cathy. Creía que me querías. Me rompiste el corazón.

Siento la boca llena de veneno.

—Me enviaría a una plantación —digo. Siento que estoy hablando a través del agua—. O a la India. Me enviaría a... hacer cosas. Para usted.

—Si trabajas duro y demuestras tu valía, ¿quién sabe a dónde podrás llegar? —dice Northwood de forma esquiva—. La riqueza de un hombre reside en la calidad de su trabajo. Cerca y lejos. Demuestra lo que vales, y llegarás muy lejos.

Ahora puedo ver el camino establecido frente a mí:

Le das las gracias a Northwood. Haz una reverencia y haz que se sienta como un hombre importante. Eso es lo que quiere: sentirse grande y especial. Así que lo haré. Seré otra persona que él ha coleccionado, un adorno que muestra lo poderoso que es, lo grande que es. Trabajaré duro para convencerlo de que me mantenga. Moriré un poco por dentro.

Pensaré en destrozar a Hindley. Pensaré en lo poderoso que tendré que ser para hacerlo. Y apretaré los dientes y me inclinaré y arrastraré un poco más.

Conseguiré más dinero y más poder. Poco a poco. Y poco a poco, confiará en mí.

Pasarán los años y me haré más fuerte y más vacío. Hacer lo que quiere me cambiará. Me hará menos un bruto huraño y más un rifle, listo para ser apuntado donde Northwood quiera. Seré su arma. Me llamará «buen chico», y me dará las sobras, y me utilizará. Mis manos crueles, mi mente cruel, todo haciendo cosas crueles para él.

Northwood no cree que la gente como yo sea lo suficientemente humana. Y solo alguien tan humano como él podría vencerlo.

Así que no verá cómo aprenderé a manipularlo a él y a otras personas ricas como él. No me verá haciendo planes. No verá cuando decida volverme contra él hasta que no haya nada que me detenga. Le quitaré todo lo que tiene, y lo haré sin disfrutarlo, porque no me quedará ninguna sensación de satisfacción.

Entonces volveré a las Cumbres, Cathy. Solo entonces. Volveré roto y enrevesado, rico y despiadado. Volveré y destrozaré a Hindley más de lo que él podría haberme destrozado a mí. Volveré, y ya no seré insignificante. No estaré por debajo de ti. Pero mi amor por ti no será ese algo suave que me llena y sangra más de lo que un corazón podría. Será un oleaje frío, ahogándome. Y ahogándote a ti.

Veo todo eso. Tal vez no seas la única que tiene sueños extraños y grandiosos. Tú ves fantasmas, y yo también los veo. A los míos, que vienen por mí.

Pero hay otro camino. Que se bifurca. Oscuro. No sé qué hay al final de él.

Pienso en Jamie queriendo salvarme. En Hal en el tejado, sonriendo. Annie tratando de advertirme que no venga aquí. Hetty siendo como una madre.

Quiero decir: *Gracias, Sr. Northwood.* Quiero decir: *Haré lo que me pida.* Quiero decirle: *Estoy muy agradecido por esta oportunidad, Sr. Northwood.* Pero las palabras son de metal y sangre, me rechinan en la lengua. Las palabras no salen.

Las palabras están en un camino. Y mi corazón, mi estúpido corazón, está ya en otro.

Miro a ese Heathcliff —resentido, amargado, listo para morir— y lo dejo ir. Solo quedo yo.

—No puedo —digo en voz baja—. No lo haré.

—¿No harás qué?

—Demostrar mi valía —expreso—. No tengo nada para usted. Me ha leído mal.

Las paredes se cierran. Las rosas que me rodean en el papel pintado parecen más rojas que el propio color rojo. Como corazones desgarrados.

—No quieres mi ayuda —dice sin rodeos.

—No estoy en condiciones de recibir su ayuda.

—Eso lo decido yo —afirma.

Me encuentro con sus ojos que son de un azul frío.

—No —digo—. Lo siento, Sr. Northwood. Si me retiene, demostraré que no soy bueno. Mejor si me voy ahora.

El contacto visual… es un error. Es demasiado atrevido.

—Podría hacer que te metan en la cárcel, o te envíen a las colonias —dice. Su sonrisa desaparece. Revuelve el té. Golpea aquí. Golpea allí—. Podría hacer que te colgaran.

Pienso: *Podría quitarte la cuchara de la mano y clavártela en el ojo. También lo haré. Si trata de encerrarme, lo haré.*

Pero solo digo:

—Lo sé, Sr. Northwood. Pero no soy digno de que se moleste. —Bajo los ojos y los fijo en algún punto distante. Me detengo en las manos de Sarah, apretadas frente a ella, pálidas—. Solo soy el bastardo de un lascar. Eso es todo.

El Sr. Northwood suspira.

—Sarah —llama con frialdad—. Acompaña al chico fuera.

Sarah hace otra reverencia y se dirige a la puerta. Me pongo de pie y la sigo.

—Estás cometiendo un terrible error, muchacho —dice Northwood. Vuelve a sonar paternal. Decepcionado—. Pero si no ves tu potencial, no puedo ayudarte.

—Tal vez tenga razón, Sr. Northwood —digo, bajando la cabeza como si le temiera. Pero no lo hago. Miro su sala. Las paredes verdes. El cuadro. Pienso en la sangre corriendo a través del verde, las rosas derramando chorros de esta. Pienso en el dinero que ha sacado de entre los huesos para construir esta habitación y esta casa.

Estoy haciendo lo correcto. Me aferro a eso. Me permite respirar de nuevo, aunque solo haya un camino oscuro delante de mí.

—Pero tengo una mala naturaleza. No se puede evitar, no sé cómo aprender qué es bueno para mí.

Entonces salgo. Sarah me guía hasta la entrada del servicio. Pasamos por las cocinas. Oigo a alguien —la cocinera, supongo— maldiciendo con violencia y gritando órdenes. El vapor sale por debajo de la puerta de la cocina. Sarah me empuja a pasarla, justo por una puerta trasera que no es ni la mitad de grande que la de la parte delantera de la casa. La cierra con rapidez tras de mí, sin mirarme siquiera.

Sigo caminando, bajando las escaleras y entrando en un estrecho callejón. Aquí no hay grandeza. Y voy rápido, alejándome a zancadas y no me detengo hasta que las calles son diferentes, y estoy temblando de rabia. Temblando de alivio. Miro al cielo, inclinando la cabeza hacia atrás.

Un camino ha desaparecido. No sé qué vendrá después. No lo sé.

14
Catherine

Solía pensar que todas las familias eran como la mía.
Pensaba que seguro que todas las niñas tienen miedo de
su hermano. Pensaba que todos los padres miraban fijamente a la nada. Y creía que todas las madres se preocupa-
ban por todo, poniéndose nerviosas por sus insensatas hijas
que no sabían comportarse. Incluso que mi cuerpo era re-
belde, aunque no lo pretendía.

Cuando aún era pequeña me empezaron a salir pelos
oscuros en los brazos. En el labio superior. Mi madre entró
en pánico. Lloró. Dijo que no era normal, que «se notaba»,
que «la gente lo sabría».

Me pareció extraño. A decir verdad, no sabía lo que
significaba, o lo que indicaba. Nelly tuvo que calmarla.
Utilizaron una navaja de afeitar que le habían robado a mi
padre, una de ellas me inmovilizó y la otra me afeitó el
vello. Después de eso, madre me hizo empezar a lavarme
la cara con agua con perifollo para «iluminar» mi piel e
insistió en que me quedara en casa, y después se empeñó

en que me pusiera un sombrero grande cuando se dio cuenta de que no podía hacer que me quedara dentro por nada del mundo.

Pensé que tal vez todas las chicas eran cuidadosamente moldeadas para parecerse a algo que no eran.

No lo sabía. No lo sabía. Pero ahora lo sé, y todo encaja y se desmorona a la vez. Si de verdad fuera tan frágil como Hindley cree, entonces esto acabaría conmigo y sería todo por su culpa. Pero soy lo que siempre he sido, así que me asomo a la ventana de nuevo para estar al aire libre, donde puedo pensar y respirar y llorar si lo deseo sin que nadie me vea y me haga preguntas que no puedo ni quiero responder.

Tengo una madre india. Tengo a la madre que me crio y también tengo una madre india. Mi padre estaba casado cuando se fue a la India, estoy casi segura. ¿Así que se fue a la India a ganar dinero y también tuvo una amante, y nos tuvo a Hindley y a mí? ¿El hermano mayor muerto al que llamaban Heathcliff era como nosotros?

Si hubiera nacido tan oscura como Heathcliff, ¿qué habría sido de mí?

Madre murió antes que padre, y no la recuerdo tan bien como debería. Solo sé que era nerviosa y pálida, y que siempre se estaba moviendo: siempre cocinando o cosiendo, o dirigiendo a los sirvientes, y a mí me consideraba una verdadera odisea, porque yo tampoco me quedaba quieta, pero no de forma útil. Siempre le causaba problemas, rompiendo cosas o trepando por donde no debía, o escapándome fuera para jugar.

Pero sé que me quería. Tal vez mejor que mi padre.

¿Por qué lo hiciste? Pienso en ello. Madre, siempre tan cansada y sin fuerzas, como si la vida se le fuera de las manos como la cera de una vela. *¿Por qué elegiste amarnos?*

Es por la mañana. Hindley está en la mesa, tomando un té caliente y con dolor de cabeza.

—No me molestes, Cathy —dice cansado—. Me duele la cabeza.

—Quiero hablar. Sobre… —Me tropiezo con mis propias palabras, me humedezco los labios y consigo decir:

»Sobre lo que hablamos antes. Los fantasmas, y…

—Cállate. No quiero que nadie oiga eso —responde Hindley con brusquedad.

En un segundo, Joseph entrará con paso firme o vendrá Nelly. O incluso Hareton pasará corriendo, persiguiendo a uno de los cachorros, y entonces ya no estaremos solos.

—Podríamos hablar fuera —sugiero.

Se frota los nudillos contra la frente, sin responder. No quiere decírmelo. Sé que no quiere. Así que decido que seré fuerte e infalible, y lo obligaré a que me lo diga dándole algo que quiere.

—Quiero casarme con Edgar —digo. Ni siquiera reconozco mi propia voz. Cuando estoy con Hindley, a menudo me pongo a hablar rápido. Todas mis palabras son como… como la madera que se consume en el fuego, o como los cuchillos de trinchar al ser afilados. Y cuando estoy con Edgar soy dulce y alegre y, espero, que fácil de amar. Pero ahora estoy tratando de ser algo más, y parezco una mujer muy tranquila y adulta. Como si ya estuviera casada y fuera la dueña de mi propia casa, y no tuviera nada que temer—. Quiero ser la Sra. Linton. Quiero que seamos respetados y que nadie cuestione nada de nosotros. Pero no puedo hacer nada de eso si estoy atrapada.

—¿Qué hará saberlo para acabar con eso? —Hindley se encoge de hombros—. Lo que me atormenta es *saberlo*.

—Sé lo suficiente como para inventarme historias en la cabeza —le digo—. Y cuanto más tiempo pienso en todo esto, peores son las historias. Solo tengo la mitad de la verdad, Hindley, tal vez ni siquiera la mitad, y eso es peor que saberlo todo. Por favor, no me dejes más en la ignorancia.

Baja la mano a la mesa con un golpe.

—Si te lo cuento, te casarás con Edgar Linton. Sin quejas.

—¿Por qué habría de quejarme? Lo quiero.

No parece creerme.

—Y te olvidarás de Heathcliff —dice de forma lenta y cruel. Al menos, parece cruel. Como si viera demasiado de mí. Como si estuviera sopesando mi amor por Heathcliff y mi amor por Edgar, y encontrara que uno de ellos no es suficiente.

—Sí —miento.

No siento ninguna culpa por haber mentido. Hindley me ha mentido toda la vida. ¿Qué importa que yo diga una sola mentira?

—Entonces, vamos —dice Hindley, levantándose de la mesa—. Un paseo.

Fuera hace más calor que de costumbre, así que ni siquiera necesito mi chal. El viento es suave, solo me agita la falda y me despeina un poco los rizos. Es agradable, pero sería mejor si fuese frío... si me picase, para poder sentir algo de mi propio dolor y miedo enredado fuera, en mi piel.

—No somos legítimos —comienza Hindley. Luego no dice nada durante un rato.

Intento no hablar. Me muerdo la lengua para no decir nada, y camino junto a él hacia la puerta, y luego hacia más allá de los páramos.

—Es más fácil falsificar los registros de nacimiento de las parroquias de lo que se piensa, si se tiene el dinero necesario y un cura codicioso —dice Hindley tras un largo silencio—. O eso me dijo padre. Se gastó una fortuna en los dos, y luego nos trajo a las Cumbres. Y ahora estamos aquí. ¿Es eso lo que quieres saber, Cathy? ¿Que podrían robarnos todo lo que tenemos si la verdad sale a la luz?

Parece resentido.

—Quiero saber sobre la India —confieso—. Sobre... nosotros. De dónde viene una parte de nosotros. Sé que padre fue allí. Sé que hizo fortuna allí. Y tenía... había una mujer. No madre. Pero...

—Nuestra madre india —dice Hindley—. Sí. Ella.

—¿Cómo era ella? —pregunto.

—Por un tiempo estuvo viva. Después, murió. —La voz de Hindley es brusca—. No recuerdo nada más.

—Recuerdas su cara.

—¿Cómo podría olvidarla si estás aquí?

—¿Cómo se llamaba?

—No lo sé —dice.

Dudo. No lo hago a menudo: medir mis palabras o no saber cuáles usar. Pero ahora lo intento. Le digo:

—El hermano que murió. El que se llamaba Heathcliff en primer lugar...

—No murió —dice Hindley.

Creo que lo he oído mal.

—¿Qué quieres decir?

—No murió —vuelve a decir Hindley—. Era demasiado oscuro. Nadie habría creído... —Hace un gesto con la mano hacia mí, hacia él mismo—. Así que padre lo dejó. Seguramente lo dejó con nuestra madre.

Por un momento, la boca no me funciona. Luego digo:

—Has dicho que estaba muerta. Que ella murió.

Tuerce el gesto.

—¿De qué otra manera podría perseguirnos? Ella murió, Cathy, estoy seguro de ello. La siento. La veo, y tú también.

—Ella no... ¿No quiso venir a Inglaterra con nosotros...?

Hindley suelta una fea carcajada. Y sé lo que significa. No tuvo elección.

—Es terrible —susurro.

¿Cómo pudo padre hacer eso? ¿Dejar a la madre de sus hijos y a uno de sus propios hijos atrás, y no hablar de ellos nunca más? ¿*Cómo*? Sé que tengo un corazón duro, pero ni siquiera yo puedo imaginarlo. Simplemente no puedo.

—No sabes lo que es terrible, Cathy. He visto más del mundo que tú. Fui a la escuela. Conocí a gente real, gente que importa. Aprendí sobre el dinero, y aprendí sobre cómo se hacen los negocios. Aprendí sobre cómo hombres como nuestro padre hicieron su fortuna. No quería aprender —dice, suena resentido—. Pero te guste o no, Cathy, el saber se filtra en ti. Te encuentra. Él no era diferente a los demás. A veces era mucho mejor.

»Padre estaba en Bengala, y Bengala era rica —continúa—. No te puedes imaginar lo rica que era. Y la Compañía de las Indias Orientales se la arrebató delante de las narices de un emperador nativo. Allí había buenas oportunidades, si sabías cómo aprovecharlas. Y padre... —Hindley se encoge de hombros—. Supongo que lo sabía.

Bengala. Dejo que la palabra dé vueltas dentro de mi cabeza. Así que es de allí de dónde vengo, y de donde viene Hindley. Bengala es donde puede que aún viva nuestro hermano. Me pregunto cómo será, y todo lo que puedo imaginar es la sala de estilo chino. Cuadros que no son reales y no son de allí en absoluto. Me siento vacía.

—¿Por qué padre dejó Bengala atrás?

Hindley vuelve a reírse, un sonido roto que hace que me estremezca, sacude la cabeza y empieza a dar zancadas más rápidas. Casi tengo que correr para seguirle el ritmo, me levanto la falda con una mano. El brezo cruje con fuerza bajo sus botas.

—Porque era el infierno. —No me mira. Está mirando a lo lejos, con los ojos todavía inyectados en sangre por haber bebido durante toda la noche. Pero la mirada atormentada en ellos no se parece a nada que haya visto antes—. Porque él y sus amigos lo convirtieron en el infierno. Estamos atormentados por una razón.

Recuerdo el tintineo de las caracolas y la tela aireada bajo mis dedos en la oscuridad: el fantasma. Un fantasma que Hindley también ha visto.

—Dímelo —le ruego. Mi corazón late tan rápido que es como si tuviera una docena de alas, como si fuera a salir volando de mí y alejarse—. Dime por qué estamos malditos.

Más despacio, quiero decir. Pero no lo hará. Hindley está huyendo de algo, algo que no soy yo. Solo tengo que correr tan rápido como él, eso es todo. Así que lo intento, sin aliento.

—Para hacerse con una fortuna hay que quitarle la fortuna a otro, así que eso es lo que hicieron. —Habla rápido, con rabia—. La Compañía. Cambió la agricultura, y la forma en que las cosechas se gravaban y vendían. Quién recibía qué, y quién lo decidía. Pero entonces las cosas fueron mal. No hubo monzones, no llovió. No crecieron los cultivos. Y la gente empezó a pasar hambre. Y ellos comenzaron a morirse.

Hindley se frota los nudillos con fuerza entre los ojos, lo suficiente como para que la frente se enrojezca. Aprieta los dientes, dolorido, pero no creo que el dolor esté en su cuerpo. Creo que es otra cosa, porque yo también lo siento: un dolor frío que me recorre el espíritu, distinto al de mis pulmones doloridos.

—No lo recuerdo, pero padre me dijo... que pueblos enteros fueron arrasados. Más gente de la que puedes imaginar, Cathy. Cuerpos en las calles. Niños llorando y gritando y hambrientos. Y dijo que era su culpa.

—¿Fue así? —consigo decir.

—Él pensaba que sí. Dijo que la Compañía no tenía piedad. Dijo: «Si no hacíamos que las lluvias se agotaran, no salvaríamos a nadie después de lo que hicieron». Dijo que el grano se echó a perder, sin alimentar a nadie. Dijo que se cobraban los impuestos y se lo llevaban, aunque dejaran a la gente sin nada. Tienes suerte, Cathy. —De repente, parece salvaje—. Nunca te lloró. Te perdonó.

Lo veo en mi cabeza: Hindley, joven y pequeño, y padre contándole cosas horribles. Hindley, recordando a nuestra madre india, pero sin hablar nunca de ella. Hindley, sabiendo que todo lo relacionado con él era secreto, que podía perderlo todo por un trozo de papel, una mentira. El veneno extendiéndose a través de él.

Hindley, mirando a Heathcliff. Heathcliff con la piel color café y los ojos oscuros, que hablaba otro idioma, que no era nuestro hermano abandonado. Que era como todos los secretos de nuestra familia iluminados, si alguien sabía mirar con atención.

Creo que empiezo a entender por qué Hindley es como es. No lo perdono por ello —por todo lo que nos ha hecho a Heathcliff o a mí, a Nelly o al pequeño Hareton—, pero puedo ver el camino que lo ha traído hasta aquí.

Si lo perdonara, ahora lo consolaría. Pero me detengo, me quedo inmóvil, y después de un momento él también deja de caminar y se vuelve hacia mí. El viento se ha vuelto más feroz. Bajo el cielo azul, hace que la larga hierba se mueva como una llama salvaje, como un mundo incendiado.

—¿Hizo algo para arreglarlo? —pregunto.

—¿Qué?

—¿Hizo algo para solucionarlo? —repito—. Hindley, dices que vio… cuerpos. Y gente hambrienta. Dices que dijo que la Compañía de las Indias Orientales era responsable de gran parte de ello. Pero ¿él… hizo algo?

—Nos trajo a casa.

—¿Crees que estamos aquí solo por el sentimiento de culpa? —pregunto—. ¿Crees que padre nos quería y mintió sobre nosotros, y se gastó una fortuna haciéndonos sus hijos legales, por la culpabilidad?

—Creo que es una pregunta estúpida —dice Hindley—. Creo que tienes que cerrar la maldita boca.

Creo que eso significa que *sí*.

—Trajo a Heathcliff a casa —dice Hindley, con la voz cargada de veneno—. Lo trajo como si salvar a un bastardo indio de piel oscura bastase para arreglar las cosas. Eso es lo que hizo por su culpabilidad, Cathy, y destruyó nuestra familia al hacerlo.

Bajo la cabeza. Me doy cuenta de que las lágrimas brotan de mis ojos. No estoy segura de sentir nada, es como si mi corazón no pudiera soportar todo el peso y no me hablara, no me dijera lo que siento. Pero estoy llorando.

—No —me pide Hindley, que parece furioso. Se acerca a mí a zancadas y me agarra por los hombros. Casi sería un abrazo, pero me está sacudiendo, lo bastante fuerte como para hacer traquetear mis dientes, y entonces tiene la cara cerca de la mía.

»Solía contarme historias de fantasmas —exhaló, con el olor a vino todavía en su aliento, y también el dolor. Parece que huele a sangre—. Creo que ella solía hablarme de *bhut* y *jinn* y… y *petni*. Ella solía hablarme de… brazaletes que tintinean, y pies que se vuelven hacia atrás, fantasmas hambrientos que no descansan. Eso es lo que recuerdo de ella: sus historias descabelladas. Y de alguna manera tú también conoces esas historias. Por alguna razón, aunque no te las haya contado. Creo que ella te lo contó. Te susurró en sueños, ¿no es así?

—No lo sé —susurro—. Suéltame, Hindley.

—Creo que los muertos tienen las garras clavadas sobre nosotros y no nos sueltan, porque han sido agraviados. Ella está aquí, pero ellos también. Los que murieron de hambre. A los que robó. —Hay una luz febril e infernal en los ojos de Hindley. Su agarre duele—. Los muertos tenían a padre, y lo persiguieron hasta que él también murió.

Quizá soy tan cruel y diabólica como Nelly dice que soy, porque siento que mi padre merecía sufrir por lo que hizo. Si un hombre hace cosas terribles, ¿no debería sentirse mal? ¿No debería estar atormentado?

Pero debería haber hecho algunas cosas para arreglarlo, y traer a Heathcliff a casa no era suficiente. Heathcliff no tuvo nada que ver con lo que sucedió en Bengala. Heathcliff era un niño hambriento en Liverpool, en nuestra Inglaterra. Y porque tenía la piel color café, porque decía algunas palabras en un idioma que mi padre creía que sabía, mi padre lo arrastró hasta aquí y pensó que corregiría todos sus errores. Pero ¿cómo podría Heathcliff ser suficiente? ¿Cómo podría alguien ser suficiente?

Pensaba que solo teníamos un puñado de fantasmas persiguiéndonos, pero debe haber miles. Miles de fantasmas, cargados en cada puntada de nuestra ropa, en cada piedra de las Cumbres. Fantasmas también en la sangre.

Creo que no sé cómo preocuparme por gente que no conozco, gente que nunca conoceré. Pero debo hacerlo, porque hay una ola de enfermedad y tristeza que me invade. Es tan feroz que no estoy segura de poder respirar alrededor de ella.

Hindley sigue hablando.

—Los muertos nos tienen, y seremos perseguidos hasta que muramos. Igual que padre. Ahora sabes que no tendrás paz, Cathy. Igual que yo —dice—. ¿Es eso lo que querías?

Parpadeo con lágrimas en los ojos que escuecen.

—Entonces tenemos que deshacernos de ellos.

Su agarre se afloja un poco. Respiro profundamente.

—Tenemos que hacer que descansen —digo. Pienso en las plumas enterradas bajo un árbol, y en cómo todo el mundo dice que guardan un alma bajo la piel. Si existe algo que puede hacer eso, también debe haber una forma de liberar un alma. Una magia para quemar las raíces, no para hacerlas crecer—. Los tesoros de padre. Tenemos que deshacernos de ellos. Tenemos que dejarlos ir.

—Son demasiado valiosos —expone Hindley. Pero está atento. Parte de la fiebre ha abandonado sus ojos—. Es todo lo que nos queda de su fortuna. Algún día la necesitaremos, Cathy.

Es cierto, por la forma en que Hindley juega.

—Pero no los vemos. No hablamos de ellos. Son… una evidencia, ¿no es así? Ahora lo entiendo. Son una pequeña demostración de dónde venimos. Como Heathcliff. —Siento una punzada al decirlo, pero también sé que esto lo convencerá, porque el odio siempre maneja a Hindley mejor que cualquier otra cosa—. Y si desaparecen, desaparecen como Heathcliff: seremos libres.

Por fin, Hindley me suelta. Me duelen los brazos.

—Cathy, a veces no eres tan tonta después de todo.

La habitación de los cofres debe estar siempre cerrada. Padre solía entrar por su cuenta, y nadie sabía lo que hacía allí. La primera vez que vi lo que había en la habitación, era muy pequeña —fue antes de que Heathcliff viniera a vivir con nosotros— y me las arreglé para entrar a hurtadillas cuando mi padre se olvidó de cerrar. Abrí un baúl, levanté la tapa con el pulgar y miré dentro.

Fue entonces cuando vi telas con estampados de grullas y pavos reales, y mujeres como las que vi más tarde en la habitación de estilo chino de la Sra. Linton. Fue entonces cuando olí la rareza que había en ellas: un olor dulce y ahumado, como el de la turba quemada, pero no así. Recuerdo el oro y las gemas, todas brillantes y extrañas, sosteniendo la tela en mi piel, justo en la nariz y la mejilla, y sentirla, más suave que el agua.

Ahora Hindley avanza a grandes zancadas por el pasillo. Abre la puerta de una patada y el pomo se rompe al mismo tiempo que la madera. Me sobresalto, pero no huyo. Voy a dejar que la ira de Hindley me lleve con él.

Los cofres de madera están cubiertos con sábanas blancas para mantenerlos pulcros; los arrastra todos con violencia hasta que se apilan en el suelo. Abre los cofres y nos rodea de oro, seda y otras cosas bonitas.

—Recoge todo, Cathy.

Nelly y los demás deben de haber oído la puerta romperse y la ira de los pasos pesados de Hindley, porque no los veo por ningún lado mientras volvemos a salir, con los brazos cargados. Ni siquiera los veo cuando Hindley descorcha el licor y lo arroja sobre toda la fortuna escondida en nuestra casa, toda la seda cosida con oro y plata, pequeñas joyas brillando en la superficie, y lo incendia todo.

Vemos cómo la tela arde con el fuego. Vemos cómo se quema en el fuego. Los ojos se me llenan de lágrimas, pero no miro hacia otro lado hasta que todo desaparece.

Después, nos llevamos las joyas, que es lo único que queda. No se pueden quemar, así que Hindley excava en la tierra bien lejos en el límite de nuestro terreno, debajo de dos árboles entrelazados. Me quedo allí, sosteniendo brazaletes y collares, largas cadenas de cuentas, objetos trabajados con esmeraldas y plata. Luego, cuando él arroja la pala, las meto dentro.

Quizás esto libere a todos nuestros fantasmas. A nuestra madre biológica, que fue abandonada. A nuestro padre, a quien la culpabilidad hizo ir de un lado a otro. A nuestra madre inglesa, que eligió amarnos, que nos crio como si fuéramos suyos. Y a toda esa gente que padre dijo que murió, todo para que él y sus amigos pudieran enriquecerse.

Dejo caer el último brazalete en el suelo y aliso la tierra sobre él. Y mientras lo hago, siento que el pasado se cierra detrás de mí. Como una puerta cerrada, apagando toda la luz.

15
Heathcliff

Es en ti en quien pienso, Cathy. Después de dejar a Northwood y el trato con el diablo que me ofrecía.

Pienso en que no voy a llegar a verte como a un igual. Tuve una visión de cómo sería. Yo, vestido como un caballero. Yo, tan rico que nadie me insultase. En cambio, en Gimmerton, contarían historias sobre mí. «Se ve que fue soldado». «No, hizo fortuna con el comercio».

«¿Te puedes creer que antes pensábamos que no iba a ser uno de los nuestros?».

Ahora nada de eso ocurrirá.

Pienso en la única vez que Hindley estuvo a punto de matarme. Lo intentó muchas veces. Me amenazó. Siempre me escondía, o corría. Casi nunca tuve miedo. Solo estaba enfadado.

Pero una vez… No quiero recordarlo, Cathy. Solo sé que me desperté y que tú me estabas abrazando.

—Shh —susurraste—. No hagas ruido. Por favor, Heathcliff.

Tardé un momento en darme cuenta de que estábamos en tu cama. La madera rodeándonos. El viento golpeando mi mejilla desde tu ventana, entreabierta. Estabas llorando. No habías encendido una vela, pero la luz de la luna te iluminaba. Vi tus lágrimas. Eran como la plata.

—Hindley —logré decir. Mi boca no quería funcionar. Pero lo entendiste.

—Aquí no. Joseph lo está vigilando. Hindley, él... él te golpeó y te caíste. Lo hizo tan de repente. —Tu voz se tambaleó.

»Y te golpeaste la cabeza contra la pared, y pensé. Pensé...

Dejaste de hablar y lloriqueaste. Triste.

Todavía no podía hablar bien. Así que toqué las puntas de tu pelo. Enrosqué un mechón alrededor de mi dedo.

—Tienes que estar tranquilo —dijiste—. Hindley quiere que te vayas.

—Casi hace que me vaya.

—*Heathcliff.* —Me agarraste más fuerte—. Si te hubiera matado, hubiese sido como si me hubiera matado a mí —dijiste—. Las mejores partes de mí. Todas las partes de mí que son fuertes y valientes y... buenas.

—Tú eres la que es buena —logré decir—. Yo soy... soy lo demás.

—Solo sé fingir que soy buena —confesaste—. Eso no es real. No de la forma que lo eres tú.

—No soy bueno —dije—. *Cathy.* No lo soy.

Se te escapó una carcajada. Luego dijiste:

—Bien. Yo no soy buena y tú tampoco lo eres. Somos algo más.

—Algo más —estuve de acuerdo. Entonces me quedé dormido. O algo así.

Recuerdo desvelarme y dormirme y despertarme, ir y venir escuchándote y viéndote. Recuerdo que nunca me dejaste ir. Ni una sola vez.

—Sé que no existimos el uno sin el otro —susurraste una vez, cuando me desperté sin saber dónde estaba. Solo te conocía a ti—. Si mueres… Heathcliff, si mueres entonces debes perseguirme. Debes vivir dentro de todos mis sueños y también robarme la sombra y el alma. Debes quedarte, Heathcliff, no importa dónde la muerte intente llevarte. Prométemelo.

Te lo prometo.

Después, lo recuerdo. Medio caminando, las luces iluminándome los ojos. Tus dedos alisándome el pelo. Tu voz. Tenue.

—Seré rica —me dijiste—. Seré la mujer más rica de Gimmerton, y entonces te mantendré a salvo. Esa es mi promesa.

Ahora lo sé. Sé lo que se necesita para conseguir una fortuna como esa.

Se necesita morir un poco. Convertirse en algo envenenado y nuevo. Vi ese camino y no lo tomé.

Pero tú lo hiciste, Cathy. Te convertiste en una dama de verdad. Aprendiste a no gritar, ni reírte a carcajadas, ni correr descalza como solíamos hacer. Aprendiste a amar a Edgar Linton y a ser la persona con la que él quería casarse. Caminaste alrededor de los secretos de la familia, apartaste la cabeza de ellos, para que no pudieran impedirte ser la dama más rica de Gimmerton. Lo suficientemente rica como para liberarme. Arrancaste pedazos de ti misma. Te hiciste pequeña. Tu camino no estaba cubierto con la sangre de otras personas, no como lo habría estado el mío.

No. Tu camino estaba cubierto con la tuya.

Cuando me llamaste humilde, pensé que no me querías.

Pero me quieres, Cathy. Lo haces.

No te lo pedí, Cathy. Pero lo hiciste de todos modos. Y te dejé atrás.

Pienso en volver a la habitación del ático. En ver a Jamie. No quiero disculparme, pero podría llevar algo de comida o comprar algunas hojas de té molidas para la olla. Creo que con eso bastaría.

Pero no voy. En su lugar, vuelvo a mi pensión.

No hay nadie, así que agarro un paño húmedo. Me limpio la mayor parte de la suciedad. Me cepillo el pelo y me lo recojo. Lavo mi chaqueta y mi camisa. Me quito el pañuelo y busco uno nuevo. Ahora tengo una mochila bajo la cama con unas cuantas piezas.

El pañuelo que saco es rojo.

Me quedo helado, sosteniendo el pañuelo. Los remolinos rojos que tiene. Pienso en la música, y en la sangre en mi labio, y en la voz de un hombre.

Si necesitas ayuda, acude a la Sra. Hussain.

He estado evitando ese recuerdo, igual que he estado evitando la gran calle donde conocí al lascar. Vine hasta esta ciudad, crucé Yorkshire a pie, a oscuras y con frío, con nada más que unas monedas robadas y un cuchillo para protegerme. Y, aun así, tengo miedo de ir un paso más allá. De ir donde podría aprender algo sobre lo que soy.

Tal vez me pasa lo mismo que a ti, Cathy. Tengo miedo de algo a lo que no quiero mirar. Algo que está en mi interior.

Vine aquí por ti. Pero no solo por ti. Vine porque no pertenecía a las Cumbres. No pertenecía a ti, donde siempre sería inferior. Siempre sería lo que Hindley había hecho de mí, y como todos me veían. Vine aquí porque era un chico de ninguna parte, sin nada. Y quería ser *algo*. Quería ser suficiente para reducir a Hindley a cenizas. Te quería a ti.

Pero ya soy de alguna parte. Eso lo sé. Y si voy a Mann Road podría encontrar dónde está ese sitio.

Cathy, ¿alguna vez has estado al borde de un acantilado por la noche? Yo sí. Me gustó, la oscuridad frente a mí, sabiendo que al dar un paso podría acabar conmigo. Hay alegría en un riesgo como ese; es como un rayo que te atraviesa. Te hace sentir aún más vivo. El viento casi me levanta, es así de fuerte, en lo alto de los páramos donde estaba las Cumbres. Sentí que podría haber volado sobre ella.

Esto es lo mismo. Pero voy a hacerlo. Voy a dar un paso hacia delante. A ver dónde caigo. A ver si sobrevivo.

Salir a la calle es como entrar en un sueño.

Normalmente no sueño como tú, Cathy. Sueños grandes, salvajes y extraños. En otra época, dirían que puedes ver el futuro. Te dirían que eres mágica.

Yo solo sueño con cosas reales. El viento a través de las aliagas. Los pájaros cantando. Alguien que me persigue, que quiere mi sangre en la oscuridad. Es como si hubiera soñado este camino antes. Edificios unidos, casi doblados. El hedor de las alcantarillas. El agua deslizándose alrededor de las casas, como si el Mersey fuera retenido por la esperanza, la oración y la suerte.

Una mujer está en la entrada, desgranando guisantes. Le pregunto dónde vive la Sra. Hussain.

—¿Buscas a Lily Lascar? —Me mira de arriba abajo—. Por supuesto que sí.

—Estoy buscando a la Sra. Hussain —vuelvo a decir.

Resopla y me dice a dónde ir. Murmura algo sobre burdeles y fumaderos de opio y «gente así». No escucho.

Llego a un alojamiento. No como el mío, que es alto pero estrecho. Este está formado por tres casas. Las puertas de la izquierda y de la derecha están tapiadas, las tres pintadas de la misma forma para que parezcan una sola. Algunos hombres están sentados enfrente, con los gorros bajados sobre los ojos. Me miran. Nadie habla.

—Busco a la Sra. Hussain —les digo. Saco el pañuelo. No puedo probar nada con él, pero me hace sentir que tengo derecho a estar aquí. Sostengo la tela roja con la mano—. Me dijeron que viniera aquí. Me dijeron que podía recibir ayuda.

Uno de los hombres se dirige a otro, las palabras fluyen de un lado a otro. Entonces otro asiente y dice:

—Está dentro.

Le doy las gracias y entro. El corazón me late con fuerza.

Dentro está oscuro. Huele a moho, dulce y pegajoso. Las cortinas están deterioradas. Pero el fuego está encendido, cálido y constante. Hay un bebé en el suelo, golpeando algunas tazas de metal. Habla sin sentido para sí mismo. Una mujer está limpiando una mesa, con las mangas arremangadas y el pelo pegado a la frente. Levanta la vista.

—Hola —dice—. ¿Buscas una cama en alquiler?

No digo nada. No puedo hablar. Es como si se me cerrara la garganta.

Deja caer el trapo que sostiene. Dice algo más, en un idioma que desconozco. Luego sacude la cabeza. Hace un gesto hacia una silla, queriendo que me siente.

—¡Kabir! —grita—. ¡Kabir! ¡Tengo otro que necesita que traduzcas!

—Hablo inglés —digo, rápido—. ¿Usted es la Sra. Hussain?

—Sí —dice—, siéntate, siéntate. —Señala la silla de nuevo—. ¿Qué necesitas de mí?

No puedo moverme. Me quedo donde estoy, anclado, como si el miedo tuviera las manos alrededor de mis piernas, sujetándome.

—Vengo de… —Dudo—. No de aquí. Pero creo que nací por aquí.

Me siento estúpido. Me siento insignificante. No sé cómo expresarme. No sé cómo preguntar: *¿Puedes decirme qué soy? ¿Puedes decirme de dónde soy? Me he perdido, he perdido de dónde vengo. Todo lo que recuerdo es el hambre, al hombre que me salvó. Plumas enterradas en la tierra de Yorkshire. ¿Puede ayudarme a encontrar todo lo que hubo antes?*

—¿Puedes ayudarme? —pregunto. Eso es todo lo que digo.

Pero ella no se burla ni se ríe. Solo asiente, seria.

—¿Qué necesitas?

Oigo golpes. Unas escaleras que crujen. Un hombre baja. Indio, con barba. No está vestido como nadie que haya visto antes, mitad marinero y mitad otra cosa. Tiene el pelo recogido, envuelto en tela. Tal vez así es como lucen los lascares cuando están en casa.

—¿Lily? —pregunta.

—No te preocupes, amor. En realidad, no, no te vayas —le dice ella, aunque todavía está de pie en las escaleras. Mirándome, toda desconfianza—. Pon a calentar la tetera para nosotros. Este chico y yo vamos a tener una charla.

El hombre gruñe una respuesta. El bebé suelta un chillido, y el hombre barbudo va y lo levanta, apoyando al bebé contra su cadera como he visto hacer a las madres cuando caminan y sus hijos no pueden seguir el ritmo. Se va, y oigo el tintineo del metal.

La Sra. Hussain me mira de nuevo.

—¿Cómo te llamas? —me pregunta.

Esta vez no miento.

—Heathcliff —digo.

—Bueno, Heathcliff. Puedes decirme lo que necesitas cuando estés listo. —Suena como Hetty. Maternal.

No me obliga a hablar. Saca una cosa, luego otra, y otra después. Pastel de ciruelas, cortado en rodajas finas. Queso y pan. Algo de carne deshidratada. Más variedad de comida de la que he visto desde que dejé las Cumbres, aunque las porciones son pequeñas y se reparten con cuidado. Es una amabilidad que no merezco. No creo que tengan mucho.

La puerta se abre. Se cierra de nuevo.

—Siéntate —dice de nuevo. Así que me siento, y noto la corriente de aire contra mi espalda.

Oigo a hombres entrar y salir. Las escaleras crujen. Ella se mueve, así que me giro y los observo. Algunos se parecen a mí, son indios o algo parecido. Pero no todos. Algunos parecen chinos. Tal vez algunos vengan de Malasia, como el difunto padre de Hetty.

La señora Hussain sigue mi mirada.

—La verdad es que es un lugar muy concurrido. No todo el mundo entra en él todo el tiempo —dice la Sra. Hussain con tranquilidad. Cree que estoy nervioso—. Pero la mayoría al menos puede hablar laskari, y eso ayuda, aunque es una lengua construida para hablar de la vida en el mar y no mucho más. La gente se comporta de forma civilizada. Aquí no tendrás problemas.

No sé qué es el laskari, pero puedo deducirlo por la forma en que palabras y sonidos que no encajan entre sí se entrelazan mientras los hombres suben las escaleras. Alguna maraña de lenguaje que comparten estos marineros de todas partes.

La tetera silba. Pasa otro minuto, y el hombre —el Sr. Hussain— entra con el bebé todavía sobre su cadera y el té en una bandeja en la otra. Lo deja en la mesa, y ella le da las gracias y empieza a servir. Sirve y emplata. Echa azúcar en su taza. Pienso en Northwood y de repente me mareo. Su mundo está tan lejos de este. Me parece mal que haya incluso una bebida en común.

—¿Cuánto azúcar? —pregunta la Sra. Hussain y después me sirve una taza.

Sigue charlando, tranquila y sin prisa, su marido sale con el bebé. Tal vez está intentando que esté menos nervioso, porque mi cuerpo parece una cuerda con nudos, atada con fuerza al pensamiento.

Me habla de los lascares de Malasia y de China y de la India como su marido, todos ellos van y vienen por una cama o comida caliente, pagando lo que pueden. Me dice que uno pagó con cestas, no con monedas. Señala una cosa en lo alto en un estante, abovedado y hecho de alguna tela hecha a mano.

—No hay mucho trabajo para ellos —continúa, con la boca torcida—. Así que solo cobramos lo que los hombres pueden pagar. Y algunos son generosos, porque son agradecidos.

Entonces entiendo lo que me está queriendo decir.

—No necesito una cama —consigo decir. Aunque tal vez sí. Después de todo, aún no he pagado el alquiler. Pero tampoco tengo dinero para pagarle a la Sra. Hussain por la ayuda.

Antes de que pueda decírselo, vuelve a hablar.

—Por supuesto no todos vienen y se quedan —continúa—. Algunos solo quieren pedirme un favor. A veces otros vienen aquí buscando a un viejo compañero, esperando que esté vivo y a salvo aquí, o que haya pasado por aquí. Siempre comparto lo que recuerdo, y conozco a todos los que han pasado por mi puerta.

Ella espera, para ver si soy uno de esos. Pero cuando no digo nada, me pregunta:

—¿Quieres un trozo de tarta?

Niego con la cabeza, pero ella no me mira. Veo cómo lo pone en el plato. Lo desliza. El plato está astillado, tiene flores amarillas pintadas.

—Los lascares se meten en todo tipo de problemas, ya lo sabes —dice. Pero su voz no refleja prejuicios—. Cuando llegas a un nuevo país al otro lado del mundo, y no conoces el idioma, y el capitán de tu barco te echa a la calle sin dinero ni alojamiento ni trabajo... —Se encoge de hombros, pero hay rabia de por medio—. A veces escribo cartas para los hombres que se quedan aquí. Sobre todo, cartas con quejas. O cartas pidiendo lo que se les debe por derecho.

—Yo sé escribir —le digo. Le doy un bocado al pastel de ciruelas. Está seco, agridulce.

—¿Sí? —parece impresionada—. Oh, ¡qué bien! Eso siempre es útil cuando tratas con la ley o la marina. O con esos mercaderes de mala muerte que nunca quieren pagar lo que les deben a sus hombres, o tratarlos bien. Tuve la suerte de aprender un poco, gracias a unos viejos amigos. Ha sido útil.

Se inclina hacia delante, con los ojos brillantes.

—A veces escribo directamente a la Compañía de las Indias Orientales (supongo que los conoces) sin que nadie me lo pida, solo para intentar arreglar algo. Cualquier cosa. Hay tantos hombres que no reciben lo que se les debe. La Compañía siempre culpa a los armadores, pero ellos les dan los contratos, así que... —Vuelve a encogerse de hombros, muy seria—. Yo les digo, ¿crees que los lascares no saben que deben ser bien tratados en los viajes? ¿Crees que no saben que la Compañía o los armadores o *alguien* debe mantenerlos alimentados y alojados? Porque sí lo saben, y *yo* lo sé.

Sigue charlando, contándome sobre una carta que escribió la semana pasada. Cómo consiguió que un chico de la calle que estaba de aprendiz de abogado se la leyera, y que lo único que aceptó como pago fue que le arreglara la chaqueta, porque no era bueno arreglando cosas y vivía solo con su padre, que tampoco sabía hacerlo. Me habla de los periódicos que pasan por las cafeterías, que venden los canillitas a la salida de las cervecerías, y de cómo intenta que las historias de los lascares aparezcan en alguno de ellos. Conseguir que la gente sepa lo que está pasando. Escucho cómo tropieza con la esperanza y las palabras, más rápido que un gorrión. Los nudos empiezan a aflojarse en mí.

Ahora veo por qué el lascar que tocaba la flauta me dijo que viniera aquí. «La Sra. Hussain puede ayudarte», dijo. Y es cierto, puedo verlo al mirarla. Y si no puede, trabajará hasta la médula intentándolo. Tiene algo en ella que hace que quiera intentarlo.

—Necesito —empiezo a decir. Me detengo.

Ahora ella también se ha quedado callada.

—Continúa —expresa con suavidad. Hace girar su taza entre las manos, calentándose los dedos—. Cuéntamelo, cariño.

Pasa un momento antes de que pueda hacerlo.

—Mi padre era un lascar —digo. Es la primera vez que lo digo. Me alegro de tener el té. Tengo la garganta irritada, como si el hecho de sacar esas palabras la hubiera dejado en carne viva. Bebo. Lo dejo—. Mi madre era… irlandesa. Puede ser. —Pienso en la forma en que la voz de Annie se apoderó de mí. Como algo que ya sabía—. No recuerdo mucho. Estoy buscando a alguien que sepa más que yo.

Se queda callada. No la miro. Esta mujer parece de las que se compadecen. No quiero mirarla. Así que miro mi té. Toma otro bocado de pastel.

—La ciudad no es pequeña —dice. Amable, como si me estuviera dando una mala noticia. Quiero prepararme para que las palabras duelan. Puedo soportar el dolor. No le tengo miedo. Pero no puedo prepararme, prepararme para un combate. Toda la furia se ha ido. Por eso no busqué lo que era. *Esto*—. Hay mucha gente, y más lascares de lo que la mayoría piensa tienen hijos. Pero… —Se detiene.

Pasa un segundo. Se endereza en la silla. Luego engulle el té como si fuera cerveza y vuelve a bajar la taza de golpe.

—Cuando era joven, antes de casarme, fui una mujer trabajadora. ¿Entiendes? —Hay una advertencia en la manera en que lo dice. La advertencia es que será mejor que sea educado o no escucharé nada más de ella. Así que asiento, sin decir nada, y la advertencia desaparece de su rostro—. Conocí a una mujer mayor de Cork. Se acostó con un lascar indio. No era la única que lo hacía, pero me acuerdo de ella. Una mujer agradable. No le gustaba sonreír, pero… siempre cuidaba de las chicas más jóvenes. Y dijo que él era bueno con ella solo que nadie le daba trabajo.

—¿Cómo se llamaba? —pregunto.

Tuerce el gesto. Una sonrisa triste.

—Maeve —dice.

Quiero preguntar: *¿Conoces mi nombre? ¿Sabes cómo me llamó?* Pero no lo hago. La verdad es que no estoy seguro de querer saberlo.

—¿Y mi… su lascar? ¿Su nombre?

Ella sacude la cabeza.

—Lo siento, cariño. No me acuerdo de eso. —Parece que lo siente de verdad—. Y tengo más malas noticias. Me temo que Maeve murió hace años. He oído que tuvo un bebé, pero no sé qué pasó con él después. Entonces era joven. No podía hacer mucho.

Trago saliva. Puede que ni siquiera sea mi madre. Pero hay un ruido que resuena en mi interior, que resuena de verdad. Maeve. Creo que es ella.

—¿Y el lascar?

—Se fue hace mucho tiempo —me dice—. Tal vez murió. O se fue. No lo culpes demasiado, Heathcliff. Por cualquiera de las dos cosas. La mayoría de los lascares se mueren de hambre aquí, y la muerte siempre está llamando. Hay poco trabajo para todos, pero sobre todo para ellos. —Su mano vuelve a apretar la taza—. Mi Kabir y yo tenemos suerte, porque tenemos este lugar, y mi tío le da un poco de trabajo. El hombre de Maeve no tenía nada, y era una carga para ella, aunque no quería serlo.

—Así que se subió a un barco —digo. Tal vez espero que lo haya hecho. Tal vez eso sea lo mejor. Que a mi padre se lo llevara el mar, no la muerte.

—Tal vez. Tal vez no. No puedo asegurar nada. He oído que el gobierno o la Compañía de las Indias Orientales (comerciantes o jueces, o algo así) tienen que pagar para enviar a los hombres a casa —dice, con dulzura. Pero el tipo de dulzura que se hace a propósito. Que esconde un fuerte sentimiento—. A veces lo hacen de verdad. Pero al igual que muchos lascares no llegan aquí, muchos tampoco regresan —suspira—. Lo siento, cielo. Pero creo que tu padre hace tiempo que murió, o está bien.

Creo que ya lo sabía. O tenía un mal padre que me dejó a morir de hambre, o uno muerto que no podía hacer nada por mí. O bien mi madre me abandonó o no pudo mantenerme, aunque lo intentara. Así que eso es todo. Ahora lo sé, tanto como lo que nunca sabré.

Pero me tiemblan las manos. Maeve. Mi madre. Un lascar. Mi padre. Ambos esforzándose y muriéndose. Es un cuento en el que yo también debería haber muerto. Muerto de hambre en las calles.

Si tu padre no me hubiera acogido, Cathy, lo habría hecho.

Estoy uniendo piezas. Piezas rotas. Yo, la noche que intenté volver a Liverpool, cuando era pequeño. Buscando a mi madre. Ella me había amado. No habría querido regresar si ella no lo hubiera hecho, ¿verdad?

Y mi padre lascar. Tal vez él no me quería. No me amaba. Pero incluso mi corazón, tan amargado, no cree que eso sea verdad. No es cierto. Conocía su idioma. Ahora lo he perdido, pero una vez lo conocí. ¿Acaso un hombre hambriento y solitario en un país extranjero enseña a un hijo su lengua si no lo quiere? ¿Si no quiere darle a su hijo hilos que lleven su alma al hogar del hombre a través de las aguas, incluso si el cuerpo del niño nunca va?

—Te traeré un pañuelo —dice la señora Hussain.

—No voy a llorar —replico.

—Por supuesto —acepta. Agarra mi plato y lo llena más—. Vamos a sentarnos aquí un rato, tú y yo.

Ella se sienta, sin decir una palabra. Yo también. La puerta se abre y se cierra de nuevo.

—No tengo dinero para pagarte —digo, con la garganta irritada.

—No tienes que pagarme —asegura—. Solo eres un niño, y estás solo.

—No necesito compasión —le digo—. Yo pago mis deudas.

—Los niños no deberían tener deudas.

—Tengo dieciséis años.

—Un niño —dice, toda maternal, y me corta un poco de pan—. Te llevas la comida. No discutas conmigo.

Lo envuelve en un paño y me lo acerca.

—Llévate también lo que queda en tu plato —me ordena.

Abro el tejido y hago lo que me dice. Pienso mientras lo hago.

—Tú escribes cartas —digo al final—. Yo también puedo hacerlo. Me crio un caballero que me enseñó a leer y escribir como si fuera el hijo de un caballero. Conozco su forma de hablar. Su lenguaje. —Doblo la tela hacia abajo—. Pagaré mi deuda escribiendo algo para ti. Lo que necesites.

—No necesito nada —manifiesta.

Pero vuelvo a mirarla, y sonríe.

—Pero es muy generoso de tu parte, Heathcliff. Muy generoso. Acepto.

Asiento. El trato está hecho. Me levanto, y la puerta se abre, más hombres entran y salen. El ruido se apaga, y un hombre se acerca. El Sr. Hussain. Todavía lleva al bebé.

—Heathcliff se va —dice la Sra. Hussain, como si su marido me conociera. Asiente con la cabeza.

—Te acompañaré de vuelta —expresa. El acento de él es como el humo alrededor de las palabras—. Algunos de nuestros vecinos no son muy amables.

—Gracias, cariño —dice ella, y toma al bebé—. Vuelve cuando estés listo, Heathcliff. Siempre hay cartas para escribir.

—Lo haré —digo. Luego trago saliva, un sentimiento que surge en mí—. Gracias.

El Sr. Hussain se pone un pesado abrigo, de los que he visto a los trabajadores de los muelles cuando llueve mucho. Me hace un gesto: *Sígueme*. Así que lo sigo. Salimos.

Cae una fina lluvia. Me ciño el abrigo. Encorvo los hombros.

—He oído casi todo —me dice con brusquedad—. Lo que has dicho.

—Estabas espiando.

—No todo el mundo está a salvo —dice en pocas palabras—. Y mi esposa es una mujer generosa. Piensa bien de la gente, aunque no se lo merezcan.

Seguimos caminando.

—Una vez viajé por todo el mundo —confiesa—. Mi *ghat serang*… ¿Sabes lo que es?

—No.

—El hombre que me reclutó. El que nos trajo aquí. De donde fuese que viniéramos (India, China, Malasia, Ceilán), para él éramos todos iguales. El capitán, los marineros de Farang, nos trataban como si fuéramos de su propiedad. A su manera. Pero nos cuidábamos unos a otros. —Hace una pausa—. Solo ocho de nosotros lo conseguimos. El barco pesaba demasiado, demasiada carga. Tiraron a mis amigos por la borda. Cuando mi esposa dice que la mayoría no lo logra… la mayoría de los hombres no lo logran. Nuestras vidas no tienen valor para los capitanes, y por eso somos los primeros en morir. —Su expresión no ha cambiado. Pero me mira, todavía caminando—. Esa fue la vida de tu padre.

Un viejo recuerdo. Agua gris en movimiento, fría. Subiendo y bajando. ¿Era mío o de mi padre? ¿Un fantasma que llevo a cuestas, viviendo en mi cabeza?

—¿Crees que quiero saber que mi padre sufrió?

—Sí —lo dice, sin vacilar—. No sé quién es tu padre. Pero sé lo que fue su vida. Y ahora tú también.

Él tararea, y asiente con la cabeza. Como si estuviéramos de acuerdo en algo. Luego regresa por el camino, pasando por delante de la mujer que desgrana guisantes, que lo observa con ojos sospechosos. Entre las aguas residuales, y perros flacos y escurridizos. Me deja al final de la calle. Asiente de nuevo, y dice:

—Vuelve como has prometido, chico.

—Lo haré —digo. Y la lluvia empieza a caer con más fuerza mientras él se da la vuelta, dirigiéndose a casa.

Cathy. Cuando enterramos las plumas bajo el árbol, creo que también enterramos al antiguo yo.

Nunca lo lloré. No lo necesitaba.

Pero estoy aquí, y lo conozco. Puedo sentirlo, como si estuviera en mí. El eco de las punzadas del hambre nada en mi vientre. El idioma que él conocía. También conocía el amor. Es algo delgado y furioso. No debería vivir, pero de alguna manera, lo hace. Esa es su suerte. Lo ve dar patadas y sangrar, pero siempre consigue que se levante después. Una y otra vez.

Siento que me han abierto, pero lo que sale de mí no es sangre. Son recuerdos.

Nunca recuperaré todo lo que he perdido. Pero hay cosas que aparecen en mi cabeza, como telas desgastadas y blandas: una mujer cantando canciones, llevándome de la mano. Un hombre cargándome sobre sus hombros, enseñándome palabras. Señalando cosas. *¿Cómo se dice casa, beta? ¿Cómo se llama el mar?*

Él se va. La pena, asentada como una piedra en mi vientre. El hambre comiéndose mis entrañas, y luego comiéndose también la piedra de la pena. Mi madre besando mi frente de manera temblorosa. Sus dedos, finos y blancos como los huesos, señalando el agua.

Sigue el río, hasta que el agua se vuelva plateada. ¿Puedes soñar con el agua, mi amor? De ahí es tu padre. Eso es lo que él llama hogar.

Cathy. Ahora sé quién soy. El camino tras mi espalda está iluminado. Puedo ver todas las heridas viejas. Las cosas que he perdido y que no voy a recuperar. El camino está cubierto de lo que me rompió y me hizo. Y me alegro de poder verlo, aunque esté temblando bajo la lluvia, con el alma herida.

Ojalá pudiera decírtelo, Cathy. Desearía poder verte. Sostener tu cara entre mis manos y decir: «Sé quien soy». Y el saber duele, pero también se parece a la alegría. A ser libre.

Desearía poder apretar mi boca contra tu oído, en la oscuridad y la tranquilidad, o bajo la hierba alta con tu cabeza en mi regazo, y decirte esto:

Saagar. Esa es la palabra para el mar. Me lo preguntaste una vez, y yo no lo sabía. Pero a veces las cosas olvidadas pueden volver a nosotros.

A veces, las cosas perdidas encuentran el camino a casa.

16

Catherine

Ahora que la verdad está quemada y enterrada, puedo respirar de nuevo.

Incluso Hindley parece más relajado. Está más feliz, menos enfadado. Nelly no ha escondido a Hareton desde hace más de una semana. Eso significa que Hareton puede correr por toda la casa, y empieza a seguirme como un patito, incluso copiando mi forma de hablar, y pidiéndome que le cuente historias. Eso molesta mucho a Nelly, porque suele ser la favorita de Hareton. Me hace sentir orgullosa.

Todavía no tengo mucha paciencia con Hareton, pero ahora el mundo brilla con más fuerza y puedo hacer cosas divertidas de verdad con él, sin preocuparme de lo que diga o haga Hindley. Lo llevo a montar a caballo, cargándolo conmigo mientras me ruega que vaya más y más rápido y grita como un diablillo. Se lo digo.

—Parece que gritas como si vinieras del infierno —sostengo, haciéndole cosquillas en las costillas, y grita de alegría.

También le cuento historias, pero está triste por las que no le cuento. No habrá más cuentos de fantasmas. Tampoco más hadas. Eso pertenece al pasado.

Ya no tengo que pensar en quién soy. Ni una sola vez. Las telas están quemadas. Las joyas están enterradas. Y Heathcliff no va a volver. Cree que no lo quiero.

Así que soy Catherine Earnshaw de nuevo, pero Catherine Earnshaw con el corazón destrozado. Ella no sabía qué era su corazón antes de conocer la verdad sobre sí misma… no conocía su historia, su sangre, ni siquiera sus propios secretos. Y ahora lo sabe, y sabe que eso significa que está maldita y atormentada. Así que no guardará ni su corazón ni la verdad.

Abro un libro de sermones que tengo junto a la cama. He escrito en este más que en ninguno. Escribo en el espacio entre una línea y la siguiente, tan pequeño y tan rodeado de letras de imprenta y con mi propia mano salvaje que incluso si alguien tropezara con mis libros creo que no vería esto. Los ojos se moverán sobre él como si fuera un pequeño chorreón de tinta, nada más importante que lo que hay alrededor. Y así es como quiero que sea.

Me he extraído el corazón, escribo.

Lo he extraído y lo he enterrado. Ahora soy una extraña. Ya no me conozco.

Voy a la Granja a ver a Isabella, o eso le digo a todo el mundo. Digo que no necesito que Nelly me acompañe. Isabella es suficiente. Le digo a Hindley que vamos a bordar, y le parece lo bastante divertido como para reírse. Pero luego sacude la cabeza y dice:

—Borda todo lo que quieras, Cathy.

Es extraño escuchar a Hindley reírse. Me hace ponerme tensa al mismo tiempo que me quedo inmóvil, a pesar de que solo se haya reído por gusto y no haya nada de malicia en ello. Pero aun así, el pulso se me acelera mucho después de que hayamos terminado de hablar. Como si me sintiera aliviada por haber escapado de algo terrible que podría haberme sucedido, y que por pura casualidad no lo hizo.

No disfruto bordando y no tengo ninguna habilidad en este campo. Todo el mundo lo sabe, incluso Isabella. Así que cuando llego a la Granja y ella me recibe, me dice:

—¿*De verdad* quieres bordar?

Le digo que sí, y no puede convencerme de lo contrario.

—Podría tocar el pianoforte para ti —sugiere—. ¡Estoy volviéndome muy buena!

Es posible que haya mejorado desde la última vez, pero lo dudo. La última vez que Isabella tocó, sus padres aún vivían, y ellos y Edgar se sentaron con mucha cortesía mientras ella destrozaba alguna sonata mientras pasaba las páginas por ella. Me preguntó cómo lo había hecho, y le dije con sinceridad que sonaba como dos gatos peleándose por una salchicha.

Eso no le gustó mucho.

—El bordado —insisto. Y luego la dirijo al salón que no tiene un pianoforte, pero tiene ventanas alargadas que dejan entrar la luz del sol.

Pero me aburro muy rápido una vez que estamos acomodadas. Suspiro y bajo mi bastidor de bordado y digo:

—¿Cuándo va a venir tu hermano a verme por fin?

Isabella se ríe.

—¡Cathy! Vendrá pronto. Prometió que lo haría. —Se retuerce en su asiento como un cachorro emocionado, luego se inclina hacia delante. Sus ojos brillan mientras susurra:

»Debería pedirle a una criada que venga a hacer de carabina. Pero si quieres ir a dar un paseo, donde pueda verte...

—¿Y si vamos donde no puedas vernos?

—¡Cathy!

—Oh, cállate —digo—. Edgar nunca haría nada inapropiado y lo sabes. Le encanta ser un buen y honorable caballero.

Pongo los ojos en blanco, e Isabella vuelve a reírse, con tanta fuerza que resopla. Se tapa la boca con una mano, y eso hace que empiece a reírme de ella, doblándome y dejando caer mi aro en el suelo. Eso hace que ella vuelva a reírse como respuesta.

—¿De qué os reís tanto? —pregunta la voz de Edgar. Está de pie en la puerta, vestido con su traje de montar. Tiene la boca curvada en una sonrisa. Su cabello dorado está desordenado. Al mirarlo, sé que es muy guapo. Sé que soy muy afortunada. Convertirme en Catherine Linton será un golpe de suerte para una chica como yo, que ni siquiera debería tener lo que tiene. Debería ser un placer: pensar que es algo que he robado, algo que no debería tener.

Y aun así. Y *aun así*.

Lo miro y por un momento no siento nada. Es muy extraño. Como si todo mi cuerpo estuviera vacío y la luz pudiera brillar a través de él, como a través del agua o de un trozo de cristal transparente. Entonces Isabella dice entre risas:

—¡No es asunto tuyo, Edgar! —Y me inclino y recojo mi bordado y me encargo de sentir el tipo de amor amable que sé que debería sentir.

¿Por qué lo quiero?, me preguntó Nelly. Y fui sincera. Lo quiero porque casarme con él me haría libre. No el tipo de libertad que Heathcliff me da —me dio—. Cuando estaba cerca de Heathcliff me sentía como si fuera yo misma: salvaje, alegre y dispuesta a todo. Edgar me da otro tipo de libertad. Del tipo que se construye con dinero.

Cuando sea la Sra. Linton, no estaré bajo el control de Hindley. Estaré aquí. Estaré a salvo. Nadie saldrá de la nada y dirá: *¡Catherine Linton es ilegítima!* No se atreverían. Nunca pasaré hambre, ni me preocuparé de que se apueste por mi casa, y nunca limpiaré los moratones de alguien a quien quiero en una palangana que he arrastrado a un establo. Seré libre para montar a caballo por los páramos, o para correr por los jardines como le gusta hacer a Hareton.

Bueno. *En realidad*, no podré hacer carreras con mi caballo, claro está. O correr por los jardines, o ir descalza por los páramos. Y no podré ir a los riscos o a las cuevas de las hadas otra vez. No podré escribir mis secretos en los libros. Catherine Linton no será ese tipo de persona. No querrá hacer ninguna de las cosas que Catherine Earnshaw anhelaba hacer. Tendré que ser una buena esposa y una dama de verdad, y un día también tendré que ser una buena madre.

Me pongo de pie, me acerco a Edgar y me inclino hacia él. Finjo que susurro, aunque mantengo la voz lo bastante alta como para que Isabella me oiga.

—Isabella dice que podemos irnos solos y que no dirá ni una palabra.

—¡No he dicho eso! —grita Isabella.

Edgar se ríe, un poco nervioso. Se ha sonrojado.

Le tomo la mano. La envuelvo entre las mías.

—Quiero ir a ver los rosales —susurro. Susurro de verdad—. ¿Podemos?

Él mira por encima de mi hombro a Isabella.

—Catherine y yo nos sentaremos en el jardín —dice.

—No quiero ir al jardín —replica Isabella de inmediato—. Quiero quedarme aquí.

—Podrás vernos a través de la ventana. ¿Qué te parece?

Isabella hace un ruido que podría significar cualquier cosa, pero que debe de ser para irritar a Edgar, porque mueve un poco las cejas.

—Esto es ridículo —digo—. ¿A quién estamos demostrando ser respetables? Aquí solo estamos los tres. Vamos, Edgar.

Lo sujeto del brazo y lo llevo al pasillo para que podamos dirigirnos a los jardines. Él no protesta, y pronto estamos fuera al sol, con el canto de los pájaros en el cielo y el césped perfectamente cuidado bajo nuestros pies.

Llevo un vestido nuevo. Es de cuadros escoceses y es muy bonito, lleno de naranjas, amarillos y verdes que brillan con la luz del sol. Le pregunto a Edgar si le gusta, y enseguida dice:

—Es una preciosidad. —Pero no está mirando el vestido. Está mirando mi cara.

Debería sentir algo. Debería.

En cambio, avanzo, empapándome de la luz del sol. Tal vez hay demasiado. Tengo demasiado calor con el vestido, como si estuviera empezando a sudar, y supongo que tendré que usar cremas y aguas especiales para aclarar mi piel. Y aunque mi corazón parece estar apagado, mi cerebro se acelera como un estornino.

Pienso en cuando éramos pequeños, cuando Heathcliff y yo nos arrastramos por estos terrenos y mirábamos por la ventana, y me mordió el perro y también atrapé a Edgar. Miro las rosas y me inclino para percibir su aroma, y pienso en la vez que hice que Heathcliff me dejara adornar su pelo con flores: plumas moradas brezo púrpura y brotes de asfódelo blanco-amarillo. Nunca le pedí que me hiciera lo mismo a mí.

Le obligué a atar mi pelo como el de un marinero en una apretada y ondulada coleta. Dije que deberíamos construir un barco con hierbas tejidas, y Heathcliff dijo que me ayudaría. Me vuelvo a poner de pie, con el aroma de las flores en la nariz. Edgar me mira con mucho cariño.

—¿Me quiere, Edgar? —pregunto.

—Sabe que sí —dice con sinceridad.

No me pregunta si lo quiero. ¿Sabe que no estoy del todo segura? ¿Que a veces creo que lo amo y a veces pienso que lo que siento por él —esta cosa dulce y etérea— no es más que una simple simpatía, o algo que he preparado, como un tónico amargo para la salud? Mi amor es algo que se desvanece y va a la deriva con el tiempo. Es tan endeble. Pero mi amor por Heathcliff...

No puedo pensar en mi amor por Heathcliff.

Pero ahora que lo he hecho, siento que el corazón que creía haber enterrado late de repente. Es una sensación horrible. Como un espectro golpeando con los puños contra la tapa de un ataúd. Enrosco una mano contra mi pecho.

—¿Qué pasa? —pregunta Edgar. Tiene la frente arrugada—. ¿Catherine?

Siento la cara rígida. Me obligo a sonreír.

—No pasa nada —digo.

Me mira a la cara y se acerca. Me agarra la mano que tengo apretada.

—Algo *va* mal.

—No pasa nada. ¿Por qué no me cree cuando le digo que no es así?

—Catherine —dice—. La conozco. —Se detiene y piensa, y luego dice con cuidado:

»Un día será mi esposa, y yo seré su marido. ¿No deberíamos confiar el uno en el otro? ¿Ser sinceros el uno con el otro? Así fue la relación de mis padres.

—¿Me seguiría queriendo —pregunto, mi voz vacilando un poco—, si no fuera… perfecta?

—Es perfecta —dice—. Pero claro que lo haría.

Intenta abrirme la mano, separar mis dedos. Pero yo solo los agarro con más fuerza. Las uñas se me clavan en la palma de la mano.

—Pero ¿y si algo que está fuera de mi control hace que yo… no sea como usted cree que soy? ¿Y si yo fuese…? —No debería decirlo, lo sé, lo sé. Pero mi boca se mueve de todos modos, como si tuviera hilos, pero no soy yo quien tira de ellos. Solo soy la muñeca cosida a ellos—. ¿Y si fuera ilegítima, Edgar? Entonces ¿qué pasaría? ¿Me seguiría amando y casándose conmigo?

Soy una cobarde. Debería decírselo. Quiero decírselo.

Tengo una madre india, Edgar. Mi padre se llevó todo tipo de cosas de la India, antes de que se convirtiera en propietario de tierras aquí, y mi hermano y yo fuimos dos de ellos. No lo supe hasta hace poco, pero solo porque no quise saberlo. Los conocimientos estaban ahí para mí si hubiera querido tomarlos. A veces mis padres susurraban cosas extrañas, y tenían telas y joyas de la India que no nos atrevíamos a tocar, y mi hermano cree que la madre que nos dio a luz nos ha perseguido durante años.

La oigo a veces en el viento que sopla, y la veo en mí y cuando duermo todavía oigo el tintineo de sus brazaletes hechos de caracolas y sus pies deslizándose, que no pueden tocar la tierra, pero que raspan como la seda.

No digo las palabras. No tengo la oportunidad.

Linton se ha puesto muy pálido. Su boca está firme. Suelta mi mano. Da un paso atrás.

—No diga esas cosas, Cathy. —Su risa es forzada—. Tiene mucha imaginación. No sé cómo se le ocurren estas cosas.

Sé lo que debería hacer. Debería sonreír.

Pero no lo hago.

—Sabe que no me estoy inventando ninguna historia, Edgar —digo, con una voz extrañamente calmada. ¿No debería estar temblando? No tiemblo—. Sabe que estoy tratando de decirle algo que es verdad.

—No lo haga —dice, con más brusquedad de la que nunca me ha hablado—. No me diga algo que es verdad si… si…

—¿Si qué? —exijo.

—Si eso significa que debo hacer lo correcto. —Inhala y aprieta los puños, se aleja un paso más de mí y cierra los ojos—. Te quiero, Catherine —dice. Sus ojos siguen cerrados. Es como si no se atreviera a mirarme—. He perdido tanto. Mi… mi madre. Mi padre. —Su voz se quiebra y traga saliva—. Soy todo lo que queda. Debo asegurarme de que Isabella tenga un buen futuro. Y debo preservar a mi familia y ser el hijo que mis padres querían que fuera. Debo ser un buen señor para mis sirvientes, y debo ser generoso con los pobres de la parroquia —lo expresa como si recitara algo que le enseñaron—. Debo procurar ser honorable y ser un caballero. Y debo casarme con una chica que también sea amable y buena y me ayude en todas estas cosas. Debo casarme con una dama.

Abre los ojos. Me mira. Nunca he visto a Edgar tan vulnerable.

—No puedo soportar perderte a ti también —susurra.

Nunca me has tenido, pienso. *Solo a una sombra de mí que hice para ti.*

Probablemente podría hacer muchas cosas. Pero lo que hago es lo siguiente: miro el césped como si me avergonzara de mí misma. Y digo:

—Oh, Edgar, siento mucho haber sido tan tonta. No era mi intención.

Lo oigo tragar saliva.

—Lo sé —dice—. Lo sabía.

Me acerco a él y levanto la cabeza para mirarlo a los ojos.

—No puedo evitar ser un poco maliciosa, Edgar —digo—. Estoy segura de que algún día maduraré.

—Ahí —dice, aliviado y con suavidad—. Ahí está la Cathy que amo.

Le devuelvo la sonrisa, tan amplia como la suya. Siento que la sensación de vacío me recorre de nuevo, desde el corazón hasta la punta de los dedos, hasta los dedos de los pies.

Así es como me sentiré siempre, cada día, cuando me case con él.

Si me caso con él. Si.

17
Heathcliff

No me queda dinero. Voy a perder incluso mi media cama. El propietario de la pensión me ha dicho que me dará un día. Después de eso, tendré que arreglármelas por mi cuenta.

John debe sentir lástima por mí, porque me ofrece su pipa. Le digo que no. Pero me siento con él en la cama mientras prepara la pipa y la enciende.

—Podrías volver a pelear —sugiere.

—A lo mejor —digo. Pero no estoy seguro de necesitarlo. Ahora puedo robar carteras. No puedo volver al lugar en el que me vieron los hombres de Northwood, pero la ciudad está llena de otras cervecerías y tabernas en las que puedo engañar a alguien para sacarle dinero. Sin Annie, será más difícil engatusarlos, pero puedo intentarlo.

John saca la ceniza de la pipa.

—Tienes amigos en esta ciudad, ¿no?

Quizás ya no. Pero de todas formas asiento.

—Tal vez deberías ir a quedarte con ellos mejor, ¿no? —Me palmea el hombro—. Pídeles que te cuiden un tiempo.

Sacudo la cabeza.

—Conseguiré el dinero.

Va a decir algo más cuando oigo un ruido del exterior. Un ruido sordo.

—*¡Heathcliff!*

La voz de Hal. Lo sé, aunque se haya vuelto extraña, aguda y lleno de pánico.

No pienso. Me pongo en pie. Bajo las escaleras rápido. Salgo por la puerta.

Hal se abalanza hacia mí, me agarra de los brazos.

—Heathcliff —jadea—. Tienes… tienes que venir. Por favor.

Apoyo las manos en sus hombros. Presiono hacia abajo. Lo estabilizo. Se queda callado, temblando. Se calma un poco.

—Dime qué ha pasado —le ordeno.

Esta vez su voz es más suave. Más firme.

—Una patrulla de reclutamiento tiene a Jamie. Lo van a obligar a unirse a la marina y él se irá. Vinieron y forzaron la puerta. Annie gritó, distrayéndolos, y Hetty me metió debajo de la cama para que no me vieran. Pero atraparon a Jamie. Se lo han llevado. Ellos…

—Para —digo. Ya he escuchado suficiente—. Vamos.

—¿A dónde?

—Con Annie y Hetty. Dime dónde. Ahora.

Subimos las escaleras hasta la habitación del ático. La puerta está rota. La mesa agrietada, las camas de lado. Annie y Hetty están de pie allí, esperando, Hetty sostiene un rifle.

—Heathcliff —dice Hetty. No dice nada más. Se queda ahí, con el arma entre las manos.

—Alguien siguió a Jamie —dice Annie. Con la voz ronca—. Él... él estaba vigilando cuando te reuniste con el comerciante. Le dije la taberna en la que había sido, para que se asegurara de que estabas a salvo. Pero uno de los hombres del mercader debió verlo, porque siguieron a Jamie.

—Y volvieron con una patrulla de reclutamiento —dice Hetty con tristeza.

—Dijo que el hombre con el que luchaste... dijo que te estaban buscando. Dijo que quería castigarte. Pero en cambio, el reclutador se llevó a Jamie, diciendo que él lo pagaría.

—La patrulla de reclutamiento vino armada. —La voz de Hetty está temblando—. Amenazaron a Jamie. Nos amenazaron a todos.

No pregunto dónde consiguió el rifle. No le pregunto tampoco lo que planea hacer con él.

—Lo tienen a su disposición. Con otras personas que han atrapado. Lo harán... lo harán navegar para la marina. Se lo llevarán —dice Hal—. Antes de ir a buscarte los seguí por los tejados. No pude llegar hasta el final, pero creo que sé dónde lo tienen.

—A Jamie no le gusta la violencia —asegura Annie—. Ya lo sabes, Heathcliff.

—Lo sé —digo.

—Tienes que hablar con ese comerciante y conseguir que ayude a Jamie —dice Annie—. Tienes que hacerlo.

—¿Qué has hecho para que sus hombres se enfaden tanto? —pregunta Hetty.

—Le dije que no. Como me dijo Jamie. —Aprieto los dientes—. Debería haberlo hecho antes.

—Si hablas con el comerciante, si…

—No —digo, sacudiendo la cabeza hacia Annie, que se ha puesto roja. El miedo la ha hecho enloquecer—. A ese hombre no le importamos. —Mantengo la voz segura, uniforme—. Tenemos que sacarlo de allí nosotros mismos.

—Estoy lista para intentarlo —dice Hetty. Sus manos tiemblan sobre el rifle. Pero no un temblor nervioso. Más bien es como si quisiera herir a alguien y estuviera intentando no hacerlo. Las personas a las que quiere hacer daño no están aquí.

Estoy acostumbrado a que Hetty esté al mando. Pero está nerviosa.

Esta vez, me necesitan.

Me meto en mi propia cabeza. Voy al lugar al que voy cuando Hindley está enfadado. Cuando tiene un cuchillo o una pistola preparada, y sé que mi vida está en peligro. Voy allí, y mi cuerpo se calma, pero a la vez se mantiene alerta. Como hacen los animales a los que se les da caza.

—Hal —digo—. Agarra todas las armas que tengas, y el dinero. Vamos a recuperar a Jamie.

El tiempo apremia, pero volvemos al punto de partida. Los otros no se quejan. Solo me siguen. Tal vez parezco más seguro de lo que me siento.

Estoy aliviado: esta vez John está fumando en el frente de la pensión. Como si estuviera esperando. Puede ser que lo haya hecho. Ha oído los gritos de Hal. Tal vez oyó más que eso.

Pido ayuda a John: Hetty, Annie y Hal conmigo. Le explico lo que ha pasado.

Él escucha, con los ojos entrecerrados. Luego asiente.

—Conozco a gente que puede ayudar —me dice. Me lo imaginaba. No se conocen rings de boxeo, o a fijadores, sin conocer a *gente*—. No puedes confiar en las bandas —advierte—. Pero tienes suerte. A nadie le gustan las patrullas de reclutamiento de la marina, y la gente peligrosa te hará el favor de luchar contra ellas solo por el placer de ver caer a una patrulla de reclutamiento. Preguntaré por ahí. Puedo averiguar dónde se han refugiado las patrullas. Si es que se han refugiado y no se han llevado a tu amigo directamente a un barco.

Hal hace un ruido desagradable. La cara de John se suaviza.

—No hay que llorar por esto, hijo —dice—. He oído que la marina es un infierno, pero vivirá. O bien sacáis a vuestro amigo o él mismo saldrá algún día. Tal vez sea más sabio gracias a ello.

John se va y habla con la gente que conoce. El tiempo pasa. Media hora. Una hora. Hal deja de llorar, permitiendo que Annie lo abrace.

Hetty sigue paseándose, empuñando su rifle. Y yo, yo me quedo quieto y espero a que John vuelva. No hay mucho más que pueda hacer. Pasan dos horas, tal vez más. Entonces John vuelve con tres amigos.

Dos hombres, una mujer. La mujer está vestida como la mejor dama que he visto nunca, envuelta en un vestido de seda y joyas, pero con un abrigo de hombre sobre los hombros, tiene una sonrisa lobuna. He visto a los dos hombres antes, alrededor del ring de boxeo. Uno de ellos es el fijador. El otro es el hombre marcado por la viruela que puso a prueba mi habilidad para pelear. Los saludo con la cabeza, mostrando respeto.

John no los presenta. Solo les dice:

—Han atrapado a un amigo de estos niños para reclutarlo.

—Mis chicas tenían algunos rumores para mí —dice la mujer—. No creo que tengamos problemas en encontrar a vuestro amigo.

Yo digo:

—Espero que la alegría de luchar contra la patrulla de reclutamiento sea suficiente pago. Porque si no lo es, buscaremos nuestro propio camino.

Ella se ríe.

—Eres un descarado, ¿verdad?

Hetty hace un ruido ahogado. No creo que nadie me haya llamado así en la vida, y no quiero que lo hagan nunca más.

—Solo aclaro cuál es nuestra posición —replico—. No necesitamos más problemas. Solo queremos sacar a nuestro amigo de ahí.

—No te preocupes, cariño —dice ella, con otra risa gutural—. El placer de una buena pelea será suficiente para nosotros. Odiar a los oficiales es lo más parecido a un pasatiempo que tenemos por aquí. No te preocupes por eso.

Jamie tenía razón cuando dijo que podría haberme unido a una banda. Ahora no me arrepiento de no haberlo hecho, pero los miro y me pregunto cómo me habría sentado. En qué me habría convertido.

Han pasado horas desde que Hal vino gritando hacia mí. Está oscureciendo. Hal pudo haber visto dónde se llevaron a Jamie, pero seguramente ha sido trasladado desde entonces. Ahora Annie está a punto de llorar, aunque se está conteniendo. Cree que llegaremos demasiado tarde a por Jamie. Pero resulta que tenemos suerte: la patrulla de reclutamiento también intentó atrapar a un hombre en la calle Atherton, a un carnicero. Llevaba una navaja y hubo forcejeos y sangre, y un hombre de la marina sacó su rifle e hizo un alarde de dispararle. Un puñado de armadores que bebían en una cervecería cercana los vieron y empezaron a amenazarlos. Alguien tiró ladrillos y un armador sacó también su rifle, y ahora la patrulla de reclutamiento se ha refugiado en una taberna más arriba de Atherton y no puede salir.

—Nos ocuparemos de la patrulla de reclutamiento —dice el fijador—. Tendrás a tu amigo. Pero si queda atrapado en la pelea. Se lastima o muere… —Chasquea la lengua, una vez. Se ajusta la corbata y toca su rifle—. No nos culpes a nosotros.

Es una taberna grande. De tres pisos. Pero la puerta está bien cerrada y alguien está mirando por la ventana, agachándose, cuando ve ojos sobre ellos. Tal vez esperan poder escapar. Pero no tienen ninguna posibilidad.

Están bien rodeados. Han llamado a las bandas a las que acudió John, pero también a hombres y mujeres de las calles cercanas. Trabajadores de tiendas y más, asomados a las ventanas, de pie en los portales, con aspecto feroz. Ya han lanzado más de un ladrillo. La mayoría de las ventanas de la taberna están rotas. Alguien ha cerrado con tablas algunas de ellas.

Hetty y yo estamos con las bandas. Annie y Hal están en la pensión.

—No todos tenemos que ser unos insensatos —les espetó Hetty a los dos cuando estaban discutiendo diciendo que ellos también debían venir. Pero luego besó profundamente a Annie y le dijo:

»Hazlo por mí, por favor. —Y Annie se sonrojó, diciendo que lo haría.

Uno de los hombres del fijador sale a la calle y avanza. Prepara el rifle y dispara a una ventana entablada. La madera se astilla y vuelve a hacerlo. Se oye un grito desde el interior y, de repente, toda la banda se lanza hacia delante.

Hetty y yo nos miramos. Y también corremos, yo con un machete que alguien me lanzó. Hetty con su rifle. Ella lo sostiene firme, con seguridad. Me dijo que odiaba la violencia. También lo decía en serio. Pero le importa más su gente, y Jamie es uno de ellos.

Un disparo sale de la taberna, y Hetty se estremece, pero la bala va hacia la pared opuesta, no hacia ninguno de nosotros. Eso es bueno. Después de eso, no puedo pensar, ni siquiera preocuparme. Entramos. Alguien abre de una patada una ventana, con una bota a través de la madera, los postigos crujen, y estamos dentro.

La taberna es un caos. Las botellas se rompen. Hetty está pegada a mi lado. No quiere usar el rifle. Lo tiene delante de ella como un escudo.

Los hombres de la patrulla de reclutamiento están cerca de la parte trasera. Sus rifles están desplegados, moviéndose alrededor. Están gritando. Tienen a los hombres que han atrapado detrás de ellos. Puedo ver a Jamie. Tiene las manos atadas, y la mandíbula apretada.

Le doy un codazo en el costado a Hetty.

—Lo veo. —Ella sigue mis ojos. Lo ve.

—¡Jamie! —grita—. ¡Jamie, *Jamie*!

Levanta la cabeza de golpe. Abre los ojos de par en par. Mira a izquierda y derecha, los hombres de la patrulla lo rodean. Está atrapado.

Aquí alguien va a morir. Hay demasiado caos. Siento que la multitud avanza, algunas personas golpean, pelean. No hay manera de acercarse a Jamie.

Ya veo por qué el hombre del fijador me advirtió. Sacar a Jamie no será fácil. Lo miro y muevo la cabeza hacia la izquierda. Esperando que lo entienda.

Aspira una bocanada de aire. Asiente con la cabeza.

Un hombre de la patrulla levanta su arma para disparar. Jamie se mueve rápido. Cuando el hombre de la marina de la patrulla de reclutamiento está distraído, sin dejar de apuntar, Jamie lo empuja. El hombre tropieza, dispara. La bala se incrusta en el suelo. Jamie se libera, con las manos atadas, pero corre hacia nosotros, y el resto de hombres atrapados lo siguen. A uno lo atrapa un teniente de la marina y maldice, pero el resto está en libertad.

Me doy la vuelta. No se puede llegar a la puerta. La multitud es muy densa.

—¡Conmigo! —grito y me dirijo a las escaleras. Unos pies golpean detrás de mí y subimos por una estrecha escalera hasta el siguiente piso.

El segundo piso está casi vacío, pero hay ropa de cama aquí arriba. Tal vez los trabajadores o el dueño de la taberna la usan para dormir durante la noche. No lo sé y ahora mismo no me importa mucho. Respirando con dificultad, me dirijo a la ventana y la abro de golpe.

La ventana se abre a una ventana que queda al descubierto. El techo que nos rodea tiene una fuerte pendiente. Es peligroso. Es un riesgo que tendremos que correr. Farfullando una maldición, me doy la vuelta para decir algo... Oigo una tos procedente del exterior.

Miro. A la derecha, Hal se aferra a las tejas.

—Hola —dice Hal, avergonzado.

—¿Qué estás haciendo aquí?

—Vigilar desde el otro tejado —dice, gesticulando—. Y ahora estoy en este tejado.

—Ya lo veo. —Eso no significa que me guste.

—*No* prometí no venir —dice Hal, lo cual es cierto.

—¿Hal? —Hetty está detrás de mí—. ¿Dónde están tus zapatos?

—Con los pies descalzos te pegas mejor —dice Hal. El viento mece su pelo, haciendo que sus rizos cortos vuelen. Respira con dificultad. No sé si es por el esfuerzo de la subida, pero no parece tan asustado como debería—. Tengo una cuerda. Hay una buhardilla al lado de esto. Si la gente puede sostener la cuerda y no caerse, debería funcionar bien para trepar por esa ventana y salir corriendo.

Hay un baño de sangre sucio en la planta baja.

—Lo intentaremos —gruño. Los hombres atrapados también están subiendo. Jamie tiene la cara magullada. Me acerco con mi machete y empiezo a cortar la cuerda de sus manos. El siguiente hombre es un marinero, con el pelo en una cola apretada. Otro sigue en las escaleras, con la cabeza entre las manos, respirando con dificultad.

No creo que tengamos mucho tiempo, pero Hetty ya está trepando hacia fuera, siguiendo las indicaciones de Hal y sujetando la pared. Está temblando, pero tiene una mirada obstinada. Hal le dice algo reconfortante.

—¿Qué haces aquí? —me pregunta Jamie.

Sigo serrando. Concentrándome. No quiero cortar carne.

—Dije que no al comerciante —contesto—. Hal vino y me contó lo que te había pasado. Ahora estoy aquí.

—¿Dijiste que no?

—Hablamos más tarde —digo—. Ahora, vamos.

—Primero hay algo que tienes que saber —dice Jamie. Inclina la cabeza hacia los otros hombres.

Está el marinero, mirando entre nosotros. Y el hombre de la escalera. Se levanta cuando nos quedamos en silencio. Se gira.

Hetty abandonó el rifle cuando salió. Supongo que no era seguro llevarlo. Me ha venido bien, porque ahora lo tomo y apunto al lacayo de Northwood. Todavía tiene moretones de cuando luché con él en la taberna, y por encima de ellos, nuevas marcas de la patrulla de reclutamiento.

—Lo han atrapado con el resto de nosotros —murmura Jamie—. Se veía tan jodidamente arrogante cuando la patrulla irrumpió en nuestra habitación. Esa cara se desvaneció rápidamente cuando lo ataron a él también.

—Ve —le digo a Jamie.

Él vacila. Le doy una patada en el pie.

—¡Bien! Me voy.

No dejo que el rifle se mueva, pero a continuación me dirijo al marinero.

—Vas a salir a después de mi amigo —le pido—. Sigue lo que hacen los demás y estarás bien.

—¿Quieres que suba al tejado? —dice el marinero con debilidad.

—Sí.

—¡Puede que me caiga y me rompa el cuello!

—¿Preferirías caer al vacío o unirte a la marina? —le digo con firmeza.

Parpadea una vez. No lo piensa más.

—Necesito que me corten las cuerdas —dice sin fuerzas—. O no podré hacerlo.

Le tiendo mi machete y le digo:

—Pídele al chico del tejado que te las corte.

Confío en que Hal lo hará.

El hombre de Northwood no va a ser desatado. No por mí.

Me vuelvo hacia él.

—Si tratas de mentirme —digo con firmeza—, te mataré a tiros. Así que será mejor que me respondas. ¿Qué es lo que Northwood sabe de mí? ¿Qué va a ordenar que me hagan por ofenderlo?

—El Sr. Northwood no sabe nada, nada —dice rápidamente.

—Mentiroso.

Oigo más disparos abajo. Se escucha un choque como el de muebles rompiéndose.

—No es así, muchacho, lo juro. No sabe dónde vive tu gente —dice, parece aterrado—. No sabe dónde encontrarte. No está intentándolo, lo juro. Pero dijo que lo habías ofendido. Pensé que lo impresionaría.

—Tratabas de demostrar tu valía —digo tajante—. ¿Es eso lo que haces cuando trabajas para él? ¿Traerle chicos muertos como un gato que lleva ratas a casa?

—Sí, sí —dice, como si eso hiciera desaparecer el rifle de su cara—. Por favor, no me dispares.

—Bien. —Retrocedo hacia la ventana. Parece más asustado.

—¡No me dejes aquí!

—No te debo nada —comento.

—Ni siquiera me gusta navegar —suplica—. No dejes que me lleven.

—He oído que la marina no acepta a lascares —digo—. Supongo que estaba equivocado.

—No soy un lascar —dice, con la voz entrecortada. Como si no tuviera la energía para estar enfadado de verdad, ahora que está aquí.

—Ellos no saben lo que eres —le respondo—. No les importa. Tal vez a mí me hubiera importado. Pero ya no. —Resulta que después de todo son mis amigos. Me importan. Quiero que estén a salvo, y quiero que la gente que les hace daño sufra una y mil veces.

Se escuchan pasos subiendo por las escaleras. Son fuertes. Oigo a uno de los hombres de la patrulla de reclutamiento. Esa voz entrecortada que grita no es de aquí.

—No me dejes aquí —dice con desesperación—. Chico, no me dejes. Te pagaré. Haré lo que haga falta. Por favor.

Intenta dar un paso adelante. Disparo al suelo a sus pies, y se congela. La desesperación aparece en su rostro.

—Te habría disparado en la pierna —digo, tranquilo y con frialdad—. Pero eso te habría salvado del servicio. Disfruta de la marina, amigo.

Y entonces me escabullo por la ventana, y me voy. Me llevo el rifle conmigo.

Llegamos a la buhardilla, sin huesos rotos. Bajamos las escaleras, salimos a la calle y vamos en dirección contraria a la pelea en la taberna. Solo dejamos de correr cuando estamos lejos de todo, en una calle estrecha. El marinero dice que este camino le llevará a su propia familia, a su mujer y a sus hijas, así que le decimos que lo dejamos allí. Se pone de rodillas.

—Gracias —dice—. Gracias. ¿Qué os debo por esto, muchachos? —Está sudando, con el pelo enmarañado. Está agarrando su sombrero con fuerza contra las rodillas mientras respira—. Y señorita —añade, inclinando la cabeza hacia Hetty.

—Está bien —dice ella.

—No nos debes nada —repone Jamie.

—Sí, si nos debes algo —le digo. Me agacho frente a él. Lo miro a los ojos—. Si te enteras de que alguien está buscando a alguien que se parezca a mí, o a mis amigos, me gustaría saberlo —digo—. Si quieres honrar tu deuda, eso es lo que quiero.

Algo nos une. Lo que sea que vea en mi cara lo hace asentir despacio, sin apartar la mirada.

Tal vez el vínculo se rompa. Tal vez no. Yo creo que él mantendrá su palabra.

—¿Dónde podría encontrarte?

Ya no tenemos el ático robado. Pero sé a dónde puede ir.

18

Catherine

Me voy a casa.

Hindley me pregunta cómo me ha ido el día y le digo que ha sido maravilloso y que he disfrutado mucho bordando. Le pellizco las mejillas a Hareton y lo persigo por la casa hasta que me quedo sin aliento y hasta que él se desploma agotado. Entonces se lo doy a Nelly, y como, y luego me preparo para ir a la cama y tarareo mientras me cepillo el pelo. Dejo el cepillo y cierro la puerta. Y luego me voy a la cama, me acuesto y siento que todas las fuerzas me abandonan.

Estoy temblando. Me castañetean los dientes. Me tapo con las mantas, envolviéndome como si estuviera en un capullo, pero no me hace entrar en calor. El frío viene de mi interior.

Mi madre era una extraña, y yo soy una extraña. El fantasma de mi madre es un extraño, y yo también lo soy. Las palabras se encadenan en mi cabeza como si fueran abalorios. *Extrañas, extrañas.* Este es mi hogar y yo pertenezco a él, este es mi *hogar*, pero también he visto cómo se trataba a Heathcliff a pesar de que las Cumbres también era su hogar. Cómo la gente lo miraba, y hablaba de él, y cómo aprendió a desaparecer incluso cuando los ojos se posaban en él. Aprendió tan bien que ahora se ha ido, se ha ido tan lejos que no puedo encontrarlo en ningún sitio.

El pasado está quemado y enterrado, pero todavía lo sigo desenterrando de entre los muertos. Después de todo, fui yo quien se lo dijo a Edgar. Él nunca lo hubiera sabido, si yo no se lo hubiera dicho. Tal vez no pude contenerme, Hindley siempre dijo que Heathcliff era un problema porque era de otro lugar. Yo soy una extraña, que trae la destrucción a mi propia vida y a mi propia casa. Ya no me conozco.

No. No, eso no es así. No he causado ningún problema que no haya sido provocado por las decisiones de mi padre. También por las decisiones de Hindley. El único problema que me he creado es el que me hizo perder a Heathcliff. Solo ese.

Pienso en Heathcliff y entonces empiezo a llorar. Lloro como siempre lloro: diminuta y miserable. Y de repente no estoy llorando de esa manera. Estoy sollozando de forma desesperada, inconsolable, como si alguien hubiera muerto y me hubiera dejado. Estoy sollozando como si tuviera el corazón roto. Y es verdad. Al final, mi corazón no está enterrado. Tengo el corazón metido en el pecho, y me *duele*.

Estoy a salvo llorando en mi propia cama, así que no paro hasta que el llanto se desvanece por sí solo. Cuando lo hace, me limito a inspirar y espirar, inspirar y espirar sobre la ropa de cama. Puedo oír los latidos de mi corazón dentro de mis oídos. Y también... algo más. Golpecitos. Susurros.

Me doy cuenta de que hay una tormenta. Ha llegado sin avisar. El cielo parecía el mismo de siempre cuando llegué a casa. O tal vez no estaba prestando atención. Estaba muy distraída.

Retiro las mantas y me siento. El marco de la ventana hace ruido por el viento y la lluvia y el contacto con las ramas de los árboles. La vela que tengo al lado de la cama parpadea con fuerza.

Abro la ventana de un empujón y se abre todo lo que puede. El viento sopla con fuerza. La vela se apaga.

Sin la vela, solo puedo ver la oscuridad móvil del exterior. Los destellos de colores de los páramos. El blanco plateado de los árboles. Veo un resplandor en la distancia, parece una tela pálida que se mueve. Es como si algo o alguien se moviera a la deriva por el páramo. El viento emite un cántico largo y lúgubre. Me escuece la cara por la lluvia, por las lágrimas que he derramado.

—Madre —susurro.

El blanco en la distancia se mueve y da vueltas, y las ramas del árbol, azotadas por el viento, me rozan la mejilla.

Son como garras frías, que se abren paso a través de la piel.

—¡Vuelve! —grito—. No quería que te fueras. No quería. ¿Si eres mi madre no deberías saberlo? ¿No deberías saber que te necesito?

La rama del árbol me agarra como si tuviera dedos. No me sostiene con las garras, tampoco lo intenta. Se trata de dedos: los huesos blancos de una mano sin carne y sin sangre que se aferran a mi cara, y luego a mi propia mano cuando la agarro con fuerza.

—Madre. —Estoy llorando otra vez—. Madre. Mamá. No me dejes. No te vayas.

No sé si los fantasmas pueden oír, hablar o responder. Todo lo que sé es que caigo hacia atrás. La ventana sigue haciendo ruido, pero mi armario de roble está abierto y yo estoy en el suelo. Tengo el pelo mojado. Siento las manos frías.

Me pongo de pie y vuelvo a la cama.

Si no se queda o no puede quedarse, si el fantasma de mi madre va a la deriva, perdido por lo que le hice, enterrando o quemando todo lo que la unía a mí, a Hindley, a las Cumbres…

Me aferro a mi almohada.

Los pájaros pueden volar, pero las plumas, arrancadas o perdidas, clavan tu alma al suelo.

La almohada se rompe con demasiada facilidad. La tela emite un siseo y se desgarra abriéndose bajo mis dedos. Y entonces una nube de plumas estalla entre mis manos.

La mayoría son plumas de paloma. Pero aquí: *oh*. Blanco y negro, ligeramente curvado, son plumas de avefría.

Una vez, Heathcliff y yo salimos de caza. O Heathcliff estaba cazando y yo lo estaba distrayendo. Observamos una avefría en lo alto, volando, y le dije:

—¿No le vas a disparar?

Él negó con la cabeza y me dijo:

—Creo que va a volver a su nido.

Así que la seguimos. Tropezando con la hierba alta, siguiendo el rastro con nuestros ojos.

Encontramos su nido de lado. Roto, como si un depredador lo hubiera encontrado. Había sido destruido hacía mucho tiempo, pero de todos modos la avefría había vuelto a él, tal vez muchas veces, una y otra vez. Tal vez así es como los pájaros pasan el duelo, al igual que las personas.

Encontramos los huesos de los pajaritos dentro del nido, y sollozaba. Al principio, Heathcliff me miró fijamente. Estaba demasiado conmocionado como para moverse, creo. Pero luego me abrazó, con fuerza y furia, clavándome los nudillos en la columna vertebral, con su cara en mi pelo.

—Vamos, Chathy —dijo, en voz baja y con dulzura, engatusándome para que volviera a bajar como si fuera un tierno cachorro con la pata herida—. Venga, vamos a casa. Vámonos.

Le hice prometer que nunca dispararía a una avefría.

—Nunca, jamás —dije—. Prométemelo. Sería como dispararnos a nosotros. Como disparar a un ser que puede sufrir. No puedo soportarlo, Heathcliff.

—Te lo prometo, Cathy —repuso, limpiando mis lágrimas con sus dedos—. Te lo prometo.

El viento atrapa la pluma de la avefría. Intento atraparla, pero es demasiado tarde. Ha desaparecido. Perderla me hace despertar, y me siento como yo misma de nuevo. Menos salvaje. Respiro con dificultad, y me muevo, y con cuidado cierro la ventana. Ahora la tormenta está fuera, y yo no.

No hay fantasmas, y debo alejar mi dolor. Debo aceptar cómo son las cosas, y dejar de llorar. Sé que eso es lo que diría Nelly, así que debo intentarlo.

Un puñado de plumas ha caído al suelo. Me agacho sobre mis manos y mis rodillas para recogerlas.

Hay algo debajo de mi cama.

Veo un indicio de ello. En la base del armario de roble. Un trozo de madera que no es como el resto, que fue empujado allí abajo hace mucho tiempo. Me apoyo en la puerta, deslizo los dedos bajo la cama, y lo saco.

Es una caja de madera muy fina. Tan delgada que cabe sin ser visible. Tanteo los bordes, hasta que encuentro un cierre. Está rígido, pero lo fuerzo, y consigo abrirla.

Dentro hay tela. Pero no es solo tela.

Tiro del material.

Es... ¿cómo puedo expresarlo? Es como me imagino que deben ser... las nubes. Pero no es nada vaporosa. Es suave, brillante como el marfil. Hay una luz en su interior que la hace brillar. Sé, sin que me lo digan, que es parte de la fortuna que mi padre trajo con él.

Y sé que perteneció a mi madre.

De alguna manera, esto es lo que ha mantenido vivo mi pasado y mi corazón. Un trozo de tela tan hermoso que brilla como la luz de la luna.

Vuelvo a la cama. No pienso. Tinta, y una pluma... todas las cosas que guardo junto a mi cama, las sostengo. Enciendo una vela con manos temblorosas. Apenas sé que lo estoy haciendo.

El viento sigue aullando.

Abro uno de mis libros, repleto de sermones de un desconocido, y despego las páginas. Hay palabras en ellas, palabras ya impresas y mis palabras viejas, pero ninguna de ellas importa.

Tengo tinta en los dedos. Gotea sobre mi piel, mi ropa de cama. No me importa. La tela de la luna está en el suelo y a salvo de mí, y debo derramar las palabras. Son como un lamento: delgado, alto, penetrante, y debe ser escuchado, y escrito, y volver a ser escuchado.

Una vez. Una vez...

Una vez y ahora, existe una mujer. Se parece a mí, o yo me parezco a ella. Tiene el pelo largo, muy negro y brillante. La nariz alargada y las cejas muy marcadas, y la boca rellena. Tiene los ojos de Hindley y sus orejas ligeramente dobladas.

Es de color marrón. Marrón como la turba, o la corteza, o los páramos que se agitan como olas más allá de mi ventana... marrón como todo lo que amo. Y es mi madre.

Tal vez sea mi memoria. Tal vez estoy escribiendo un cuento. No lo sé. Solo sé que no es la historia de Heathcliff. Es la mía.

El agua. Una mujer llorando. Le dice a un hombre que quiere que sus hijos se queden con ella. Los ojos de su bebé —mis ojos— apenas están abiertos.

—Puedes llevarte todo —dice ella—. Todo. Pero no puedes llevártelos a ellos.

Lo dice en una lengua que no conozco, pero la verdad es que no necesitas palabras para saber cómo suena el dolor. Creo que había un espacio tallado en mis oídos y en mi cabeza para ese lenguaje cuando me tuvo, y el espacio sigue ahí; se mueve dentro de mí igual que el ruido que hace el viento en las noches oscuras, como una advertencia. Como la vida.

—Quieres que tengan una vida mejor, ¿no? —pregunta. Lo dice sin siquiera mirarla de verdad. Su alma ya está muy lejos, de vuelta a Inglaterra con su esposa inglesa. Le dice que dejará a su hijo mayor con ella, y un generoso pago para ayudarla, y que eso tendrá que ser suficiente.

Ella quiere que tengan una vida mejor, así que los deja ir.

Se queda en el muelle cuando se van. Su segundo hijo, con la piel mucho más clara que la de su hermano, llora y aúlla mientras se lo llevan. Su bebé duerme todo el tiempo, sin saber que se trata de una despedida.

Ella los ve cruzar el agua, rugiente, gris, verde y negra como una noche sin luna ni estrellas, y sueña con ello durante años. Y entonces muere de alguna manera, y por supuesto se convierte en un fantasma. Porque ¿qué otra cosa puede hacer, cuando su corazón se ha afligido con tanta fuerza que ni siquiera la muerte puede apagar el dolor?

¿Cómo de lejos puede estar Inglaterra para un fantasma?, piensa. Y se va, planeando sobre aguas extrañas hacia tierras desconocidas. Y aquí está, viendo crecer a sus hijos, aquí susurrando historias en sus sueños, aquí trayendo el amor con ella, tratando de transmitirlo allí donde no se puede ver ni sentir ni oír, pero...

Pero yo escucho. Escucho, y veo.

Dejo caer el libro de mis manos. Todavía abierto, para que la tinta pueda secarse. La tinta de mis dedos se ha adherido a mi piel, con remolinos azules que no se desplazan ni se desvanecen sin agua y sin frotar. Entonces recojo la tela del suelo. Me tiemblan las manos. Me lo pongo sobre la cara, como si fuera una novia o un cuerpo bajo una mortaja. Me acerco al espejo. El resplandor de la vela, todavía junto a la cama, me sigue.

Levanto la vista, miro al espejo... y por fin la veo.

Mi madre.

La tela plateada sobre unos ojos oscuros y la inclinación de una nariz; la sombra de un rostro. La boca entreabierta, siempre tratando de decir algo. Miro y miro, y la oscuridad me envuelve, y ella me devuelve la mirada.

Entonces, poco a poco, mi madre se desvanece. Siento que su frío, cariñoso y dulce rostro se aleja de mí.

Hay un fantasma, y tiene mi cara, y hay un fantasma bajo mi piel. Ella es el yo que no conozco: el yo que nació en otro país y tuvo otra madre. El yo con un padre que hizo morir a la gente y se llenó los bolsillos de dinero y me trajo aquí, a esta casa de piedra donde el viento aúlla, para que pudiera convertirme en otra persona.

Y el fantasma también es el yo que conozco. El yo con rizos salvajes y los pies siempre desnudos y suciedad en las manos. El yo que recoge plumas y las entierra, y se mete en cuevas y sube a los acantilados, y se tumba en el páramo a escuchar el viento hasta que siente que vuela o flota, con ángeles que la sostienen de los brazos.

Bajo la muselina y ahí está ella, todavía frente a mí. El yo que soy.

Si me quedo aquí me convertiré en un fantasma. Lo sé. Sostengo los retazos de tela blanca y nacarada en mis manos y lo sé de la misma manera que conozco los sueños de Heathcliff.

Pasaré años y años pensando que estoy viva. Me casaré con Edgar y llevaré los mejores vestidos y seré amada, mimada y adorada. Caminaré por los hermosos pasillos de la casa de la que seré señora y miraré mis hermosos jardines y mis cuadros, mi precioso espejo y mi propio rostro perfectamente situado en él, devolviéndome la mirada, y pensaré:

Soy feliz. Soy tan feliz y estoy tan viva. ¿Qué más puede ofrecer la vida que esto?

No tendré más pesadillas con olor a vino rancio. No recordaré la forma en que las escaleras crujen bajo los pies ligeros y cautelosos, ni la forma en que suenan cuando Hindley se precipita por ellas con furia: el choque como si se astillaran, como un árbol al que le atraviesa el corazón un rayo. Nunca, nunca pensaré en cómo era cuando era una niña, esta niña, que llora y llora en mi cama hasta no poder respirar deseando que Heathcliff estuviese tumbado a mi lado. No recordaré haberme apoyado en su cuerpo, la vez que casi nos besamos. O todas las veces que apreté mi oído contra su pecho y oí el viento a través de los páramos, o el ruido y el arrastre del mar.

Me quedaré en silencio por dentro, un silencio agradable, y Edgar me amará a mí y yo lo amaré a él. Seré Catherine Linton. La señora de Edgar Linton. Borrar lo de Earnshaw y lo de Catherine, y hacer algo nuevo de mí. ¿Por qué no?

Pero asesinar a Catherine Earnshaw y a la Cathy de Heathcliff, borrarla…

Solo funcionará durante un tiempo. La conozco. Ella no se toma bien que la contengan o la silencien, y encontrará la manera de escapar. Se volverá loca, completamente loca por estar confinada dentro de mí y un día destruirá a Catherine Linton y huirá, correrá, correrá tan rápido como pueda para salir de mi piel, hacia los páramos, hacia el viento, hacia las Cumbres, y seré libre, un fantasma libre y fuerte, mis pies girados nunca volverán a tocar los páramos otra vez…

Muerte y olvido. Conozco el camino que me espera. Y odio saberlo. No me gusta verme con tanta claridad.

Me miro en el espejo. No estoy sonriendo. No me había dado cuenta de la frecuencia con la que sonrío, de cómo siempre tengo la boca curvada hacia arriba, en señal de desafío o de alegría o de algo que se le parezca. Lo hago porque creo que debo sonreír. Ahora no lo hago, y creo que... Creo que me gusta la cara que veo.

Me moriré si me quedo de esta forma, y todavía no quiero morirme.

No sé dónde iré ni qué haré. Pero me recojo el pelo con las manos —todos estos rizos salvajes y enmarañados— y me los retiro de la cara para que nadie pueda mirar mi boca poco sonriente, mi nariz firme y mis fuertes cejas y ver a la chica guapa y risueña que tanto me cuesta ser. Tomo una cinta, una cinta negra que le robé a Heathcliff, y me recojo el pelo en la nuca, como lo llevan los chicos. Como lo llevaba él.

Vuelvo a mirarme el rostro. Y, oh. *Soy* Heathcliff. Y soy yo misma. Quizás más yo misma de lo que lo he sido nunca.

Heathcliff.

Heathcliff, espero que puedas escuchar mi voz. Quisiera que mi alma pudiera llamar a la tuya a través de kilómetros y de mundos. Después de todo, nuestras almas son una. Deberías saber siempre dónde estoy. Escuchar siempre el sonido de mi voz, como yo debería escuchar la tuya. Pero mi cabeza ha estado en silencio, y mi vida ha estado vacía. Incluso si tuviera el poder de llegar a ti, no creo que esta chica afligida que he sido pudiera hacerlo.

Es extraño, tan extraño, aceptar que nuestras almas puedan estar como están, entrelazadas como dos árboles centenarios, y aun así ser dos personas distintas. Podemos seguir estando tan lejos que nuestros sueños ya no se toquen, tan distantes que podamos hacernos daño y huir el uno del otro. No puedes oírme, Heathcliff. Y no puedes escuchar mi corazón si no te digo lo que hay dentro de él.

Si pudiera, te enviaría bandadas de pájaros. Te enviaría mi sombra en los cristales, en las ventanas y en los espejos, velando por tu seguridad. Te enviaría sueños suaves, y gente amable, y todas las cosas que mereces y que nunca tuviste aquí en las Cumbres donde deberías haber estado a salvo.

Ahora sé que te enviaría mi alma dondequiera que estés, porque dondequiera que estés es donde debería estar.

19
Heathcliff

La puerta de la pensión en Mann Road se abre.

Sé que aspecto tenemos. Magullados, ensangrentados, cansados. Todavía con armas entre las manos, aunque no parece que vayamos a usarlas. La Sra. Hussain nos mira fijamente. Con los ojos como platos, la boca abierta.

—Heathcliff —dice—. ¿Qué te ha pasado?

—Si nos ayudas —pido—, te escribiré cien cartas.

Ya parece más tranquila. Se está recuperando.

—¿Tantas como las que ya he escrito? —dice la Sra. Hussain con suavidad. Ella abre aún más la puerta—. Entra, Heathcliff. Trae a tus amigos. ¿Alguno quiere una taza de té?

Todos lo hacen. Uno de los inquilinos dice que lo preparará. Más que nada, me parece que tiene curiosidad y quiere escuchar.

Pero a la señora Hussain no le importa. Así que todos nos sentamos en su mesa, y yo hablo.

Le digo que no tenemos casa, y tampoco sitio en el que quedarnos en mi antigua pensión. Cuando volvimos, Annie estaba en la calle. El propietario la había echado. Dijo que no era un lugar para «mujeres libertinas» lo que hizo que Hetty y yo consideráramos prenderle fuego a todo el lugar. Pensar en John fue lo único que me hizo parar. Nos había hecho un gran favor. Así que nos fuimos, y deslicé mi última moneda bajo su almohada como agradecimiento antes de irnos.

—Robamos una habitación —dice Hal—. En un ático. La encontré. Tapié la puerta y nos mudamos.

—Era una pocilga. El propietario nunca comprobó lo que había allí arriba, así que estábamos a salvo. —Annie mira hacia abajo y se aparta el pelo de la cara—. No me gustaba mucho la subida —admite—. Pero era nuestra, y estaba bien.

—Una patrulla de reclutamiento vino y lo rompió todo, y ahora ya no lo tenemos —dice Hetty—. Pero todos estamos a salvo, así que algo es algo. —Hace una pausa. Luego dice:

»A salvo y sin hogar.

—Siempre nos quedarán los sótanos —dice Hal.

—No pienso vivir en un sótano —replica Hetty, tajante—. Y tú tampoco. La gente enferma.

—No podemos volver —concluye Jamie al final, mientras Hetty sigue regañando a Hal. Los ojos de Jamie tienen los bordes oscuros. Cansados—. Vamos a tener que empezar de cero.

La culpa no tiene sentido. Si no va a arreglar nada, no me molestaré en sentirla.

—Nosotros solo necesitamos un lugar en el que quedarnos un día o dos —digo—. Hasta que podamos encontrar algo más.

No quiero decir eso. *Nosotros.* Como si estuviéramos unidos.

Como si lo que les ocurre a ellos me ocurriese a mí también. Jamie me mira, pero no me retracto. Ya está grabado en piedra, una verdad que no voy a desmentir. Ahora estamos juntos. Los pondré a salvo.

Más tarde, solo estamos Jamie y yo sentados uno al lado del otro. Las chicas están durmiendo en una cama improvisada en el salón. Hal está acurrucado en un sillón viejo, con la cabeza sobre las rodillas, roncando como una flauta irlandesa.

—No deberías haber ido con el comerciante —dice Jamie—. Pero no te quedaste a hacer lo que él quería. Y no es culpa tuya. —Suspira y se inclina hacia delante. Baja la cabeza sobre la mesa—. Esos ricos de mierda —murmura hacia la madera—. Aprovechan cualquier oportunidad para arruinarnos la vida al resto.

—Si no me hubiera alejado de él, nada de esto habría sucedido —contesto.

—Cállate —dice Jamie cansado.

—Si hubiera trabajado para Northwood, podría haberos ayudado a todos —añado—. Podría haberos enviado dinero. Podría haberos conseguido un lugar donde vivir.

—¿Estás intentando torturarme o torturarte a ti? —pregunta Jamie—. ¿Para qué? ¿Por qué dices eso?

Me estiro en la silla. Me duele el cuerpo. Agotado.

—Por lo general, el mundo es insensible —le digo—. La mayoría de los hombres ricos utilizan a la gente. Se limpian los dientes con nuestros huesos, y luego dicen que nos están salvando.

Jamie vuelve a suspirar. Levanta la cabeza. Apoya la barbilla en las manos.

—Tenemos que confiar en gente como él —señalo—. Porque son los dueños de todo.

—No me haces sentir mejor —dice—. Si eso es lo que estás tratando de hacer.

—No lo es.

—Ah —añade—. Entonces, sigue.

Pero no lo hago. No de inmediato. Estoy pensando. El cansancio se ha apoderado de mi cerebro, y ahora mis pensamientos son una melaza lenta. Miro a Jamie. Me observa con el ceño fruncido, con los labios fruncidos. Afuera hay unos huéspedes hablando. Tres hombres de algún lugar de la India, que llevan turbantes altos y acero en las muñecas, hablando con palabras que apenas tienen sentido. Mi oído no deja de dirigirse a ellos. Hay hilos que tiran de mí.

Ahora no los sigo.

Pienso en los encantos de Annie. Sus cartas, que se mueven tan rápido entre sus manos. Hetty, dura como el hierro, manteniendo a la gente unida. Hal, ágil, con una valentía infernal. Jamie, demasiado blando de corazón, recogiendo a la gente.

Miro este lugar: cortinas deterioradas por el moho. El fuego en la chimenea, que da la bienvenida al calor. Voces, pronunciando palabras que conozco y palabras que no conozco, haciendo surgir algo en mí.

Con dinero, podríamos construir algo. Los Hussain. La gente que vive aquí, que tiene que enfrentarse a la muerte si quiere volver al lugar donde está su hogar. Los cuatro que me enseñaron y me salvaron a mí. Tal vez soy un idiota. Pero una vez estuve muy seguro de que podía hacer fortuna y acabar con el alma y el corazón de Hindley, y conseguir una venganza que ningún bastardo de marinero, ningún huérfano que debería haber muerto hambriento, logra tener. No en este mundo.

Antes, cuando soñaba, soñaba con rodear con mis manos la garganta de Hindley. Soñaba con arrasar con todo. Las Cumbres. Hindley. Edgar Linton. Pensé que no sería feliz hasta que todo estuviera reducido a cenizas a mi alrededor.

Pero ahora creo que tal vez no quiero deshacer todo. Veo todas estas cosas y a personas rotas, tratando de vivir, y quiero que sigan viviendo. Quiero fabricarles defensas que reduzcan a hombres como Northwood a sangre y pedazos. Pero me conformaré con hacer que cuando aparezca alguien como Northwood, un chico tenga otro lugar al que ir, y otro camino que recorrer. Quiero que un chico como yo pueda decir que no sin sentir que un cuchillo se retuerce dentro de él.

Nunca había soñado con construir algo. Resulta que, cuando lo hago, la misma hambre cruel que me hace querer arrasar con todo, hace que quiera construir mundos completamente nuevos.

—Podríamos hacer algo por nosotros mismos —continúo diciendo después. Pero no es fácil decirlo. Se me escapa, como una piedra que es arrancada de la tierra. Debajo hay algo blando y escurridizo que no quiero que se encienda, pero lo dejo salir de todos modos—. Algo diferente a ellos. Podríamos hacer algo por nosotros.

—Nosotros —repite.

—Os lo debo todo.

—No queremos deudas —dice, tuerce el gesto—. Ya no. Nunca las quisimos.

—Me ayudasteis —añado—. La deuda no es cruel. No la estás pidiendo. Esta deuda es… —Las palabras desaparecen. Pasan los segundos. Pienso en cómo decirlo.

Deudas que unen a la gente. Deudas que los mantienen vivos. Cuando el mundo es cruel, estas deudas son de confianza.

Como tú, Cathy. Cómo te preocupaste por mí. La forma en que limpiabas mis heridas y me querías. Tú me amabas y yo te amaba, y el amor era como una deuda que siempre pagábamos y reclamábamos. Me permitía seguir vivo.

Le digo a Jamie:

—Así es la amistad. Se trata de deudas que no terminan. Tan solo van y vienen entre las personas. Así que no digas no a la mía.

Me mira y me analiza.

Al final, dice en voz baja:

—Entonces, adelante, amigo mío. ¿Cómo vamos a ganar suficiente dinero para hacer algo?

Le cuento todo. O al menos la mayoría de lo que pienso. Pero primero voy a empezar por esto.

—Para hacer algo por nosotros, necesitaremos dinero —digo despacio—. Para hacer algo mejor, necesitaremos algo de justicia. Y sé cómo conseguir un poco de las dos cosas.

No debería ser tan sencillo. Pero resulta que sí lo es.

No necesitamos subir a un tejado, ni siquiera forzar una cerradura. Pedimos prestada algo de ropa a uno de los inquilinos que se alojan en casa de la Sra. Hussain. Nos dirigimos a una calle suntuosa y rica, repleta de casas relucientes. Vamos por la entrada del servicio.

Northwood colecciona gente de Oriente y África, a cualquiera que tenga una gota de sangre lo mira con desprecio. Dos chicos se acercan a la puerta del servicio, vestidos como él lo prefiere: cubiertos con turbantes y con pantalones. Si sus ropas son menos pulcras y brillantes que las de la mayoría de los sirvientes de Northwood, nadie lo nota. Llevan cajas por las escaleras. Un poco de suciedad no es de extrañar. Uno jadea:

—Tenemos que llevar esto a la cocina deprisa, ya llegamos tarde.

La criada junto a la puerta vacila. Frunce el ceño. No los conoce. Pero un chico dice:

—La cocinera nos despellejará. —Y deben ser de aquí, si saben cómo es la cocinera, siempre gritando e insultando. Así que ella se hace a un lado y murmura:

—Buena suerte. —Y entran.

Aun así, casi me río de lo fácil que es. No vamos a la cocina. Cuando salí la última vez, vi una habitación en el pasillo de los sirvientes. Allí había maletas y cajas. Dejamos la caja allí.

Luego caminamos. Vamos despacio, observando, hasta que llegamos al salón verde. Entramos.

Jamie cruza la habitación. Se detiene.

—Tienes razón —susurra Jamie—. Es horrible.

El cuadro está delante de nosotros. Me acerco a él. Pongo las manos en el marco, y lo quito de la pared.

—Escucho pasos —dice Jamie de repente.

Yo también los oigo. Viene alguien. Nos hundimos de nuevo contra la pared. Maldigo para mis adentros.

Entra una sirvienta. Tiene un paño para limpiar el polvo. Empieza a enderezar los cojines, luego se queda quieta. Levanta la cabeza.

La criada me mira directamente a los ojos.

La reconozco, por la forma de su mandíbula. Su pelo adornado. La forma en que inclina la cabeza, mirándome. Ella sirvió el té cuando Northwood trató de convertirme en uno de los suyos.

Sarah.

La miro fijamente y ella me devuelve la mirada. Nos miramos durante un buen rato, sin parpadear. Me pregunto si gritará. Me pregunto si hará que otros sirvientes vengan corriendo, y será mi fin. También el fin de Jamie.

No miro hacia otro lado, cuando toco con una mano mi propia ropa. Toco el marco. Luego dejo que mi mirada se mueva, para señalar su ropa. Mi traje, su traje, el cuadro. *Mira*, digo, sin necesidad de palabras, solo con los ojos, con la cara. Esperando que ella lo entienda. *Mira la mentira que Northwood se ha contado sobre nosotros. Que somos estas ropas y esa clase que se arrodilla. Mira la mentira que ha conseguido que contemos por él.*

Pero tú y yo, sabemos que no somos esto. Debajo de todo esto… tú y yo, somos iguales.

«Sarah», digo después con la boca. La miro fijamente. «Por favor».

No me gusta suplicar. Ahora suplico. Confiando en ella.

Sigue paralizada. Durante un momento interminable, no sé qué hará, ni qué tendré que hacer yo. Entonces su cara de sorpresa se vuelve firme. Parece valiente y flexible, dispuesta a hacer lo que tiene que hacer.

Asiente con la cabeza. Endereza los hombros y se marcha.

Cuando salimos al pasillo, está vacío. Más vacío de lo que debería estar.

Gracias, Sarah, pienso.

Ponemos el cuadro en la caja. Lo llevamos por donde hemos venido. Salimos por la parte de atrás. Luego caminamos con tranquilidad durante medio minuto antes de correr por nuestras vidas.

Creo que seremos Hal, Jamie y yo. Pero Hetty se une a nosotros para la quema. Trae trapos y alcohol y prepara la hoguera ella misma. No interfiero. Solo hago lo que me dice, cuando me pide que vaya a buscar y traer algo. Estamos en el tejado del edificio favorito de Hal, donde podemos ver cómo se mueve el agua. A Hal le preocupa que prendamos fuego a todo el edificio, pero Hetty se relame los dientes como si quisiera tener paciencia, luego le revuelve el pelo y le dice que no se preocupe. Ni siquiera es un fuego grande.

Saca su propio polvorín y me lo entrega.

—Enciéndelo —ordena, a su manera—. Lo has robado. Es tuyo.

Me quedo quieto durante un segundo. Jamie fue quien consiguió que entráramos. Lo miro, y él niega con la cabeza, cruzándose de brazos.

Entonces me arrodillo. Utilizo el polvorín, y arde en llamas. El fuego atrapa la tela empapada y yo retrocedo de un salto. El cuadro se riza en los bordes. Negro, blanco, naranja, dorado. Huele mal: a pintura con aguarrás, que se desprende, que se muere. En minutos la pintura ha desaparecido.

No es justicia. No es venganza para esta mujer, ni para nadie más. Northwood no es especial. He visto este tipo de crueldad en todas partes. También he visto las semillas de ella en mí mismo.

Pero siguen siendo semillas. Estoy cultivando algo diferente. Haciendo algo más de mí. Todavía no sé el qué. Pero quitarle el cuadro es algo. La próxima vez que Northwood lleve a algún niño a su casa y les diga que deberían estar agradecidos de que pueda hacer un monstruo de ellos, al menos no tendrán que mirar esa pintura de cómo cree que deberían mirarlo a él también. Cómo piensa que es el mundo.

Preferiría verlo arder, pero esto servirá. Está bien.

—¿Qué tal le va a Annie? —pregunta Jamie.

—Lo ha conseguido —dice Hetty. Quiere decir que Annie se ha llevado el marco. Lo ha fundido, así que el oro es nuestro. Lo venderemos por dinero. Empezaremos—. Por ahora no pasaremos hambre. Aquí tienes también —añade Hetty de forma brusca. Empuja algo hacia delante. Miro hacia abajo.

Son bollos de grosella, quemados, casi agrios. El panadero vende los quemados muy baratos. A veces puedes encontrarlos tirados, pero es más difícil conseguirlos. Todo el mundo lucha por ellos.

—¿Estamos de celebración? —Hal parece ansioso. Se adelanta y extiende la mano. Hetty deja caer un bollo en ella.

—Annie insistió —dice Hetty, resignada. Como si nunca hubiera hecho esto si ella no hubiera estado decidida a hacerlo. Me tiende uno, y lo tomo.

—Le daré las gracias —digo—. ¿Tú tienes uno?

—No quería ninguno —dice Hetty.

Rompo mi bollo por la mitad. No es fácil. Las partes quemadas no quieren romperse, pero las fuerzo. Hetty lo toma, casi sonriendo.

Entonces Jamie murmura algo y hace lo mismo, así que Hetty tiene uno entero y los dos tenemos mitades. Y nos comemos el bollo quemado, las grosellas dulces y ácidas, en una nube de humo y aire del océano que nos envuelve.

—¿Qué vas a hacer ahora?

Miro hacia arriba. Los ojos me escuecen. Parpadeo para eliminar la sensación. El rostro del Sr. Hussain me devuelve la mirada.

He escrito diez cartas. La última se está secando ahora, con la tinta borrosa. No haré más. Está oscureciendo. El brillo de las velas no es suficiente, y la Sra. Hussain está fuera con el bebé. Oigo que se queja. Algunos lascares están sentados a nuestro alrededor, comiendo o bebiendo té tranquilamente. La cerveza está prohibida para algunos, que no pueden tomar licor porque Dios les dijo que no lo hicieran, así que aquí siempre se bebe té. La tetera silba de nuevo en el fuego.

—No lo sé —murmuro. Tengo ideas. Tengo muchas. Pero ponerlas en orden… eso llevará tiempo.

—Podrías hacer algo por ti mismo. La gente dice que Liverpool está lleno de oportunidades para los jóvenes inteligentes —observa—. Por eso la gente viene todos los días.

Y les roban el dinero en las cervecerías. Y alquilan un espacio en medias camas. O mueren robados, o arrojados a barcos a los que no quieren ser enviados. Liverpool está lleno de formas de morir. Pero la mayoría de los lugares lo están.

—La ciudad no es así para la mayoría —digo.

—Es cierto —responde—. Pero me preguntaba si lo sabías.

—Tu mujer dice que podría hacer cualquier cosa.

—Mi mujer tiene un corazón muy generoso —dice—. Y sabe lo duro que es el mundo. Pero ella no vive en el mundo en el que nosotros vivimos. —Me mira en silencio. Un buen rato. El fuego crepita—. Lo entiendes.

Asiento. Lo entiendo.

—Sin su familia, no tendría nada —dice—. Pero tú… —La madera cruje. Mueve una silla. Se sienta. Su sombra aparece sobre el papel. Deslizo la carta a un lado—. Puedes leer. Sabes escribir. Eso es mucho más de lo que la mayoría de los muchachos pueden hacer.

Oigo cómo baja los brazos sobre la mesa. Acomodándose.

—No puedes hacer *cualquier cosa* —añade—. Pero puedes hacer mucho.

—Estás pensando en algo —digo—. Dímelo. Me gustaría saberlo.

—Podrías ayudar a hombres como tu padre —ofrece—. Luchar por ellos con las palabras. Hacer el trabajo de mi mujer, pero aún más. Hay muchas cosas terribles que les suceden a los lascares. Pero a la Armada, a los comerciantes, a la Compañía de las Indias Orientales, a los agentes de la ley de aquí... no les importa. Podrías decírselo y hacer que les importe.

—No puedo hacer que les importe si no tienen corazón —murmuro.

Se ríe por lo bajo.

—Todos los hombres tienen corazón —dice—. A veces son buenos. A veces son malos. Es la voluntad de Dios.

Yo no pienso eso. Me quedo callado.

—Es decisión tuya —dice el Sr. Hussain—. Pero debes pensar qué es lo que quieres. Tienes poco tiempo —dice al final, y se levanta. Gruñe. Refunfuña.

—Me duelen los huesos —se queja—. Cada vez más con este tiempo. Echo de menos el calor.

Se va.

Me quedo sentado hasta que la vela se consume.

¿Y ahora qué? Tengo planes. Tenemos dinero. Suficiente para empezar. Todos hemos acordado que nos quedaremos aquí. Poner en orden este lugar. Hacerlo más agradable para los Hussain y para los inquilinos. Hacer que también sea nuestro hogar. Seguiré escribiendo cartas. Haremos que todos aporten algo de dinero —idea de Hetty—. Ella se encargará de los libros de contabilidad. Lleva la cuenta de lo que entra, y hace que las cosas mejoren. Más chimeneas. Mejores ventanas. Cortinas que no tengan moho.

Más habitaciones, para más lascares. Espacio para las familias, también. Eso llevará tiempo. Tiempo, y la entrada de más dinero.

Lo que sugiere el Sr. Hussain no está mal. Pero me pican los dientes. Todavía hay una necesidad dentro de mí, un sentimiento de hambruna. No son solo la violencia y la ira. Ya no. Pero no descansa.

Enciendo una vela nueva. Camino hacia el salón. Annie y Hetty ya tienen una cama de verdad. Están practicando con las letras.

La tiza en la pizarra. Annie levanta la vista.

—Me voy a un sitio —digo—. Mañana, seguramente. Me iré por un tiempo.

El rostro de Annie se muestra sereno. Asiente.

—¿Dónde?

Miro por la ventana del salón. Está manchada de hollín por la chimenea. No importa cuántas veces se limpie, se vuelve a empañar. Así que no puedo ver el exterior. Y si pudiera, vería el mismo camino. El agua depositándose en él.

—No lo sé —digo.

—Heathcliff —dice Hetty. Exasperada—. ¿Cómo no puedes...?

Se queda callada. Miro hacia atrás. Annie la sujeta del brazo, para tranquilizarla.

—Vale —dice Annie, y sonríe. Me mira de arriba abajo—. Estaremos aquí cuando vuelvas.

Annie es muy aguda. No puedes engañar a la gente si no puedes leerla. Así que sé que me ha mirado y me ha entendido más de lo que yo mismo me entiendo.

Salgo y me pongo el abrigo.

El camino no está en silencio. Hay un hombre fuera, uno de los inquilinos. Está tocando la flauta, una melodía sinuosa. Me apoyo en la pared. Escucho. Luego me giro.

Conozco su cara.

—Todavía tengo tu pañuelo —digo—. Si lo quieres de vuelta, es tuyo.

La música se detiene. Me mira y sonríe.

—¡Tú! —exclama—. ¿Has seguido mi consejo?

Asiento.

—Lo hice.

—Tienes mejor aspecto ahora que no estás ensangrentado.

—Gracias —añado.

—Quédate con el pañuelo —dice, haciéndome un gesto para que me vaya—. No, no. Quédate con él. Mírate. Te trajo buena suerte. Espero que te traiga mucha más.

Asiento y me pongo de pie. Camino. Bajo por la carretera y paso por delante de casas. Es de noche, pero la mayoría aún están iluminadas. Velas, lámparas y gente sentada en las puertas.

Las calles son estrechas. Camino hacia los muelles. Hay silencio a mi alrededor. Solo se oye el crujido de la madera. El chapoteo del agua del río, que sube. Que baja.

Lo sé. Esa es la verdad. Sé dónde tengo que ir, incluso antes de ver algo caer. Me llama la atención, así que levanto la cabeza. El cielo está oscuro, pero se ve el brillo de la luna, y la luz de las casas detrás de mí. Así que lo veo caer, lento y fácil, y extiendo la mano para tomarlo.

La pluma se posa justo en mi palma. Se posa con suavidad y luego se detiene. El viento no la atrapa y la hace volar de nuevo. Es como si estuviera destinada a mí.

Miro hacia abajo.

La reconocería en cualquier lugar. Una pluma de avefría.

Levanto la cabeza. Pero no puedo ver una avefría. ¿Y por qué debería? Un pájaro como ese, sobre esta ciudad... no es normal, no es posible. Pero debe serlo, porque tengo la pluma en mi mano.

El tiempo pasa. Pero el cielo no cambia. Así que miro despacio hacia abajo, sin respirar. Sigue ahí. Blanca, negra. Curvada. La miro y lo recuerdo: un nido de huesos. Tú llorando. Y yo, deseando que aunque sea uno hubiera sobrevivido. Pensando que los habría mantenido a todos vivos si hubiera podido, para que no lloraras. Para que así supieras que el mundo no era casi siempre cruel, y que la naturaleza no era siempre dura, y que las cosas pequeñas podían crecer, aladas y libres, y capaces de dejar atrás su nido. Como si tal vez, si los pájaros tuvieran esperanza, tú y yo también la tuviéramos.

Prometí que nunca dispararía a una avefría. Te lo prometí a ti y me lo prometí a mí mismo. Y nunca lo he hecho.

Tengo la cara húmeda. Nunca he llorado así. Lágrimas apacibles. Fáciles. No son como la pena. No me parecen de cólera.

Pienso en las aguas grises y revueltas. Pienso... que algunas aguas son para ahogarse, o para irse lejos de casa. Pero otras te limpian. Así es como me siento. Como algo lavado. Se ha llevado una vieja mancha pegada a mi alma.

Quiero pensar que me estás llamando a casa, Cathy. Pero tal vez me estoy llamando a mí mismo.

Cathy, te he estado hablando. A través de los sueños. He hablado en mi propia cabeza. Pero no me has escuchado. Resulta que después de todo somos dos personas. Dos cuerpos, dos memorias. Dos caminos, y bastantes errores entre nosotros. Más arrepentimientos de los que puede contener un alma.

Pero tengo una pluma de avefría. Y pronto lo sabrás, porque la verás con tus propios ojos. Un pájaro en el cielo. O un sueño. O simplemente yo, caminando hacia ti, con la hierba hasta las rodillas y el cielo azul detrás de mí.

Voy a volver a por ti.

20
Catherine

Esta vez no saldré corriendo sin control. Estoy muy tranquila.

He dejado que los días pasen. Le he contado historias a Hareton. He sido amable con mi hermano. He visto cómo el humor de Hindley se oscurecía, y he visto que ha vuelto a beber al darse cuenta de que después de todo no hemos sido capaces de enterrar el pasado. A veces mira fijamente al vacío, como si todo lo que pudiera ver fuese lo que todavía le persigue: lo que le robaron a él y a mí. Lo que padre robó.

Empiezo a contarle a Hareton historias de fantasmas otra vez. Todas las historias que son mías y de Hindley, que no sabía que venían de nuestra madre, porque él también debería conocerlas. Y tal vez, un día, tendrá que enfrentarse a sus propios fantasmas, y necesitará saber qué hacer.

—No debes olvidarlo —le susurro, mientras le cuento un cuento junto al fuego, con los cachorros correteando entre nuestras piernas—. ¿Prometes que lo recordarás, Hareton?

—Mm-hm —dice, distraído intentando tirarle de la cola al perro. Pero es la mejor respuesta que me ha dado hasta ahora, así que decido que es suficiente.

En los últimos días, la tormenta ha ido y venido como si fuera un aviso. Pero esta mañana, el cielo está despejado.

Hoy Hindley estará fuera hasta las últimas horas de la tarde. Así que he recogido todas las joyas que tengo, y todas las monedas que he atesorado en mi habitación. Las he empaquetado bien entre pañuelos y las he atado y las he metido en una bolsa que puedo llevar fácilmente en un viaje, colgada en mi costado.

Me he vestido con la ropa de Heathcliff. Me he atado el pelo atrás con cuidado. No he metido ningún vestido en mi bolsa, excepto el más sencillo que tengo. Me gustaría no llevar ningún vestido. Sea quien sea Catherine Earnshaw, le gustan estos calzones y medias, los puños de su camisa y los botones que revisten su chaleco. Está encantada de sentarse en su cama de roble sosteniendo en sus manos el último pedazo de su madre. Le encanta la sensación de sostener el océano, es como sostener su primer recuerdo y todos sus sueños, justo en las palmas de sus manos.

Oigo cómo se abre la puerta. Ni siquiera siento que el miedo me sacuda. Estoy preparada.

—Señorita Cathy —dice Nelly. Mira a su alrededor, de izquierda a derecha, y luego cierra la puerta detrás de ella. Oigo cómo encaja en su sitio con un suave golpe—. ¿Por qué su habitación está así? ¿Y por qué va vestida de esta forma?

Nelly observa mucho mejor que la mayoría de la gente, así que sé que solo me pregunta para poder regañarme por mi respuesta.

—Esta tela parece agua —digo, y no lo que ella quiere oír. La muevo de un lado a otro entre mis manos, sintiendo su ligereza, su suavidad. Es blanca. El tiempo debería haberla manchado o haberla vuelto amarillenta, pero por alguna razón no lo ha hecho. Pensé que tal vez tenía un aspecto luminoso por el fantasma de mi madre, por alguna magia extraña y mortal que había respirado a través de mí en mi dormitorio cuando me miraba en mi espejo de plata. Pero ahora que la tengo delante de Nelly sigue brillando—. ¿Cómo cree que está hecha?

—¿Por qué —dice Nelly—, está vestida así, señorita Cathy?

—Creo que se trata de magia —murmuro—. O tejedores tan hábiles que nadie puede imaginar cómo lo hacen. ¿Ve? Puede ver mi mano a través de la tela, es tan fina.

Levanto la mano. Es visible a través de la muselina, como una sombra nacarada. Nelly no parece impresionada.

—Debe ser como tejer vidrio —reflexiono en voz alta—. A la Sra. Linton le habría encantado. Habría hecho cortinas con ella. O ropa de cama.

—Srta. Cathy.

—No, tiene razón Nelly. Vestidos. Habría hecho vestidos. Aunque creo que se habrían visto un poco indecentes, ¿no cree? Tal vez habría iniciado una nueva moda.

—Catherine Earnshaw —dice Nelly cortante—. Basta ya. Hable conmigo con seriedad.

—Me habla como si fuera una niña, Ellen Dean —respondo, usando su nombre completo. Si quiere ser formal y quiere ser cortante conmigo, yo puedo hacer lo mismo con ella—. Pero no lo soy. Si soy lo bastante mayor como para pensar en casarme con alguien, también lo soy para que me respeten.

—La trataré con respeto cuando deje de hacer estas chiquilladas —replica—. Responda a mis preguntas.

—No creí que sus preguntas merecieran ser contestadas —digo con dulzura. Bajo la muselina, la doblo con ternura y la pongo a mi lado en la cama—. Puede ver lo que estoy haciendo.

—Por favor —dice—. Otra vez no. Siga huyendo y siga regresando a casa. No es necesario, Srta. Cathy. Guarde sus cosas y esto puede olvidarse.

—No puede —respondo—. He aprendido que no me gusta olvidar. Y tampoco me gusta seguir regresando a casa. Tengo que irme, Nelly.

—Señorita Cathy. —Parece desesperada—. Hable con sentido común. Usted no está preparada para este mundo.

—Entonces debo ir y hacer que esté lista para él.

—Perecerá —dice Nelly.

—Entonces déjeme perecer —digo con calma—. No me convencerán para que cambie de opinión.

Nelly debe ver en mis ojos que lo digo en serio; una mirada atormentada cruza su rostro.

—Hindley ha mejorado —dice Nelly, con un tono de voz cuidadoso y suave—. No ha dado problemas a nadie. Ni siquiera ha apostado. ¿No ha mejorado la casa?

Asiento con la cabeza. Así es. Incluso Joseph parece menos agrio.

—Si intenta huir de nuevo, todo eso se perderá —me dice—. Beberá más. Se pondrá violento. Hareton sufrirá aún más de lo que ya sufre, pobre criatura. —Puedo escuchar el amor que siente por él en su voz. Tiene una calidez que nunca tiene cuando habla de mí o conmigo—. Si no se comporta por usted, hágalo por nosotros. Hágalo por Hareton.

—No soy responsable de las cosas que Hindley elija hacer —digo—. ¿Acaso Hindley no es un hombre adulto? ¿No debería decidir no hacer daño a su gente sin mi ayuda?

Nelly exhala y sacude la cabeza.

—Oh, Cathy. Si tan solo los *debería* pudieran dar forma al mundo. Pero las cosas no son así. Hindley es como es.

—Si me caso y me voy a la Granja, no podré hacer nada para calmarlo —digo—. Solo serán usted y Joseph y Hareton, y al final acabará matando a uno, y no podrá culparme por ello.

—Niña estúpida —dice Nelly con desesperación—. Puede que no pueda arreglarlo, pero puede empeorarlo. Usted lo empeora. —Veo cómo aprieta y suelta las manos—. ¿Por qué no puede ser buena? ¿De verdad le falta corazón para amar a su familia como debería, o incluso a su Edgar? Nunca he conocido a una chica con un corazón tan frío.

—¿Acaso le caigo bien, Nelly? —Lo digo con curiosidad, mirándola a los ojos.

—Por supuesto que sí.

Y sé que está mintiendo. Todas las mentiras de mi vida se están desenredando a mi alrededor, y las verdades brillan, hirientes y afiladas. No creía que le cayera mal a nadie en particular. No pensé que me importase incluso si lo hiciera. Pero la verdad escuece. Es como algo afilado, que se retuerce en mi pecho. Como si fuera una manzana a la que le han quitado el corazón.

—Si me permitiera amar a todo el mundo como cree que debería, me mataría —digo—. ¿A quién debo amar de esa manera? Dígame, Nelly. ¿Edgar, que es mi única esperanza para ser rica, y al que debo tratar con cuidado? ¿Hindley, que puede volverse loco y un alcohólico en cualquier momento? ¿A usted?

Nelly no dice nada. Levanto la barbilla, desafiante.

—A veces el amor consiste en huir de la gente que te hace daño y volver a empezar. Creo que usted también debería huir, Nelly. Lo creo de verdad. Puede que diga que no teme a Hindley, pero que te apunten con un cuchillo… es aterrador, ¿no? Puede admitir que lo es.

—Puedo soportarlo —replica.

—No debería tener que soportarlo —insisto.

—¿Y qué más puedo hacer? —exige Nelly—. ¿Irme? Puede que usted lo haya olvidado, pero solo era una jovencita cuando empecé a trabajar aquí. ¡Esta también es mi casa! Puede que no sean de mi familia, pero son todo lo que he conocido. ¿Y quién cuidará de Hareton si me voy? ¿Quién lo mantendrá a salvo cuando ni siquiera su propia tía está dispuesta a protegerlo?

—¡No moriré por Hareton, y usted tampoco debería hacerlo! —De repente, estoy de pie. Me doy cuenta de que Nelly y yo tenemos la misma altura, que podemos mirarnos con furia a los ojos de forma exacta—. Deberíamos llevárnoslo. Nelly, deberíamos correr…

—¿E ir a dónde? ¿Alimentarlo con qué dinero?

—Es mejor que quedarse aquí y sufrir —digo.

—Usted no conoce el sufrimiento de verdad, Srta. Cathy —dice Nelly mordaz—. Por Dios, no sabe nada. ¿Ha pasado hambre alguna vez? ¿Ha estado desesperada alguna vez? ¡No! No sabe lo que significa sufrir.

—Puede que eso sea verdad —admito—. Tal vez mis penas no importen en absoluto, y otras personas sufren mucho más que yo. Pero este dolor me matará si nada cambia. Si no cambia nada, prefiero la muerte. —Las lágrimas vuelven a arañarme los ojos. Pero me siento feroz, y no me avergüenzo de llorar, y no me avergüenzo de ser lo que soy. Incluso si soy una egoísta, incluso si no soy digna de ser amada—. Y la pena de Hindley puede matarnos a usted, o a Hareton, o a mí en cualquier momento. Prefiero elegir mi propio camino antes que el suyo. Eso es lo que siento, Nelly, y mi corazón no cambiará.

Nelly respira con dificultad, y mientras sigo hablando, su cara pasa de un rojo intenso a un blanco espantoso: un tipo de rabia o desesperación blanqueada que apenas puedo contemplar.

—Entonces váyase —dice Nelly al fin—. Si quiere irse, váyase. Muérase si quiere. He hecho todo lo que he podido por usted.

Se va corriendo.

Vuelvo a empaquetar las pocas cosas que me llevaré. Me tiemblan las manos y hay algo de tristeza en mí, pero no me arrepiento de nada de lo que he decidido hacer. Me acerco a la repisa de la ventana. Ajusto todos mis libros hasta que están perfectamente alineados, con el aspecto de no haber sido tocados ni escritos en absoluto. Y entonces guardo la muselina con cuidado en mi bolsa. La tela a la luz de la luna se desliza entre mis dedos y se dobla con cuidado.

Es entonces cuando me levanto y recojo mi bolsa, y bajo las escaleras. Salgo por la puerta y me voy.

¿A dónde voy? Todavía no lo sé. Todavía recuerdo todos mis temores de cuando era pequeña, de que una persona perdida en los páramos se convirtiera en un fantasma. Ya no me da miedo, pero me pregunto si mi cuerpo se convertirá de repente en plata y polvo, y me deslizaré por los páramos para siempre.

No lo hace, por supuesto, aunque el viento es lo bastante feroz como para que parezca que mi piel está considerándolo. El día se ha vuelto más frío de lo que era esta mañana, el enfriamiento es intenso.

Mis pies comienzan a llevarme hacia la cueva de las hadas. Hay pájaros volando salvajemente en lo alto, arrastrados por las corrientes de viento. Pronto habrá tormenta. Esta vez no estoy distraída, así que lo noto. Incluso el aire parece más pesado. Saco la lengua y es como si pudiera saborear la lluvia que se avecina en el viento. Sabe a metal.

Si debo hacerlo, puedo esconderme en la cueva de las hadas hasta que pase la tormenta y luego continuar mi viaje. Todavía es lo bastante temprano como para que Hindley no vuelva a casa hasta dentro de unas horas, así que me dará ventaja. Y como yo no sé a dónde voy, él tampoco.

Estoy a medio camino de los riscos, bajo la penetrante luz del sol y la primera lluvia fina que empieza a caer. Todo brilla, la luz resplandece a través del agua.

Es entonces cuando lo veo.

Estoy segura de que estoy soñando. Absolutamente segura, porque Heathcliff está de pie frente a mí. Está de espaldas a mí, pero lo reconocería en cualquier parte. Conozco la forma en que cuadra los hombros, la forma en que siempre mantiene la cara hacia el frente, incluso con el viento más fuerte, como si se desafiara a que intentara hacerle daño. Tiene el pelo más largo. Lleva el mismo abrigo que la última vez que lo vi, pero lleva un pañuelo nuevo alrededor del cuello, rojo como la sangre.

Intento hablar. Pero tengo la garganta sin aire, como si no pudiera emitir un sonido, ni siquiera palabras. Pero de alguna manera me oye —por supuesto que me oye— y se gira. Y me mira. Sus ojos profundos y oscuros están muy abiertos y fijos en los míos, y está separando los labios.

—Cathy —dice.

He echado de menos su voz, como el humo de la leña, como las hogueras cálidas. Hogar, hogar, su voz es mi hogar.

—Cathy —dice de nuevo, y corremos el uno hacia el otro, chocándonos. Entierro mi rostro en su cuello, en su pelo y en su piel, y él me levanta, abrazándome con tanta fuerza que me duele.

—No sabía si ibas a volver a mi lado —consigo decir, y mi voz queda amortiguada por su piel, por mis lágrimas—. Yo no... no creía que fueras a volver.

—No sabía si querrías que volviera, Cathy.

—¡Claro que sí! —exclamo—. Por supuesto. He pensado en ti todos los días, Heathcliff. Todos los días, y no pude buscarte. No podía ir a buscarte. Yo... —Estoy llorando, y no sé si las lágrimas son de felicidad o de pena. Solo sé que fluyen de mí y no puedo detenerlas, por mucho que quiera.

No intenta que deje de llorar. Me mira a la cara como si estuviera sediento y quisiera beberse cada parte de mí, pero yo sigo refugiándome en su hombro.

—Estás muy raro —digo a la fuerza, con la voz temblorosa—. Mirándome así.

Con su pulgar bajo mi barbilla, me hace levantar la cabeza. Nos quedamos mirándonos durante un buen rato, yo a través de las lágrimas y él a través de unos ojos intensos, que arden como el fuego.

—Ahora nos miramos el uno al otro —dice—. Eso nos hace raros a los dos.

—Eso no es nada nuevo —susurro. Estoy paralizada.

Enmarco su cara con mis manos. Su rostro que no es apuesto, sino más que apuesto. No llamarías *guapos* a los peñascos, ni a la vista sobre el borde de un acantilado, ni al lugar donde el cielo se encuentra con los páramos y se hunde en un mar brillante, azul y dorado. Los llamarías *sobrecogedor*. Esa es la palabra en la que pienso cuando lo miro.

Presiono el pulgar sobre su labio inferior y él inhala con fuerza. Pienso en inclinarme hacia delante.

Y, por supuesto, de repente empieza a llover a cántaros.

La lluvia es fría y pesada, y los dos nos giramos a la vez, corriendo hacia la cueva de las hadas. Nos abrimos paso a través de la estrecha entrada, y entonces estamos dentro, dentro de la sombría piedra blanca.

Estoy empapada. Puedo sentir cómo mi pelo se ha soltado, deshecho, pegado a mi cabeza. Pero el momento se ha roto, cuando casi lo he besado o él casi me ha besado. También tiene el pelo mojado y le veo quitarse el gorro con los dedos húmedos, con la cara brillante.

Sigue sosteniendo mi brazo con una mano, y yo sostengo el suyo.

—¿Dónde has estado? —suelto.

—En Liverpool —dice.

—¿Estabas bien? ¿A salvo? —pregunto—. Te fuiste sin *nada*.

—No me fui sin nada. Me llevé un cuchillo.

—Heathcliff.

—Cathy. —Una sonrisa casi se dibuja en su boca, recorriendo su rostro, y luego desaparece—. Me llevó tiempo, pero al final estuve bien. Tenía trabajo. Tenía amigos. Estaba... bien.

Hay algo en su forma de hablar que me hace estar segura de que está pensando en esa ciudad y ese pensamiento le hace feliz. Amigos. Trabajo. Ha tenido toda una vida lejos de mí, toda una vida que no puedo imaginar. No puedo estar celosa de un sitio, pero lo estoy.

Estoy temblando de frío. Me recuerda a la oscuridad, y a correr. Estar empapada por la lluvia.

Hay tanto que quiero decirle.

—Intenté perseguirte —confieso—. Cuando te fuiste, yo... estaba lloviendo.

—Recuerdo la lluvia —dice, tras un segundo de silencio. Tal vez esté recordando cómo fue aquella noche. Lo que escuchó. Lo que dije.

—Enfermé —digo—. Estuve enferma con fiebre. ¿Puedes creerlo? Solo por un poco de lluvia. Después intenté volver a perseguirte, pero Joseph y Nelly me descubrieron y Hindley pensó que era frágil y que me estaba desmoronando. —Me río entre el castañeteo de los dientes—. Tal vez soy frágil, o al menos más frágil que tú, pero no lo creo. ¿Acaso romperse por tener demasiada ira dentro de ti te hace frágil? No creo que sea así. Creo que quebrarse es sencillamente... quebrarse es tomar todo lo que te encerró y convertirlo en cuchillos que puedas usar, en lugar de paredes que te inmovilizan. —De repente me siento nerviosa, y mi lengua se vuelve torpe, me quito el pelo mojado de la cara y digo insegura:

»¿Tiene sentido?

—¿Estuviste enferma? —dice Heathcliff en su lugar, una pregunta contenida en su voz—. ¿Cómo de enferma?

—Lo bastante enferma como para preocupar a todo el mundo, pero ¿qué más da? Ahora estoy bien.

No podemos dejar de tocarnos. Incluso cuando trato de escurrir el agua de mi pelo, me agarro a su manga con la punta de los dedos. Y entonces su mano está en mi pelo.

Cierro los ojos, sintiendo que su calor se filtra a través de mí y digo, en un rápido revoltijo de palabras:

—Nunca debí haber dicho lo que dije de ti, Heathcliff. Nunca debí haberte llamado humilde. No quise hacerlo. Sé que no es una excusa, lo sé, pero ya sabes cómo soy, que siempre hablo y hablo, y la mitad de mis palabras no sirven para nada porque soy cruel. —Estoy tratando de ser seria y honesta, pero mi voz vacila.

—Sé cómo eres, Cath —dice, mucho más tranquilo que yo—. Sé por qué lo dijiste. Pero me rompiste el corazón.

Lo dice de forma tan sencilla. Trago saliva.

—¿Se ha arreglado? —pregunto.

Me acaricia la mejilla.

—Está lo bastante arreglado —responde—. Siempre te perdonaré, Cathy. No te preocupes. Así son las cosas entre tú y yo.

No deberías, pienso. *No deberías perdonarme*. Pero estoy tan agradecida de que lo haya hecho, que no lo digo.

—¿Ahora eres feliz? —le pregunto en su lugar—. Pareces feliz.

—Bastante feliz —dice, lo que no es un sí. Lo sé—. Has dicho que estabas rota. Has dicho que eras todo fragmentos.

Vuelvo a temblar. Su mano está apoyada en mi cuello.

—Hice un viaje por mi cuenta —murmuro—. Yo... conocí la verdad. Sobre mí misma. Sobre mi origen. —Pongo la mano sobre la suya en mi cuello. Capas de calor, y mi pulso bajo los dos.

»Siempre dije que en nuestro interior éramos iguales —digo—. Solo que no sabía en qué sentido. Pero tú sí, ¿verdad?

Él asiente, sin hablar.

—Siempre lo has sabido —digo, y vuelve a asentir—. ¿Por qué no me lo dijiste?

—Solía pensar que lo sabías —dice—. Luego pensé que no importaba.

—Sí importa —logro decir—. Mi padre... —Exhalo, temblorosa de nuevo. Y le cuento, o intento contarle, la culpa que mi padre trajo consigo desde la India. Porque también es la historia de Heathcliff. Después de todo, esa culpa le salvó la vida.

Él escucha, sin palabras, con el pulgar apoyado en mi mandíbula mientras se lo explico. Al final digo:

—Me iba. Por eso estoy aquí. Estaba huyendo de nuevo. Sabía que moriría si me quedaba en casa y fingía ser algo que no soy. —Su agarre se hace más fuerte—. Hay cosas que quiero hacer —confieso—. Padre tenía asuntos que debería haber arreglado y haber pagado. Y ahora no puede, y Hindley nunca lo hará, y quiero ser quien lo intente. Quiero hacer que el mundo sea mejor. Sé que no soy... No soy buena. Nunca seré buena, y no me importa. Pero quiero *hacer* algo bueno. —Es una tontería, tan estúpida, que mi voz se hace más pequeña—. Quiero cambiar el mundo.

Heathcliff hace un ruido rasposo. Me tenso cuando me doy cuenta de que se está riendo.

—¿Por qué te ríes? —le pregunto.

—Porque hemos estado muy separados, Cathy, y a la vez no. Parece que hemos estado recorriendo el mismo camino todo este tiempo. —Presiona su frente contra la mía, una presión breve y segura. Me relajo. Después de todo no está burlándose de mí—. Pero tiene sentido —dice con cariño—. Ya que pertenecemos el uno al otro.

Me cuenta lo que ha estado haciendo en Liverpool. La pensión en la que viven los marineros del otro lado de Oriente, marineros como lo fue su padre. Lascares. Me habla de sus amigos, que son inteligentes y buenos ladrones y que también quieren algo más del mundo. Me habla de las cartas, de los tribunales y de la Compañía de las Indias Orientales, sobre un aprendiz de abogado que puede ayudar a cambiar las cosas, y un periódico que puede compartir sus historias; cosas que deberían ser aburridas pero que no lo son cuando pienso en los hombres que sobreviven tal vez por lo que hace Heathcliff. Me habla de construir un refugio seguro donde la gente pueda hacer algo más que simplemente sobrevivir.

Escuchar lo que hace es como si un rayo me atravesara.

Pienso en cómo padre debería haber arreglado las cosas. Esto… escuchar a Heathcliff, es como si me entregaran una aguja e hilo llenos de algún tipo de magia fantasmal, para que yo misma pueda hacer arreglar las cosas. Me pican los dedos y el corazón parece brillar dentro de mí.

—Déjame ir contigo —digo. Él se congela y se queda en silencio y le pregunto:

»Has venido a por mí, ¿verdad? ¿Para llevarme contigo?

—He venido a ver si estabas bien.

—¿Solo eso?

Su exhalación es controlada, su agarre sobre mí seguro, pero no tan fuerte como para que no pueda soltarme.

—Pensé que te ibas a casar con Edgar Linton —dice al final.

Podría explicarle exactamente por qué no lo haré. Podría contarle la última mirada que Edgar me dirigió, cuando estuvo a punto de comprender la verdad sobre mi pasado, y cómo supe en ese momento que él no me amaba de verdad, ni yo a él. Podría decir lo ligera y hueca que me hizo sentir la Granja, pero no lo hago.

Solo digo:

—No. Incluso si no hubieras vuelto… no.

Todavía hay agua de lluvia en sus pestañas y en las puntas de su pelo. Pienso en un hogar con él. Un hogar donde no tengamos miedo, y pueda traer un paño, y secar el agua de su pelo con mucho cuidado, y tocar su piel con el paño, suave como un beso, hasta que entre completamente en calor. Lo deseo tanto que hace que mi cuerpo frío como la lluvia entre en calor, que mi corazón palpite como si fuera una brasa.

—Cathy —dice. El arrepentimiento tiñe su voz como la tinta—. Quería volver a ti como un hombre rico. Quería volver y demostrarte que podía mantenerte a salvo, que no te necesitaba para protegerme. Quería volver y demostrarte que estabas equivocada. Pero no he hecho nada de eso. No soy rico. No puedo prometerte riquezas. Ni siquiera puedo prometerte que no pasaremos hambre.

Pongo mis manos sobre las suyas.

—Entonces iremos a hacernos ricos juntos. Me aseguraré de que no te mueras de hambre, y tú harás lo mismo por mí.

—Cathy —susurra. No parece que se sienta reconfortado, y tal vez tenga razón en no hacerlo—. Si pudiera, pondría el mundo entero a tus pies. Pero todo lo que tengo es a mí mismo. Y que Dios se apiade de mí, no es suficiente.

—¿Crees que no eres suficiente para mí? —Me río, y el sonido es como si abriera mi propio corazón y dejara que toda la ternura y la terrible fuerza de mi amor salieran de él. Trae consigo palabras, todas las palabras que nunca le he dicho. Todas las palabras que él merece escuchar, incluso si dejarlas salir me hace vulnerable, más descubierta que si no tuviera nada más que mi propia piel desnuda—. Heathcliff, ¿no sabes lo que eres para mí? Eres la tierra que me mantiene firme, y el sol que me despierta por la mañana. Eres la luz de la luna que me envuelve mientras duermo. Eres la forma en que el viento llena mis pulmones cuando corro por los páramos, y el mar que llena mi corazón cuando sueño. Eres los pájaros del cielo, y las profundas raíces de los árboles. Eres... oh, eres el cielo de la noche que alberga las estrellas. —Respiro con fuerza y digo temblorosa pero muy segura:

»Para mí, tú eres todas las cosas salvajes y auténticas que son para siempre.

Está en silencio. Me mira fijamente con la mirada más sedienta, bebiéndose mis palabras y mi rostro. Espero que mis palabras sean como un espejo. Espero que se vea a sí mismo como yo lo veo. Le devuelvo la mirada y dejo que vea cada parte de mi alma.

—Yo no soy suficiente para *ti* —le digo—. No tengo habilidades. No sé cómo aliviar cualquier sufrimiento. Solo sé empeorar el mío. Soy una malcriada y cruel y nunca he querido a nadie ni la mitad de lo que te quiero a ti, que es lo mismo que quererme a mí misma. Pero si me amas de todos modos, Heathcliff, y si me aceptas a pesar de todo, entonces iré a cualquier lugar contigo. Te lo prometo. Y nunca me arrepentiré.

Me mira con sus ojos oscuros, la mandíbula tensa, las manos aún sobre mí. Entonces su mano en mi cuello baja hasta el primer punto de mi columna vertebral, cálida y grande y me acuna. Tiemblo, pero no de frío.

—Antes de que nos vayamos, Cathy —dice. Las yemas de sus dedos trazan círculos, luego se extienden, enviando escalofríos—. Antes de que nos vayamos —dice de nuevo, con la voz cálida y grave. Y ya estoy de puntillas, ya le he rodeado el cuello con los brazos, cuando él baja la cabeza y presiona su boca contra la mía.

21
Heathcliff

No le digo a Cathy: *He venido porque me llamaste.*
*Vine por una pluma. Vine y te encontré, tal y como sabía
que haría. Vine porque las cosas eternas son las que nos atan. El
viento, el cielo. Las rocas y los pájaros. Y cuando te hayas ido, las
cosas eternas ya no significarán nada. No para mí.*

Se lo diría, pero la estoy besando y besando, y no quiero parar.

Beso a Cathy de la forma que siempre he querido hacerlo. Primero con suavidad, viendo lo que es: el roce de narices y luego de labios, consiguiendo el ángulo correcto. El frío de sus labios, agrietados por el viento. Luego la beso con más fuerza, vertiendo todo mi amor en ella. Sé cómo es mi amor: demasiado, demasiado fuerte. Aprendí a amar a Cathy cuando me dolía y olvidaba, luego cuando ignoraba, después cuando odiaba. El mundo entero volviéndose contra mí, y solo Cathy para amar… no es de extrañar que la ame como si hubiera una tormenta en mí más fuerte y salvaje que la que nos mantiene en esta cueva.

Pero Cathy me devuelve el beso con fiereza, rodeándome con los brazos. Me besa como si me quisiera de la misma forma. Como si llegara una ola enorme, lista para arrastrarla hacia abajo y ella estuviera extendiendo los brazos para recibirla. Acogiendo la ola mientras la arrastra.

Me toma la mano. Las suyas están frías por la lluvia. Más suaves que las mías. Aprieta una contra su costado.

Rompe el beso y dice:

—Mi camisa. Está… —Entonces se revuelve, y tira de ella, y toca mi mano de nuevo, moviéndola. La noto. La piel de su estómago, la curva de sus caderas. De repente estoy acalorado, demasiado acalorado y lleno de deseo, tierno y arrollador. La ola me lleva a mí también.

»No estoy guapa —susurra, riendo—. Lo siento.

Guapa no es palabra suficiente para ella. Pero sé que quiere decir que no se ve bonita, vestida con mi ropa. Pero me gusta cómo le queda: la forma en que no le queda bien, demasiado grande para ella. Pero, aun así, tiene un aspecto adecuado que los vestidos que llevaba nunca tuvieron.

—Te pareces a ti misma —le digo—. Más tú de lo que jamás te he visto.

—¿Tonta?

Sabe que eso no es a lo que me refiero. Pero se lo digo igualmente.

—Salvaje —digo—. Fuerte y libre.

—¿No soy guapa?

—Eso también —añado—. Pero sobre todo salvaje.

Tanteo su costado con la mano. Su espalda. Ella me mira con ojos risueños.

Me obligo a retroceder, poniendo distancia entre nosotros. No me avergüenzo de querer a Cathy, o de que ella me quiera a mí. Sé que quiero hacer todo con Cathy. Lo he hecho siempre, desde que supe lo que era el deseo. Así que puedo esperar un poco más, hasta que estemos en otro lugar. Un lugar cálido y seguro. Con la luz entrando por la ventana, para que pueda verla y ella pueda verme. Eso es lo que quiero.

Me sonríe. Con todos los dientes, las mejillas se le marcan. Tiene los labios enrojecidos. Quiero volver a besarla. Así que desvío la mirada, respiro con cuidado y vuelvo a ponerme la ropa como es debido. Pero entonces ella se acerca de nuevo a mí y me da un beso rápido en la boca. En la mejilla. Da un paso atrás.

—¿Nos vamos ya? —pregunta Cathy.

—Si estás preparada —le digo.

—Lo estoy —dice.

Pienso en Cathy en la pensión conmigo. Conociendo a los demás. No sé lo que harán con ella, pero si les caigo bien, también aprenderán a quererla.

Le digo que tenemos que secarnos antes de irnos y se ríe maliciosamente, pero se quita la camiseta cuando lo hago. Nos cubrimos con mi abrigo, los dos apoyados el uno contra el otro para entrar en calor. Cathy apoya su mejilla en mi hombro, mirando la cueva de las hadas con los ojos medio cerrados.

—¿Qué podríais hacer —dice Cathy despacio—, tú y tus amigos, y los lascares que conoces, si tuvieras más dinero?

Vuelvo a recordar cómo es mi relación con Cathy. A veces no la conozco en absoluto, ni ella a mí. Pero a veces somos iguales. Cuando nos encontramos, es como una canción entrelazada.

—Protegernos —digo—. Proteger a más gente.

La miro a la cara. La mirada en sus ojos… es distante.

—¿En qué estás pensando, Cathy? —le pregunto.

Un escalofrío me recorre cuando me mira de nuevo. Hay algo muy lejano en ella. Algo que mira donde yo no puedo.

—Tenemos que volver a las Cumbres. Mi hermano tiene una deuda —dice—. Creo que es hora de que la pague. Heathcliff… ¿vendrás conmigo?

Por supuesto que voy.

Las Cumbres no ha cambiado. La misma piedra oscura. El mismo viento aullando a su alrededor, y los mismos árboles, doblados por la ventana que los golpea día tras día.

Cuando entramos no veo a Nelly. Tampoco a Hareton. Al encontrarse con mis ojos, Cathy sacude la cabeza.

—Nelly se ha escondido —dice—. Le dije que me iba. Estará preocupada por lo que hará Hindley.

Lo más probable es que esté en su habitación, con la puerta atrancada y Hareton durmiendo en su cama. Sigo a Cathy, pasando por la cocina. En el camino me detengo. Veo el rifle de Hindley. Está apoyado contra la pared, preparado para la caza.

Lo tomo.

Cathy me mira, con cara solemne, el pelo alborotado por la lluvia y el viento.

—¿Qué vas a hacer con eso? —pregunta Cathy.

—Nada. —A menos que tenga que hacerlo—. Si tengo el arma —le digo—, Hindley no podrá usarla. Eso es lo que importa.

El salón está helado, frío hasta la médula. Cathy se arrodilla y enciende el fuego. Me pongo de pie, esperando como un soldado.

Oímos ruidos. La puerta chirría. Los dos nos quedamos paralizados.

No es Hindley.

—Has vuelto, ¿verdad? —Joseph pregunta. Tiene el ceño fruncido, los ojos negros.

—He vuelto —digo.

—El señor te va a matar —cacarea, abriéndose paso—. Te va a matar.

—Puede intentarlo. Todavía no ha conseguido matarme.

—Una bala te atravesará el pecho. Bien muerto —murmura. Parece que es más para él que para mí, pero hace que Cathy se ponga furiosa.

Se levanta rápido, gritando:

—¡Fuera, bestia! Esto no es asunto tuyo.

Joseph apenas se fija en ella. Sigue murmurando.

Camina de un lado a otro, y al final se dirige a su habitación en la buhardilla. Lo vemos irse.

—Lo odio —murmura Cathy—. Me alegraré de no volver a verlo.

La miro. Le tiendo la mano. Ella la toma, con el ceño fruncido y se sienta en el sillón de Hindley. Me quedo junto a ella, todavía sosteniendo el rifle. El fuego sigue crepitando. Esperamos.

Primero sentimos el frío del viento, ya que el fuego nos ha hecho entrar en calor. La puerta se abre y se oyen pasos dentro de la casa. Luego Hindley, entra en el salón, todavía con la humedad del exterior. Se queda congelado en el umbral. Sus ojos se fijan en mí y adquieren una mirada infernal.

—No estoy aquí para matarte —digo en voz baja.

Hindley espera un instante. Uno más. Sonríe. Antes de sonreír parece decepcionado. Como si de alguna manera hubiera fallado en ser lo que él espera.

Yo no soy el animal aquí, Hindley Earnshaw. No soy yo.

—Hindley —dice Cathy. Habla primero. Parece tranquila, aunque sé que no lo está. Su mano tiembla sobre la mía—. ¿Recuerdas lo que me dijiste? ¿Sobre si Heathcliff volvía?

Sus ojos se mueven entre nosotros. Hacia atrás, hacia delante. Ve cómo estamos: la ropa aun secándose, el pelo alborotado. Cathy vestida con camisa y pantalones. Su labio se curva, una mueca que es más bien un gruñido.

—Deja de tocarla —me dice.

Agarro la mano de Cathy con más fuerza. Mantengo mis ojos fijos en él. *Inténtalo*, pienso. *Yo tengo el arma. No tú.*

—Déjalo en paz, Hindley —le dice con brusquedad. Aunque esté asustada, intenta protegerme como siempre—. Estamos aquí para hablar de lo que debes.

—Te dije que lo dejaría volver —dice Hindley sin tapujos—. Bueno. Veo que ha vuelto. Ahora puede irse, y le haré el favor de no cortarle la garganta.

—Me equivoqué al pedir solo eso —replica Cathy. Su voz ni siquiera tiembla—. Quiero el dinero que le corresponde, Hindley.

—No.

—Es lo que padre le debe. Y Heathcliff lo usará para una buena causa. Si me escuchas, puedo contártelo.

—¿Una buena causa? —Se ríe, con un ruido feo. Se frota los nudillos contra la frente—. Este salvaje no ha hecho nada bueno en su vida.

Conozco esa palabra como conozco el hambre. Sentí que se derretía a través de mis huesos, durante todos mis años en las Cumbres. Sin embargo, ahora digo en voz baja:

—No soy más salvaje que tú, Hindley Earnshaw. Tú también tienes lo que tengo en la sangre y en la carne.

Hindley se queda muy quieto. El fuego arroja sobre él una luz infernal. Sus ojos arden por dentro como si fueran brasas.

—Maldita seas, Cathy —dice en voz baja. Viperino.

—Ella no me lo ha dicho —confieso—. Lo supe desde el principio. Tú eres un bastardo con sangre india, y yo soy un bastardo con sangre india. Ya está. Está dicho. Así que ahora hablemos de igual a igual. Podría usar esto para arruinarte, Hindley. Pero no quiero hacerlo. Ni siquiera quiero tu dinero.

—Entonces ¿qué es lo que quieres? —suelta Hindley.

—Salvé a tu hijo, es cierto. Pero no es a mí a quien se lo debes. Es a tu hermana. —Asiento en dirección a Cathy—. Dale el dinero suficiente para empezar de nuevo, y te dejaremos con todo lo que tienes. Tu tierra, tu casa, todo lo que has heredado. Nunca me verás ensombrecer tu puerta de nuevo.

—Pago a mi hermana y luego... ¿qué? ¿Te la llevarás? —escupe.

»Cathy —dice, volviéndose hacia ella de nuevo—. Dije que le pagaría la deuda al diablo. No dije que pagaría contigo. No eres una moneda, Cathy. No te entregaré a él.

—¿No lo soy? ¿No es por eso por lo que quieres que me case con Edgar Linton? Así estarías atado a él como familia, y él podría cubrir tus deudas de juego. Puedes admitirlo, Hindley. Sé que cada vez que vienen tus amigos pierdes más y más...

—Cállate —responde—. Cállate, Cathy, te lo advierto.

—¿Qué es lo que me adviertes? ¿Me adviertes que me pegarás y me enseñarás dónde está mi lugar? ¿Es eso lo que adviertes?

—Si tengo que hacerlo, Cathy —dice—. Te sacaré el cerebro a golpes del cráneo.

Suelto la mano de Cathy. Apunto con el rifle.

—Heathcliff —me dice Cathy—. Ignóralo. No hace falta que me protejas.

Pero lo hago.

Pienso en todas las veces que temí que hiciera daño a Cathy también. Todas las veces que ella insistió en que no lo había hecho. Cuando busqué moretones en su cuerpo, no los vi y pensé: *Al menos tengo esto. Al menos Cathy está a salvo.*

Hay más formas de herir a alguien que en la piel. Ahora lo sé.

—Hay algo con lo que soñaba —digo. Agarro el arma con firmeza—. Volver aquí como un hombre rico. Para matarte. Quería matarte poco a poco. Quitarte todo, hasta que no quedara nada de ti, y te humillaras, arrastrándote por el suelo frente a mí como el animal que eres. Sabía que sería mi mayor placer. Pero me conformaré con dispararte.

La mano de Cathy se posa en mi brazo. Me sujeta.

—Baja el arma, Heathcliff —dice—. Y, Hindley, siénta-te. Hablemos como es debido.

Durante un buen rato, sostengo el arma con firmeza. Sé que se disparará con facilidad, sé que está preparada, lim-pia. Es el arma de Hindley. Lo he visto con ella, noche tras noche, sosteniéndola como si fuera a matar. Si me manten-go firme, si apunto bien, podría matarlo con rapidez.

Su muerte me pertenece. Me la debe. Lo miro, conside-rándolo, y mi brazo no tiembla.

Pero Cathy está a mi lado. Está más inmóvil que las aguas del lago. Más quieta que la noche.

Ella no quiere verlo muerto.

Bajo el rifle. Hindley se acomoda en una silla con caute-la. Cathy hace un ruido de aprobación y va a situarse junto al fuego. Sujeta el atizador y lo mueve en la rejilla, consi-guiendo que el fuego aumente.

—Mejor. —Parece aliviada—. Así está mejor.

—Bueno —dice Hindley con impaciencia—. ¿Vas a ha-blar más sobre querer matarme, muchacho?

—Quiero lo que Cathy quiera —digo.

Y Cathy dice:

—Solo dame algo de dinero, Hindley. Sé que tienes un poco de dinero escondido por la casa. Piensa en ello como si me dieras mi herencia.

—Deberías haberlo robado —sugiere Hindley.

—Pero entonces habrías venido a por mí —dice Cathy—. Estaba dispuesta a arriesgarme a que me buscaras si huía. Pero ahora... —Me mira, con ternura en los ojos—. Ahora quiero saber que no lo harás. Quiero un trato con el diablo.

—Dinero, ¿y a cambio nadie sabrá lo que hizo nuestro padre? —pregunta Hindley con amargura—. ¿Dinero, y te dejo ir, para morir desdichada en alguna cuneta con este salvaje? No.

—Sí —dice Cathy—. Ese es el trato que quiero.

Hindley mira a Cathy. Luego su cabeza se hunde, inclinándose hacia delante. Parece dolido.

—Pensé que las cosas mejorarían a partir de ahora, Cathy —susurra—. Pensé que habíamos acabado con la maldición.

—Los fantasmas nunca van a desaparecer, Hindley —dice Cathy—. Viven en tu corazón y en el mío. Así que tenemos que vivir con ellos. Y... decidir lo que vamos a hacer. Esto es lo que quiero hacer.

Asiente con la cabeza gacha. Pasan largos segundos y no se mueve. Solo respira, con los hombros caídos, la columna vertebral subiendo y bajando con el ritmo de su respiración.

—Cathy —dice—. Te quiero.

Entonces se lanza. Va a por mí. Lo veo, pero no puedo moverme lo bastante rápido. Levanto el rifle, pero vuelvo a pensar para mis adentros: *Cathy no quiere que muera*. Vacilo. Y entonces Hindley blande un cuchillo de caza, casi sobre mí. No puedo apartarme. La silla me bloquea.

Lo tiene dirigido a mis entrañas. Sé que se hundirá, y sé que entonces moriré. De forma lenta y dolorosa. El tipo de muerte que quería para él. Todo transcurre despacio. Veo a Cathy, con seis años. Mirándome, los fantasmas en su boca. Cathy, doce años, vestida radiante y extraña. Ella y yo, en su cama, mientras me ruega que siga despierto. *Me moriré si tú mueres*, me dijo. *Me moriré...*

Oigo un ruido sordo. Y ahí está Cathy, de pie con el atizador del fuego en las manos. Sus manos tampoco tiemblan. Hindley está en el suelo. Le aparta el cuchillo de una patada.

—Tendremos que llevárnoslo —dice Cathy. Tiene la cara manchada. Las mejillas rojas. Los ojos oscuros como el carbón—. Vamos.

22

Catherine

Me preocupa haber herido a Hindley de gravedad, pero empieza a despertarse segundos después.

—Rápido —le digo a Heathcliff, y veo que ya se está moviendo, saliendo a grandes zancadas de la habitación. Vuelve con una cuerda y atamos a Hindley de manos y piernas.

»Alguien vendrá a buscarte pronto —le murmuro a Hindley, aunque no estoy segura de que pueda oírme aún, o de que quiera hacerlo—. Estarás bien.

Me doy cuenta de que cuando no desconfiaba de Hindley —incluso cuando pensaba que todo era normal y seguro— tenía miedo. Existe un temor que hace que tu corazón se acelere y las manos tiemblen, y luego hay otro temor que vive dentro de ti constantemente. He sido como... como una liebre, que sabe que es una presa, esperando que una trampa o que un depredador se abalance sobre mí.

Me gustaría que no fuese así entre nosotros. Pero me alegro de dejarlo atrás.

Me pongo de pie y Heathcliff se pone de pie conmigo. Digo:

—Vamos a hacer cosas buenas, ¿verdad? ¿Vamos a ayudar a la gente? —Vacilo—. ¿Gente como nosotros?

—Sí —dice. Parece muy seguro, y me alegro mucho de que sea así. La bondad es como un abrigo que no me sienta bien, un traje que se adapta mal a mi piel. Pero quizás cuanto más tiempo lo lleve, y cuanto más lo apriete sobre mi piel, conseguiré que se convierta en algo mío.

El corazón se me acelera. Me siento muy mareada. Nunca antes había golpeado a nadie. No como acabo de golpear a Hindley. No estoy segura de si no quiero volver a hacerlo o si tengo ganas de hacerlo de nuevo. Pero ya me preocuparé de eso en otro momento.

—En ese caso —le digo a Heathcliff—. Sé dónde podemos encontrar nuestro dinero.

Me encantan las Cumbres. Me encanta el aullido del viento. La forma en que los páramos cambian de color con el movimiento del sol, y los pájaros que la sobrevuelan. Me encantan los lagos y las cascadas, los humedales, los riscos, los árboles dispersos. Me encanta que parezca un lugar en el que nada debería vivir, pero todo lo hace.

Pero las Cumbres también es el lugar en el que más daño me ha hecho.

¿Cómo puede ser el hogar un lugar que está grabado en tus huesos, y también un lugar al que le tienes miedo?

¿Eso significa que tengo miedo de mis propios huesos? ¿Es lo que me mantiene junto a mi enemigo?

Tomo una pala y le muestro a Heathcliff el lugar donde se entrelazan dos árboles. El suelo aún no está firme, y aún no ha crecido nada en él, por lo que sé que estamos en el lugar correcto.

—Cava aquí —le digo a Heathcliff. Y aunque parece curioso, está tan acostumbrado a mis planes que se limita a cavar la tierra—. Con cuidado —le advierto—. No hace falta buscar mucho.

Allí, en la tierra, veo la primera de las joyas de mi madre.

No está exactamente donde la enterré. Lo recuerdo.

—No caves más —ordeno, y caigo de rodillas. Raspo la suciedad, la recojo entre mis manos y la arrojo. Lo hago rápido, con las manos ennegrecidas y las uñas oscurecidas. Mi corazón vuelve a latir con fuerza.

Heathcliff aspira un momento y se arrodilla a mi lado.

Es como si estuviéramos desenterrando una tumba. Supongo que en cierto modo lo estamos haciendo. Pero cuando Hindley y yo enterramos las joyas, solo las volcamos en la tierra, en una pila profunda, una al lado de la otra.

Están colocadas como si estuvieran desgastadas: como si fueran el eco de un cuerpo que hace tiempo que desapareció. Pendientes, que se extienden por debajo de un tocado como una corona dorada. Los collares están debajo. Algunos son cortos y otros largos. Hay una cadena, que pensé que era un collar, pero está colocada donde debería estar un cinturón. Anillos. Y brazaletes, en los extremos donde estarían los brazos. Muchos brazaletes, algunos de oro, otros de marfil, blancos como los huesos. Una fortuna.

—Son las joyas de mi madre —susurro. Me siento mal por ser fuerte—. De mi madre india. Hindley y yo las enterramos.

Hemos retirado la tierra como si fuera una tela, y ahora podemos ver todo lo que queda de ella. La forma de un cuerpo donde no hay cuerpo, todo marcado con caracola y plata y oro, todo reluciente como si la tierra nunca lo hubiera tocado. Nos quedamos en silencio durante un momento, como si ambos sintiéramos la extrañeza de lo que hemos encontrado en lo más profundo de nuestros huesos. Siento que la pena se extiende a través de mí, recorriendo cada parte de mi cuerpo.

—Creo que lo ha hecho su fantasma. —Mi voz se quiebra un poco. Pero no quiero llorar—. Creo que... ella estuvo aquí.

Heathcliff murmura algo. No sé si es una oración o algo más. Luego dice:

—Como las plumas.

Trago saliva. Asiento con la cabeza.

—Sí —digo—. Sí. Oh, Heathcliff. ¿Crees que me perdonará? ¿Por llevarme sus joyas, por usarlas para... para hacer el bien? ¿Para ayudarnos?

—Creo —dice despacio—, que se alegrará por ti. Y creo que...

—¿Qué? Dímelo. Con sinceridad.

Silencio. Y a continuación:

—Creo que la liberarás.

Exhalo. Voy a por mi bolsa, y saco la muselina que brilla como la luz de la luna. La extiendo sobre mi regazo. Luego miro a Heathcliff y le digo:

—Dame las joyas.

Él lo hace. Una tras otra. Las levanta con reverencia, y las coloca en la muselina de mi regazo con cuidado. Escucho el tintineo del oro y el metal, y Heathcliff me da la espalda mientras toco un brazalete, trazando los patrones en el oro. El brazalete está caliente, como si llevara más tiempo tocando piel del que puede haber tocado la de Heathcliff.

Quizás debería asustarme, pero no lo hace. Sé que mis fantasmas me han cuidado.

Cuando todo está terminado, y la tumba de las joyas está vacía, envuelvo la muselina. Coloco mi mano sobre ella, cerrando los ojos, y dejo que Heathcliff vuelva a cubrir la tierra.

Ma. Las usaremos para algo bueno.

No sé si puede oírme, pero eso es lo que pienso mientras él trabaja. Y pienso en todos los fantasmas que hizo mi padre, él y su Compañía, en una tierra lejana de la que proviene parte de mi alma.

Heathcliff está cerca. Puedo oír su aliento. Es un consuelo, y es esperanza.

—Si todavía estáis aquí —susurro a la noche. Llamando a mis fantasmas—. Venid conmigo. Aquí ya no hay nada para vosotros.

Pienso en padre, y en madre, que me criaron y me amaron, y desearía poder pedirles… oh, cualquier cosa. Pienso en mi otra madre, con sus joyas relucientes, su fantasma amoroso. Todos ellos se han ido. Pienso en llevarme el resto de los fantasmas que hay aquí conmigo, a una nueva ciudad, y en cómo podría reparar sus almas desgarradas un poco día a día y año a año, hasta que también puedan descansar.

Siento que el viento se arremolina a mi alrededor. Me pregunto si serán todos esos fantasmas que me responden. Si están eligiendo venir conmigo, para seguirme a Liverpool y a la orilla del agua para que puedan ir a la deriva a la tierra donde nacieron.

Tal vez todo lo que sienta sea el viento, el mismo viento ululante con el que he crecido toda mi vida, y nada más que eso. De todos modos, cierro los ojos y lo siento en mi piel y en mi pelo, y le digo adiós.

Creo que echaré de menos las Cumbres para siempre. Pero he dejado un trozo de mí misma aquí, en las paredes que he trazado con mis dedos y las tablas del suelo que he pisado, y la cama donde he soñado con los muertos. Y todavía hay libros junto a mi cama, llenos de mis palabras. Tengo la sensación de que Hindley nunca los tocará. El nunca tocará mi habitación.

Pero quizás algún día Hareton lo haga. Espero que lea lo que dejé atrás, y que sepa que su tía Cathy se fue lejos, pero que aún lo quiere. Todavía espera que sobreviva a lo que es nuestra familia, y que encuentre su forma de vivir, como lo he hecho yo.

Abro los ojos, y ahí está Heathcliff. Esperándome.

Estoy lista para irme.

23
Heathcliff

Dos personas de ninguna parte se arrodillan bajo dos árboles entrelazados. Los páramos los rodean. Es de noche. Ya no hay color. El viento hace que se mueva la hierba, los árboles. Todo es azul, negro o gris. Como si todo fueran olas y agua. Un lugar seguro para gente de ninguna parte que se prepara para un largo viaje.

Termino la tumba de la madre de Cathy. No hay nada que descanse en ella. Ni joyas, ni huesos. Pero algo puso esos brazaletes y collares como si fueran un cuerpo, los puso con cuidado. Así que yo también sello el suelo con cuidado.

Creo que tal vez lo hicieron los páramos. Prepararon una despedida para Cathy, y nos dejaron la fortuna para los dos. Si hay algo que nos ha querido a Cathy y a mí, son los páramos donde jugábamos y reíamos, y llorábamos sobre los huesos de pájaros, y nos dejábamos llevar. Si lo hicieron, estoy agradecido. Tal vez sea una deuda que el mundo tenía con nosotros, y ahora está saldada.

Antes, solía contarme un cuento a mí mismo. No era como los cuentos de Cathy, sino algo sencillo. El cuento decía así:

Érase una vez, existía un niño de ninguna parte. Llevaba esa «ninguna parte» con él, dentro de él y en la piel, como una maldición. Es mejor que regrese a donde pertenece. Mejor que se vaya antes de que lo arruine todo.

Pero ese cuento no es más que un cuento. Un cuento de mentira que puedo dejar pasar. No pertenezco a ninguna parte. Nunca lo he hecho.

—Heathcliff —dice Cathy, y me tiende una mano—. Estoy lista.

Algún día la gente de por aquí contará historias de fantasmas. Dirán que Catherine Earnshaw desapareció en mitad de la noche. Dirán que el criado muerto que huyó, el que vino de ninguna parte y sin nada, apareció y se la llevó para que se uniera a los muertos con él. Dirán que se la llevaron criaturas mágicas. Dirán que lo hizo un diablo extranjero, con el infierno reflejado en sus ojos. Sé cómo la gente hila las mentiras, con más fuerza que las verdades, deformando el mundo en plata y rarezas como el cristal de un espejo.

No me importa ser un fantasma. No me importa que me recuerden de forma equivocada. Tengo a Cathy, y Cathy me tiene a mí.

Sobrevuela un pájaro, sin emitir ningún sonido. En alguna parte aún hay plumas conmigo, mechones de pelo enredados, escondidos en la tierra. Así que las Cumbres se quedará conmigo, y yo también me quedaré con las Cumbres. No me importa, porque sé que tengo raíces. Raíces que cruzan Inglaterra, y cruzan el mar. Eso es lo que hace que sea yo.

Todavía tengo tierra en las palmas de las manos. Marcándome.

Extiendo la mano.

El chico de ninguna parte toma la mano de la chica.

Ambos se levantan. Con una pequeña fortuna. La chica sonríe, más brillante que la luna. La chica dice:

—Si me duelen los pies de tanto caminar, voy a hacer que me lleves.

—Es justo —dice el chico, con cierta felicidad en su corazón.

—¡No es justo en absoluto!

—No me importa —dice—. Me gusta abrazarte, Cathy.

Ella se sonroja, luego se ríe y lo maldice como si fuera un demonio.

La quiere tanto.

Se alejan de las Cumbres, de los árboles torcidos, de las plumas enterradas, de los cuentos escritos en los libros. De las viejas heridas y magulladuras. De las personas que las provocaron.

Empiezan a recorrer el largo camino que los llevará a otro lugar sin luz. Aunque saben a dónde se dirigen —a amigos y a una ciudad salvaje y con la esperanza de tener algo mejor—, en realidad no importa a dónde se dirijan. Lo único que importa es que se tienen el uno al otro.

Ya están en casa.

Nota de la autora

En *Cumbres Borrascosas*, un chico escucha a la chica que creció junto a él —la chica a la que ama—, llamarlo «indigno de ella». Entonces él huye. Tres años después, regresa vestido de caballero y en posesión de una misteriosa fortuna. Para entonces, la chica se ha casado con otro hombre. El chico destroza una persona tras otra, a modo de venganza por su violenta y humillante infancia, y la pérdida de su amada. Finalmente, debido a la furia y al dolor de su corazón, la chica acaba con ella misma. Su historia de amor y sus vidas terminan en tragedia.

Por supuesto, esa ni siquiera es la mitad de la historia que contiene la novela de Emily Brontë, pero es la parte que decidí cambiar. *La esencia de nuestras almas* tiene lugar durante el período de tiempo en que Heathcliff huye por primera vez y Cathy se queda atrás. Es una reinterpretación en la que descubren cosas sobre sí mismos que les hacen emprender un camino diferente y más esperanzador.

La obra original de *Cumbres Borrascosas* es una historia sobre la violencia y los traumas de la infancia, y cómo esas heridas pueden acabar transformándote. También es una historia sobre una chica que ignora su propia naturaleza y se destroza a sí misma, y de un chico diferente. Un chico que viene de ninguna parte y que no es de nadie. La historia dice que es un forastero, y que por eso es peligroso Extranjero, de piel oscura, que habla un idioma que nadie conoce. En una ocasión Nelly le dice: «Quién sabe si tu padre fue emperador de China, y tu madre una reina india», pero nunca podremos estar seguros de si Heathcliff es chino o indio, y es probable que Heathcliff tampoco lo esté. Es un desconocido incluso para sí mismo.

Tampoco llegamos a escuchar la verdadera voz de Cathy. Su historia siempre la cuentan otras personas. En este libro, quería darles la oportunidad de hablar a ambos. Y quería darles unas raíces.

Supongo que, en cierto modo, decidí darles las mías.

Crecí en el seno de una familia panyabí muy cariñosa, en las afueras de Londres, en una zona muy sudasiática. La Gran Bretaña que conocí era, y sigue siendo, de gran diversidad cultural. Era un lugar al que pertenecía, y que me pertenecía a mí. Pero cuando aprendí historia en la escuela, solo vi rostros blancos. Pensaba que las familias como la mía eran nuevas, que la inmigración era algo reciente, una ola que llegó después de la Segunda Guerra Mundial con la Ley de Nacionalidad Británica. A día de hoy, en la política y en los medios de comunicación parece que la inmigración es algo moderno y poco común, que altera o debilita lo que constituye la identidad nacional británica (o, en concreto, la inglesa).

No fue hasta que empecé a investigar por mi cuenta que me di cuenta de que la visión blanca de la historia británica era una versión plana del pasado que ignoraba los matices. En la escuela, estudiamos el Imperio británico sin aprender sobre sus atrocidades; aprendimos sobre la industria textil, o la costumbre histórica del té y el azúcar sin aprender de dónde venían el té, el azúcar y el algodón, o cómo se cosechaba o cómo se abastecía al pueblo británico a bajo coste. Era historia sin perspectiva.

Los sudasiáticos, como yo, tenemos una historia muy larga con Gran Bretaña, pero centrémonos en el período en el que se desarrolla *La esencia de nuestras almas*. El siglo XVIII fue una época en la que las potencias europeas, Gran Bretaña entre ellas, competían entre sí para hacerse con el control y la propiedad de la riqueza de los países asiáticos y africanos. En 1757, la Compañía de las Indias Orientales, una empresa comercial británica, se hizo con el control de Bengala. La Compañía Británica de las Indias Orientales se apoderó de una parte importante del subcontinente indio además de otras partes de Asia, monopolizando el comercio y sentando las bases del Raj británico.

Ante este panorama, muchos oficiales y soldados de la Compañía de las Indias Orientales se casaron con mujeres indias, o tuvieron amantes indias. Algunos de esos niños fueron llevados a Gran Bretaña y separados para siempre de sus madres. A otros se les abandonó.

Mientras tanto, se reclutaban marineros asiáticos para trabajar en barcos, algunos de los cuales fueron contratados por la Compañía de las Indias Orientales. A los lascares se les pagaba una sexta parte de lo que se pagaba a los marineros británicos y sufrían fuertes maltratos. Muchos morían en los viajes a Gran Bretaña. Otros fallecían al llegar a Gran Bretaña, donde a menudo se los abandonaba sin pagarles ni darles alojamiento, o morían más tarde, en los viajes de vuelta a sus países de origen. Pero algunos se establecieron en Gran Bretaña, casándose con mujeres británicas, y las comunidades de lascares crecieron en ciudades portuarias como Londres y Liverpool.

La atrocidad y el imperio iban de la mano. El azúcar, el ron, el tabaco y el algodón llegaban con regularidad a Liverpool en barcos e hicieron que Liverpool —y Gran Bretaña— se enriquecieran. Pero esa riqueza era el resultado del comercio triangular: el movimiento de mercancías y esclavos entre África, los Estados Unidos de América, las Indias Occidentales y Gran Bretaña. En 1786, año en el que se desarrolla esta historia, la esclavitud no era legal en territorio británico, pero seguía siendo la columna vertebral del Imperio británico, y no fue abolida de forma oficial por los británicos hasta 1833. Aunque por supuesto ese no fue el fin de la esclavitud al completo.

La hambruna de Bengala de 1770 —fuente de horror y culpa para el padre de Cathy— fue causada en principio por una mala cosecha provocada por el mal tiempo, pero las políticas de la Compañía de las Indias Orientales, que incluía altos impuestos, agravó la escasez de alimentos y dio lugar a una inanición masiva. Es difícil evaluar cuántas personas murieron, pero las fuentes apuntan que pereció alrededor de un tercio de la población de Bengala.

En esta novela, Cathy es la hija de un oficial de la Compañía de las Indias Orientales; Heathcliff es el hijo de un lascar. Ambos se ven envueltos en la historia real de la migración, el desplazamiento y la identidad que conforman la historia británica.

La tela que Cathy recibe bajo la luz de la luna de su madre fantasma es la muselina de Dhaka: una tela preciosa que se producía mediante un laborioso y altamente cualificado proceso en Bengala, y que estaba de moda entre las élites británicas y europeas. Cathy tiene razón al pensar que se podría hacer ropa con ella. La muselina, ligera y vaporosa, fue utilizada por María Antonieta y fue clave para la moda de la *Chemise à la Reine*. Pero la industria del algodón fue sofocada bajo el dominio de la Compañía, y la destreza en la confección de una tela descrita con el nombre de «air woven» que se perdió hace tiempo. El pañuelo rojo que le regalan a Heathcliff está hecho de tela kantha, un tipo de tejido que también procede de Bengala, aunque los fragmentos de su lengua y, seguramente su padre, procedían de un lugar más cercano a lo que hoy es Nueva Delhi.

Ambos descubren retazos del pasado: palabras, telas, fantasmas. Y con esos retazos, llegan a comprender quiénes son, y en el proceso, se salvan a sí mismos.

Espero que este libro te ofrezca algunos retazos a los que aferrarte, además de una visión de un pasado multicultural y complicado, lleno de dolor y explotación, pero también de pequeñas muestras de bondad y resistencia, y de personas que se ayudan mutuamente en gran medida o en pequeña medida, incluso cuando las probabilidades están en su contra.

Si quieres leer más sobre este periodo histórico o sobre algunos de los temas que se plantean, tengo algunas recomendaciones que pueden ayudarte a iniciar tu propia búsqueda:

Dalrymple, William. *White Mughals: Love & Betrayal in Eighteenth- Century India*. London: Harper Perennial, 2004.

Fisher, Michael H. *Counterflows to Colonialism: Indian Travellers and Settlers in Britain* 1600– 1857. Delhi: Permanent Black, 2006.

Macilwee, Michael. *The Liverpool Underworld: Crime in the City, 1750– 1900*. Liverpool: Liverpool University Press, 2011.

Mortimer, Ian. *The Time Traveller's Guide to Regency Britain*. London: Vintage, 2020.

Olusoga, David. *Black and British: A Forgotten History*. London: Pan Macmillan, 2017.

Visram, Rozina. *Ayahs, Lascars and Princes: The Story of Indians in Britain 1700– 1947*. London: Pluto Press, 1986.

Agradecimientos

No quiero volver a escribir un libro durante una pandemia, muchas gracias.

Nunca habría podido hacer esto sin el apoyo de unos buenos amigos. Gracias, Nazia y Cat, por animarme a aprovechar esta oportunidad. Gracias, Shuo, por celebrarlo conmigo en medio de un concierto de Imogen Heap hace muchas lunas cuando me enteré de que iba a conseguir hacer un *retelling* de *Cumbres Borrascosas*. Estuviste ahí durante mi adolescencia gótica, así que sabes lo mucho que esto significa para mí. A Kate, cuya imitación del fantasma Cathy gritándole a Heathcliff con acento de Yorkshire me persiguió durante todo el tiempo que tardé en escribir este libro. A todos los amigos y familiares que se pusieron a cantar «Wuthering Heights» de Kate Bush cuando les dije que estaba escribiendo esto: no os doy las gracias en absoluto.

A mi madre, Anita Luthra-Suri, le envío mi más sincero gracias, por animarme siempre a leer y amar incluso los libros que odiabas. A Ritika, mi hermana pequeña favorita, hemos leído tantos romances juntas. Espero que disfrutes de este la mitad. Y muchas gracias a Carly, que siempre saca lo mejor de mí, y me ayudó a buscar alrededor de una docena de artículos académicos y también me obligó a leer *La situación de la clase obrera en Inglaterra* de Engels. Ahora lo entiendo.

Gracias a mi maravillosa agente Laura Crockett, que ama a las Brontë tanto como yo. Cada libro de ensueño que consigo escribir es gracias a ti. Gracias a Feiwel and Friends por darme esta oportunidad. Gracias sobre todo a mi maravillosa editora, Emily Settle, por ayudarme a dar forma a este libro. Muchas gracias también a la editora Jean Feiwel, a la editora jefe Dawn Ryan, a la editora de producción Lelia Mander y a la correctora Erica Ferguson por hacer brillar este libro. Estoy muy agradecida a Rich Deas por diseñar una portada preciosa, a Jonathan Barkat por la fotografía y a los modelos Niva Patel y Usman Habib, que dieron vida a Catherine y Heathcliff.

Gracias a Dee Hudson y Sahrish Hadia por ayudarme a escribir este libro con el cuidado que merecía. Y debo extender mi agradecimiento a los otros autores de la serie Remixed Classics, como Bethany C. Morrow, C. B. Lee, Aminah Mae Safi, AnnaMarie McLemore, Kalynn Bayron, Caleb Roehrig y Cherie Dimaline. Es un privilegio publicar junto a todos vosotros.

Por último, quiero dar las gracias a todos los profesores, bibliotecarios o educadores que han visto una colección de la biblioteca o un plan de estudios de historia sin la diversidad, el dolor, los matices y el poder reales del pasado, y han decidido que los jóvenes se merecen algo mejor. Fueron personas como vosotros las que me convirtieron en escritora. Gracias por seguir manteniendo esas puertas abiertas de par en par.

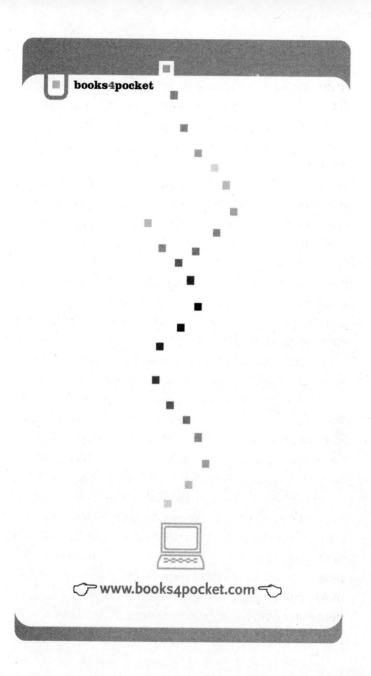

books4pocket

www.books4pocket.com